윤극사전기

尹克邪傳記

윤극사전기 8

시하 新무협 판타지 소설

초판 1쇄 찍은 날 § 2004년 7월 5일
초판 1쇄 펴낸 날 § 2004년 7월 15일

지은이 § 시하
펴낸이 § 서경석

편집장 § 문혜영
편집 § 장상수 · 권민정 · 서지현
마케팅 § 정필 · 강양원 · 이선구 · 김규진 · 홍현경

펴낸곳 § 도서출판 청어람
등록번호 § 제1081-1-89호
등록일자 § 1999. 5. 31
어람번호 § 제2-0398호

주소 § 경기도 부천시 원미구 심곡1동 350-1 남성B/D 3F (우) 420-011
전화 § 032-656-4452 팩스 § 032-656-4453
http://www.chungeoram.com
E-mail § eoram99@chollian.net

값 8,000원

ISBN 89-5831-168-1 04810
ISBN 89-5505-904-3 (SET)

尹克邪 傳記
Fantastic Oriental Heroes

시하신무협 판타지소설

윤극사 전기

8 완결

진몽어회(盡夢而回:꿈을 다하고 현실로 돌아오다)

도서출판

청어람

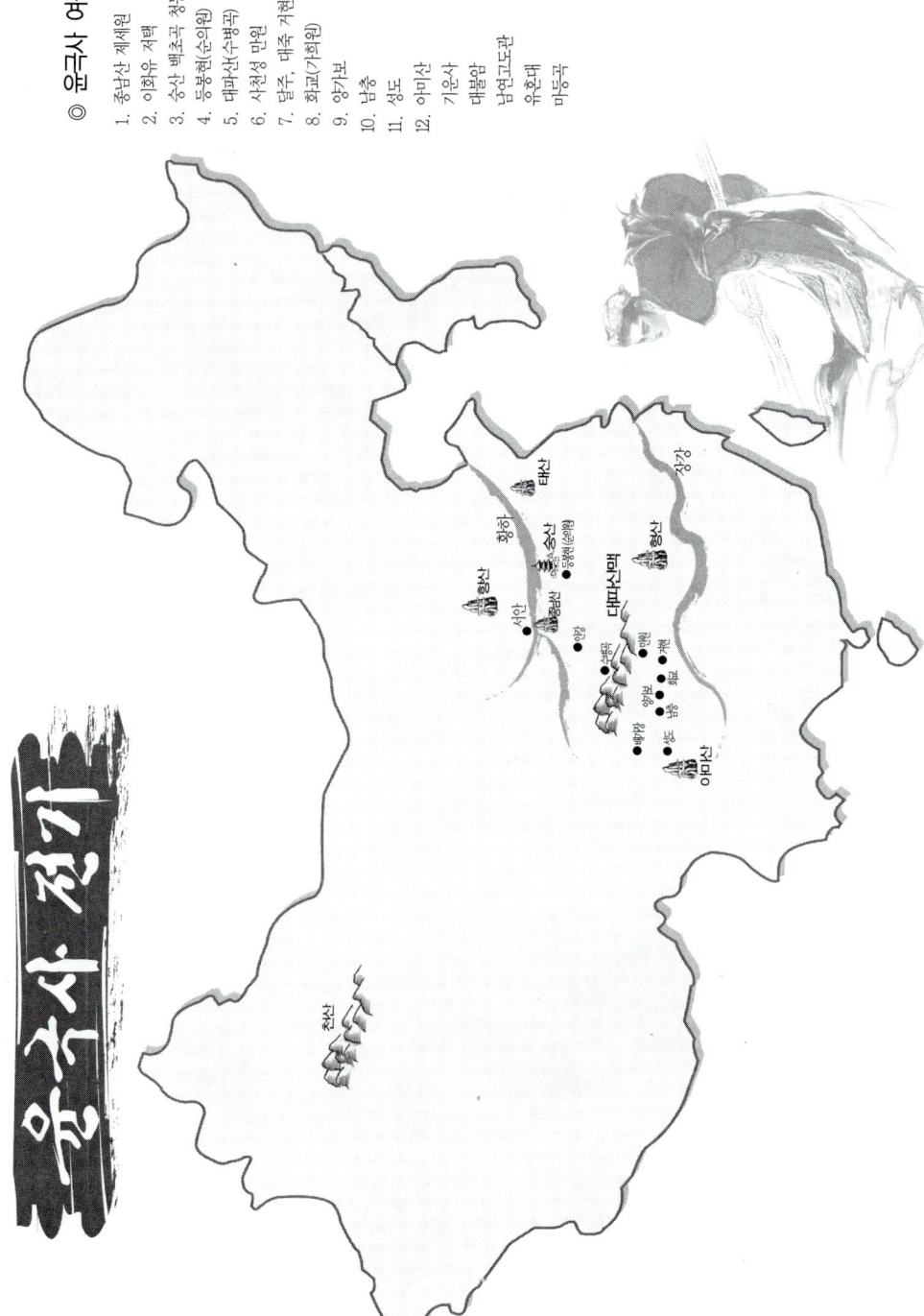

제1장 삼십삼 인의 연판장

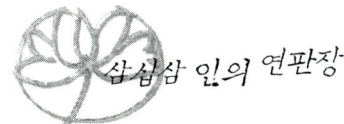삼십삼 인의 연판장

승상 우문태가 먼저 민천자를 배알했다. 하지만 우문태는 일태자의 죽음을 민천자에게 알리지 못했다.

민천자는 이태자가 윤극사의 검에 찔려 죽었다는 말을 들은 후였다. 그런 상황에서 일태자마저 죽었다는 소식을 전한다면 민천자는 삶의 의욕을 완전히 상실하여 일어나지 못할 가능성이 높았다.

자식의 손에 맞아 중상을 입은 민천자의 얼굴에 감도는 허무를 보면서 그런 말을 한다는 것은 죽이려는 의도가 있지 않는 한 불가능했다.

우 승상이 민천자의 침실에서 물러나왔을 때 기다리고 있던 상홍이 물었다.

"폐하께 진언(進言:윗사람에게 말함)하셨습니까?"

우 승상이 탄식하고 머리를 저었다.

상홍이 근심 가득한 얼굴로 말했다.

"말씀드려야 합니다."

우 승상이 말했다.

"나는 못하겠네. 자네들이 들어가 보게."

상홍과 시적, 그리고 무수영이 부상당한 설대녕을 부축하여 들어갔다. 그들은 서안에서의 여러 가지 상황을 이야기하며 일태자가 얼마나 잘 대처했는가를 말했지만 그의 죽음과 관련된 이야기에서는 절로 입이 돌아가 말하지 못했다.

민천자가 만족한 웃음을 짓고 있었는데 그 웃음을 지워 버릴 용기가 그들에게는 없었다.

사대능신은 할 말을 하지 못하고 남겨둔 채 발을 질질 끌면서 밖으로 나왔다.

"폐하께선?"

하고 승상 우문태가 조심스럽게 물었다.

시적이 말했다.

"말씀드리지 못했습니다."

우문태가 묵묵히 고개를 끄덕였다. 알려야 하지만 어떻게 알려야 할지가 감감했다.

서안에서 온 병사들 사이에서는 일태자의 죽음에 대한 소문이 퍼지고 있었다.

원래 사가장의 지하에 있었던 조정대신들만 그 사실을 알았으나 그런 큰일이 완전한 비밀이 될 수는 없었다.

소문이 황제 민천자의 귀에까지 들어가는 것은 어느 순간이 될지 모를 일이었다. 그때 민천자가 견뎌야 할 것들을 생각하면 그것 또한 우문태와 사대능신의 앞을 캄캄하게 한다.

민천자가 총애하는 눈과 귀인 어사(御使) 당연생이 이미 서안으로 출발했다. 그가 소식을 전해온다면 어떻게 막을 수 있단 말인가?

민천자의 뒤를 이을 사람이 없는 상태에서 민천자가 상황을 견디지 못하고 죽는다면 대위국은 구심점을 잃고 그대로 붕괴되고 말 것이다.

그들의 가슴은 모두 납덩어리를 올려놓은 것처럼 무겁고 답답했다.

양을기가 민천자를 알현하고 나올 때를 기다려서 함께 정청(政廳)으로 나왔다.

양을기가 말하려 한다면 말하게 두려는 심산이었지만, 그도 말하지 못했다. 더구나 양을기는 자신도 일태자의 죽음에 책임이 있다고 생각하는 중이었다.

하여튼 여섯 사람 모두 민천자에게 사실을 알리지 말아야 한다는 공통된 생각을 하고 있었다. 불경스런 일이고, 감히 평시에는 상상조차 하지 못할 일이었지만 그들은 목이 달아날 각오를 하고 그 불경을 감행해야 했다.

오간청에 마련된 정청에서는 격론이 벌어지고 있었다.

옥에서 풀려난 정개화 등의 장수들과 황제를 봉행해서 화청궁까지 온 봉행 대신들 간의 다툼이었다.

정개화가 고함쳤다.

"영감들 같은 간신배들이 황제 폐하를 잘못 모셨기 때문이오."

"네 이놈! 감히 누구에게 그 딴 소리냐? 아무것도 모르는 무식한 것

이 어디서 함부로!'

한 대신이 수염을 벌벌 떨며 정개화를 향해 삿대질했다.

정개화가 말했다.

"좌승지(左承旨) 영감! 우리를 가둔 것이 누구였소? 소장이 비합전서를 받았느냐고 물은 것을 자세히 알아보지 않고 뜻을 왜곡하여 황제 폐하께 고하지 않았소?"

"닥쳐라, 이놈!"

좌승지 진대병(晉大柄)이 악을 쓰고 외쳤다.

"네 상관 오번백 대원수도 그렇게는 나를 대하지 못한다!"

"대체 영감들이 뭘 잘했다고 그러시오!"

사경상이 소리쳤다.

"당신들이 폐하를 잘 보필했는데 저리되셨단 말이오?"

"네, 네, 네놈들 정녕……."

우승지(右承旨) 목도연(木度緣)이 장수들마다 손가락질을 하며 말을 더듬었다.

종리민이 차갑게 말했다.

"우리도 책임져야 할 것이 있겠지만, 영감들도 폐하를 보필하지 못한 책임을 면치 못할 것이오."

그들은 승상 우문태와 사대능신이 들어선 것도 모르고 있었다.

승상 우문태가 나서며 말했다.

"책임져야지."

그 한마디에 여러 사람이 고개를 숙였다.

우문태가 말했다.

"누구 할 것 없이 모두 나라를 떠맡은 벼슬아치니 자기의 행실도 책임지고 우리 나라도 책임져야지."

우문태는 옥좌의 아래쪽에 펴놓은 단에 앉았다. 황제가 자리에 없는 지금은 그가 나라를 다스리는 사람이다.

정청에는 대신과 장수들이 품계도 없이 제멋대로 좌우로 나뉘어 서 있었다. 승상이 자리를 정하자 전시이므로 문관과 무관으로 품계에 따라 벌려 섰다.

우문태는 정개화 등을 보며 말했다.

"억울한가?"

정개화는 고개를 푹 숙이며 말했다.

"아니올시다."

우문태가 말했다.

"분하겠지."

정개화가 무릎을 꿇으며 말했다.

"소장 정개화는 죽음으로써 속죄할 준비가 되어 있습니다."

투툭!

양을기와 다른 장수들도 즉시 무릎을 꿇었다.

우승지 목도연이 소리쳤다.

"승상, 우리도 죽을 각오를 하고 있소. 하나 이 나라를 어쩐단 말이오!"

"알고 있소."

우문태가 말했다.

"공경(公卿) 누군들 우국충정으로 일하지 않았겠소? 다만 국사(國事)

를 다룸에 있어 지나간 후에 돌이켜 보았을 때 실수한 경우가 있을 뿐이오. 나라와 임금을 위해 한 일이 종국에는 해가 되는 일도 수없이 많았던 것이오."

봉행 대신들과 장수들이 묵묵히 승상 우문태의 말을 경청했다.

"지금은 우리 대위국이 초유의 난국에 직면해 있소. 이 시기를 슬기롭게 보내지 못한다면 크게는 나라가 무너지고 작게는 국력이 심히 손상될 것이오. 공경 누구나 진심으로 이 나라의 앞날을 위해서 일했다면 지금은 서로의 허물을 덮고, 슬기를 모아야 할 때요. 개인의 행실에 대한 책임보다는 공경으로서 나라와 황제 폐하에 대한 책임을 다해야 할 것이오."

"명심하겠소이다."

장수들과 봉행 대신들이 동시에 말했다.

우문태가 친위를 불러 엄히 명했다.

"지금 이 순간부터 누구도 오간청으로 접근하지 못하게 하라. 무단히 침입하는 자는 즉참(卽斬:즉시 목을 벰)하고, 군중에서 함부로 입을 여는 자가 있으면 말한 자와 들은 자 모두를 하옥하라. 제일 첫 번째 하옥된 자부터 열 번째 하옥된 자까지는 이유 여하를 불문하고 참수하겠다."

"존명!"

친위가 달려나가고 우문태가 정청의 대신과 장수들을 보며 말했다.

"도승지는 이 자리에 있는 사람들의 이름을 모두 적으시오. 여기에서 논한 일이 밖으로 흘러 나간다면 나라를 망치려 한 것으로 간주하고 삼족(三族:본가, 처가, 외가의 모든 족속)을 멸하겠소."

승상 우문태의 시퍼런 서슬에 사람들은 몸을 떨었다. 명을 받은 도승지가 그 높은 신분에도 불구하고 직접 붓을 들고 사람들의 이름을 적기 시작했다.

승상 우문태를 포함하여 삼십삼 명이었다.

우문태는 도승지가 내민 명단의 좌측에 자기의 수결(手決:손도장)을 찍었다. 도승지를 비롯한 모든 사람이 우문태를 따라서 수결을 찍었다.

삼십삼 인의 명단은 그렇게 함으로써 삼십삼 인의 연판장이 되었다. 연판장이 존재하는 한 누구도 그 자리에 없었노라고 발뺌할 수도 없게 된 것이었다.

우문태는 직접 오간청 근처를 살펴서 엿듣는 귀가 없는지를 확인하고 자리로 돌아왔다.

괴기스런 정적이 깊은 바다 속의 무겁고 느린 물처럼 흘렀다.

우문태가 말했다.

"경들은 이 순간에 황제 폐하와 우리 대위국을 위해서 목숨을 내놓아야 하오."

누구도 대답은 하지 않았지만 그의 말에 공감하고 있었다.

우문태는 느릿한 어조로 말을 이었다.

"경들 중에는 이태자가 죽었음을 모르는 사람이 없을 것이오. 하지만 어떤 분들은 아직 일태자 전하의 죽음을 모르고 있을 것이오."

봉행 대신들이 충격을 받고 놀라서 입을 벌렸다.

"그런!"

그들의 모습은 얼이 빠져 버린 듯했다. 그들은 지금 상황이 생각했던 것보다 더 큰 위기라는 것을 느낀 듯했다.

우문태가 말했다.

"이태자가 일태자 전하를 살해했소. 그런 후에 여기로 달려와 죽은 일태자 전하를 모함한 것이오."

일태자를 욕하고 이태자를 두둔했던 봉행 대신들이 몸을 덜덜 떨었다. 자세히 모르는 상황에서 너무 큰일을 저질러 버린 셈이었다. 이태자를 두둔하지 않고 상황을 좀 더 깊이 파헤쳐 보기만 했어도 이태자가 민천자를 암습할 기회를 주지 않았을 것이다.

좌승지의 입에서 침이 흐르고 있었지만 그는 깨닫지 못했다.

우문태가 말했다.

"우리가 해야 할 것은 폐하와 나라를 지키는 일이오. 태자들은 모두 죽었고, 폐하께서는 쓰러지셨소. 한데도 폐하께서 그나마 마음 편히 계시는 것은 일태자 전하께 양위한다고 선포하셨기 때문이오. 일태자 전하께서 잘 하리라고 믿기에."

도승지가 우문태의 팔을 와락 잡으며 말했다.

"승상! 이 일을 어쩐단 말이오?"

우문태가 그의 팔을 떼어놓으며 말했다.

"폐하께 일태자 전하의 죽음을 알리려 했지만 차마 입을 뗄 수가 없었소. 사대능신과 양 원수도 마찬가지였소."

도승지가 무릎을 꿇으며 말했다.

"우리는 승상께서 시키는 대로 하겠소. 죽으라면 죽을 것이고, 불로 들어가라면 불로 들어가겠소."

도승지는 민천자를 가장 가까이에서 모시는 직책이었다. 그런 만큼 민천자의 신뢰가 높고, 충성심이 강했다. 그는 머리도 비상한 사람이라서 지금 중구난방할 때가 아니라는 것을 알았기에 제일 먼저 자기가 승상 우문태에게 모든 것을 일임해 버린 것이었다.

다른 봉행 대신들도 무릎을 꿇고 무조건 복종하겠노라고 말했다.

우문태는 머리를 끄덕였다.

갑론을박을 할 만큼의 시간이 없었다. 중요한 회의지만 빨리 끝내고 조치를 취해야 할 일이었다.

우문태가 말했다.

"본 승상은 황제 폐하와 우리 나라를 위해서 황제 폐하를 속이고 언로(言路)를 통제할 것이오. 어느 것이나 역모에 버금가는 죄로 극형을 면치 못할 것이지만 경들 모두 동참하라고 명하는 바요."

사대능신이 일제히 우문태에게 절하며 말했다.

"신들은 기꺼이 폐하와 나라를 위해 죽고자 합니다."

봉행 대신들과 장수들도 모두 절했다.

우문태가 말했다.

"경들은 모두 이 나라와 운명을 함께할 것이오. 그러나 경들의 노력으로 나라가 안정되더라도 훗날 경들은 황제 폐하를 속인 책임을 면치 못할 것이오. 그런즉, 경들은 이 순간부터 죽은 사람이며, 죽어서 폐하와 나라를 위해 일한다는 마음으로 상황에 임해야 할 것이오."

"명심하겠습니다!"

하고 장수들과 봉행 대신이 일제히 외쳤다.

우문태가 말했다.

"나는 사대능신으로부터 제세원 말의 윤극사가 일태자 전하의 유지를 받았다는 사실을 전해 들었소. 그전에도 윤극사는 일태자 전하의 생명을 구한 적이 있소. 또한 이번에 황제 폐하의 목숨을 구했을 뿐만 아니라 폐하로부터 화왕(華王)으로 봉해졌소. 원래 그는 폐하의 벗이던 이청무의 제자며 우리 대위국과는 여러 모로 관계가 깊소. 하여 나는 그로 하여금 일태자 전하를 대신하게 하려는 바요."

우승지가 떨면서 말했다.

"화, 황제 폐하께서는… 양위를 선포하셨소이다. 승상, 이런 마당에 일태자 전하를 대신한다는 것은……."

바로 민천자의 뒤를 이어서 새로운 황제가 되는 것을 말한다. 그리고 이것은 역모 비슷한 것이 아니라 역모 그 자체다.

윤극사는 황제가 되겠다고 공공연히 말했던 사람인데 그에게 민천자 몰래 황위를 잇게 해준다는 것은 모두가 윤극사에게 넘어가서 역모에 가담했다고밖에는 말할 수 없는 상황이었다.

우문태가 무겁게 말했다.

"폐하께서 선포하신 양위는 아직 알려지지 않았소. 그 일은 없던 것으로 할 것이오."

"하면!"

우문태가 말했다.

"도승지는 일태자 전하를 화왕으로 봉한다는 조서를 꾸미시오."

도승지의 안색이 창백하다 못해서 파랗게 질려 있었다.

윤극사를 화왕으로 봉한 조서를 내리자마자 죽은 일태자를 또 화왕으로 봉하게 되는 것이다.

역모가 아니고서는 이런 일이 있을 수도 없었다. 더구나 황제의 명령도 없이 마음대로 조서를 꾸민다는 것은.

그러나 도승지는 우문태의 명을 따르는 것만이 나라를 위험에서 구한다고 믿고 있었기에 즉시 소매를 걷고 조서를 꾸미기 시작했다.

우문태가 말했다.

"건강이 좋지 않으신 황제 폐하께서 화왕야로 하여금 섭정을 명하신다는 내용의 조서도 꾸미시오."

도승지가 고개를 끄떡였다.

우문태는 백성들과 황제와 조정대신들을 모두 속이려는 것이다.

우문태는 도승지에게 조정대신들에게 화왕야를 보필할 것이며 백성들로 하여금 화왕야가 윤극사가 아닌 일태자라는 사실을 알지 못하게 하라는 조서 역시 작성하게 했다.

일태자의 죽음을 알고 있는 대신들에 대한 입막음이었다.

그러나 일견 허술하기까지 한 이런 입막음이 언제까지 갈 수 있을지는 아무도 장담할 수 없는 일이었다.

우문태가 말했다.

"좌우승지는 폐하께 일태자 전하께서 양위를 받아 나라를 다스리는 것으로 말씀드리시오. 어떤 자도 폐하께 전모를 말씀드리지 못하게 하시오."

좌승지가 말했다.

"어사 당연생을 우리가 막지는 못하오."

우문태가 말했다.

"당연생은 본 승상이 만날 것이오. 그가 동의하지 않으면 죽일 것이오."

좌승지가 까맣게 타 들어간 입술을 꽉 다물었다.

우문태는 장수들에게 군중을 엄격히 단속할 것을 지시한 후에 입을 다물었다. 그것으로 회의는 끝났다.

봉행 대신들은 황제 민천자를 화청궁에 계속 머물게 해야 한다는 사실을 내심 결의했고, 장수들은 불순한 말이 군중에 흐르지 못하도록 해야 한다는 사명을 가지고 있었다.

사대능신은 윤극사를 부르러 갔다.

*   *   *

윤극사는 포로들을 풀어주었다. 황룡패를 내보이며 하는 그의 명령을 거역할 수 있는 자는 없었다. 돌아가기에 충분한 식량과 부상자를 위한 수레도 내주었다.

그러나 부상자가 대다수를 차지하고 있는 포로들은 자유가 되었음에도 떠나려고 하지 않았다. 떠날 경우 추위와 굶주림, 그리고 상처 때문에 죽을 것이라는 불안이 그들의 마음에 도사리고 있었기 때문이다.

이미 자살한 자들도 있었다.

윤극사는 그들을 데리고 나와 사씨일가와 이태자가 타고 왔던 돌배가 있는 곳으로 와서 따로 막사를 꾸미게 했다.

포로들 중에서 성한 사람들이 움직여 천막을 찾아와서 설치하는 한편, 죽은 동료들의 시신을 모아서 땅에 묻었다.

윤극사는 민천자의 병사들이 경계를 강화하고 주변의 지형에서 유리한 곳으로 진지를 이동하는 것을 보았지만 개의치 않았다.

그들은 윤극사의 명령으로 어쩔 수 없이 포로들을 풀어주었지만, 언제든지 다시 잡을 준비를 하는 것이다.

윤극사는 포로들 중에 몸이 성한 사람들을 모아서 골절과 피타, 그리고 금창에 관한 약재와 처치법을 알려주었다.

정오 무렵이었다.

사대능신은 윤극사를 찾아오면서 땔감을 열두 수레 가지고 왔다. 포로들은 식량도 있었고 천막도 있었지만, 불을 피울 땔감이 거의 없었던 것이다.

"왕야! 긴히 드릴 말씀이 있습니다."

하고 상홍이 말했다.

윤극사는 그들을 데리고 광림 장군이 있는 돌배로 갔다. 광림 장군은 아예 그곳을 윤극사와 자기의 숙소로 정해놓은 상태였다.

돌배로 들어와 문을 닫고 나서 윤극사가 물었다.

"무슨 일이오?"

순간 갑자기 사대능신이 윤극사 앞에 무릎을 꿇었다.

광림 장군이 앉아 있다가 몸을 일으켰다.

상홍이 말했다.

"전하! 황제 폐하와 우리 대위국을 구해주십시오."

"일어나요."

윤극사는 차분하게 말했다.

"민천자는 죽지 않아요."

설대녕이 말했다.

"저희가 기댈 곳은 전하뿐입니다."

윤극사는 웃으며 머리를 저었다.

"당신들은 민천자의 신하입니다. 민천자께서 나를 화왕으로 봉하긴 했지만 나는 그를 존중할 뿐 그의 신하를 자처하진 않습니다. 기대려면 그분에게로 가세요."

상홍이 두 손으로 연판장을 바쳤다.

윤극사는 받으며 뭐냐고 물었다. 상홍이 대답했다.

"승상 이하 삼십삼 인과 그 삼족의 목숨이 담긴 연판장입니다."

윤극사는 연판장을 본 후에 상홍에게 돌려주었다.

광림 장군은 윤극사가 그들과 함께 있고 싶어하는 눈치가 아닌 것을 알고 사대능신을 돌아가게 했다.

윤극사는 돌배의 이쪽 끝에서 저쪽 끝까지 걸어갔다가 벽을 짚고 바닥을 보면서 한동안 서 있었다.

돌배 바깥에는 포로였다가 풀려난 사람들 중에서 몸을 움직일 수 있는 사람들이 몰려와서 불안한 눈빛을 주고받고 있었다. 다친 데다가 여전히 위난 속에 있는 그들의 예민한 감각이 심상치 않은 것을 감지한 듯했다.

광림 장군이 그들을 꾸짖어 돌려보냈다. 그가 다시 윤극사에게 왔을 때 윤극사가 말했다.

"그들은 제게 가짜 황제 노릇을 하라는군요."

광림 장군이 짧게 말했다.

"자네는 벌써 황제네."

"서안에서."

윤극사는 창밖을 보면서 말을 꺼냈다.

광림 장군이 조용히 귀를 기울였다.

"이상한 경험을 했어요."

윤극사가 말했다.

"존재의 근원, 이 세상을 사유(思惟)한다고 말하는 자를 만났어요."

광림 장군이 깜짝 놀라서 물었다.

"존재의 근원? 세상을 사유하는 자?"

윤극사가 고개를 끄덕였다.

"예."

광림 장군이 몸을 떨면서 말했다.

"조화옹(造化翁)을 만났단 말인가?"

윤극사가 머리를 저었다.

"노인이 아니었어요. 그의 음성은 내가 생각할 때 머리 속에서 나는 목소리와도 비슷했어요. 하지만 제 목소리는 아니었어요."

광림 장군이 다가들며 말했다.

"자세히 말해 보게."

윤극사는 등을 벽에 붙이고 천천히 말했다.

"그는 자기자신이 순수한 의식의 상태에서만 지각할 수 있는 존재라고 하더군요."

광림 장군은 윤극사가 경험했던 것을 묵묵히 다 듣고 난 후에 무겁게 입을 열었다.

"조화옹을 만난 사람 이야기는 민간에서 가끔 전해지는 것들이 있네. 다들 얼토당토않은 말들이지. 하지만 자네 이야기는 내가 듣긴 했지만 알아야 할 이야기는 아닌 듯하네. 알 수도 없고. 아무에게도 말하지 말게. 들은 것만으로도 나는 두렵네."

윤극사가 말했다.

"경전(經典)에 있는 내용이 아니었군요."

광림 장군이 말했다.

"신을 만나는 내용은 헤아릴 수도 없이 많네. 하지만 내용이 자네와는 달라. 자네가 만난 조화옹은 내가 아는 어느 경전에 있는 신도 아니네. 말 그대로 그는 조화옹이지. 그리고 신을 만난 사람들은 신이 찾아오거나 신이 그를 이끌어서 만나게 되고 사명을 부여받는 것이지, 자네처럼 인지하고 만나는 것은 아니었네."

광림 장군에게서 기대했던 말을 듣지 못했다.

윤극사는 더 이상 절대자 조화옹에 대해 말하지 않았다.

이제 자기가 처한 의문의 답은 세상에 있지 않고 자기 속에서 구해야 할 때라는 것을 명확하게 자각했기 때문이다.

윤극사가 조용하게 말했다.

"사대능신에게 수락한다고 전해주세요."

사대능신이 다시 달려왔고, 뒤이어 승상 우문태는 남들의 이목을 피하기 위해서 어둑한 해거름 속에 숨어서 왔다.

그리고 구체적인 의논이 그들과 윤극사 사이에 오고 갔다.

밤이 깊어서 그들이 돌아갔고, 윤극사는 강가의 바위에 걸터앉아 차가운 밤바람과 달빛을 몸으로 받았다.

침을 다루고 검을 다루었지만, 이렇게 칼날 위에 서 있다는 느낌이 들었던 적은 없었다.

윤극사는 권력을 가진다는 것이 칼자루를 잡는 것이지만 또한 칼날 위를 걷는 것이라는 사실을 느꼈다.

손에 잡은 칼로는 다른 사람의 운명을 바꾸고 휘젓고 결단 낼 수가 있고 또 그만큼의 위하(威嚇)를 가지지만, 자기가 밟고 있는 칼은 어느 순간에 자기를 죽이고 파괴할지 아슬아슬 한 것이었다.

권력의 칼날 위를 걷기 시작한 순간부터는 순순히 칼날 위에서 내려서기 전까지는 결코 넘어지면 안 되는 것이 분명했다. 넘어지는 그 순간 칼은 자기를 벨 것이고, 걸어가는 그 순간에도 조금씩 다치고 있을 것이다.

둔감하면 권력 위에서 죽어가는 것을 감지할 수 없고, 예민하면 권력을 가지고도 한 걸음조차 앞으로 나아가지 못한다.

이렇듯 윤극사가 손에 쥐게 된 권력은 그가 경험해 보지 못했던 또 다른 종류의 신비한 힘이고, 괴물이었다.

그리고 그 힘은 손에 쥐기 전까지는 백 분지 일도 이해할 수 없고, 손에서 쥔 후에도 결코 백 분지 오십을 이해할 수 없으며, 손에서 놓을 때에야 백 분지 칠십을 이해하고, 죽음에 이르렀을 때는 오히려 권력은 경험할 수는 있지만 결코 이해할 수 없는 것이란 사실을 느끼게 된다고 말해지는 바로 그것이었다.

그 점에서 권력은 윤극사가 만났던 존재의 근원과 비슷했다.

제2장 그의 백성(百姓)

 그의 백성(百姓)

새벽이 왔다.

안개가 커다란 수레바퀴처럼 산과 강과 들판을 굴러다녔다.

몸이 식으면 식는 대로 두고 윤극사는 바위 위에서 새벽을 맞았다.

밤이 깨어지고 새벽이 열렸을 때 윤극사도 새로운 세상을 향해서 자기를 열고 깨어났다.

햇살이 황금빛으로 하늘과 땅을 물들였다.

윤극사는 함께 밤을 지새운 광림 장군과 함께 화청궁으로 들어갔다. 이른 아침이었지만 병사들과 장수들이 분주하게 움직이고 있었다.

양을기가 그를 발견하고 달려와서 맞았다.

"왕야!"

"어떻게 되어갑니까?"

하고 윤극사가 물었다.

"밤을 새워서 준비했습니다. 정오 무렵이면 여기에 있는 북면후삼영의 병사들과 장수들 모두 전선으로 떠날 채비를 완료할 것입니다."

양을기가 음성을 낮추고 말했다.

"서면후삼영(西面後三營)에서 차출된 장수와 병사들이 이미 이곳을 향해 출발했을 것입니다."

대위국의 전시 군제는 전선에 있는 장수와 병사들이 북, 서, 남, 그리고 서안 본영의 병사들과 순환하는 체제를 가지고 있었다.

사대능신은 화청궁에 왔던 북면후삼영의 병사들과 양을기 등이 이끌고 온 병사들을 모두 전선으로 보내어 혹시 있을지도 모를 소문의 번짐을 막고자 한 것이었다.

"민천자는?"

하고 윤극사가 물었다.

"폐하께선 기침하셨다고 합니다. 지금 구룡탕(九龍湯)에 계실 것입니다."

구룡탕은 화청궁에 있는 다섯 개의 온천탕 중에 하나로 당나라 현종이 사용했다고 전해지는 곳이다.

양을기가 조심스럽게 물었다.

"폐하께 환궁을 건의하실 것인지요?"

윤극사가 머리를 저었다.

양을기는 더 묻지 못했다.

윤극사와 양을기가 갔을 때 구룡탕은 친위들과 내관들, 그리고 궁녀들로 둘러싸여 있다시피 했다.

양을기는 밖에 남고 윤극사 혼자서 내관의 안내를 받아 구룡탕 안으로 들어갔다. 후끈한 온천의 열기가 실내를 메우고 있었다.

민천자는 머리를 제외한 전신을 물속에 담그고 있었고 탕 밖의 양쪽엔 두 내관이 무릎을 꿇고 앉았다.

민천자는 밤 사이에 더 초췌해진 듯했다. 감았던 눈을 뜨고 나직하게 말했다.

"들어오게."

푸른 비단이 물을 덮어서 민천자의 몸은 보이지 않는다. 황제의 벗은 몸을 함부로 볼 수 없다는 법도 때문에 내관들이 가린 것이다.

윤극사는 허리를 숙여 인사하고 민천자에게로 다가갔다.

"늙을수록 따뜻한 곳을 좋아하게 돼. 점점 몸이 식고 있다는 뜻이겠지. 몸을 잊어. 물속에서는."

민천자는 지그시 눈을 감으며 말했다.

"물러가라."

내관들이 머리를 조아리며 나갔다. 뿌연 수증기 너머로 보이는 그들의 푸른 옷자락. 윤극사는 시선을 돌리며 불쑥 입을 열었다.

"언제 환궁하시겠습니까?"

민천자가 말했다.

"환궁이라…… 이제는 화청궁을 떠나지 않을 생각이야."

윤극사가 말했다.

"폐하의 신민(臣民)이 기다리고 있습니다."

민천자가 슬몃 웃었다. 바위 같은 얼굴이 꿈틀거려서 윤극사도 움찔 놀랐다.

"승상이 시켰는가?"

"아닙니다."

하고 윤극사가 대답했다.

"신민… 백성이라, 백성……."

민천자가 말했다.

"백성은 인위적인 변화를 두려워한다. 전쟁을 두려워하고, 질병을 두려워하지. 인위적인 변화로 잘못된 것을 자연스럽게 돌리는 것만 백성은 좋아한다. 누르는 것이 없고 붙잡는 것이 없으면 백성은 스스로 자라고 발전하여 변해간다. 전쟁이 있거나 왕조가 새로 생긴 후에 오히려 국가가 부강한 이유는 제도를 정비하느라 백성들을 수탈하지 않고 억압하지 않았기 때문이다. 나라를 처음 세웠을 때 임금이 할 일은 자기가 임금이라는 것을 알리는 것뿐이야."

민천자는 숨을 잠시 멈췄다가 내쉬면서 말을 이었다.

"나는 여기 있겠네."

윤극사는 잠시 할 말을 생각했다.

민천자가 몸을 기울여 자세를 바꾸고 느릿한 어조로 말했다.

"누구도 융에 대해서 말하지 않더군. 그가 양위를 요구했던 것이 사실인지 아닌지조차 말이야."

"사실이 아닙니다."

윤극사가 대답했다.

"그랬군."

민천자가 중얼거렸다.

"어쨌든 양위했다는 사실에는 변함이 없네."

윤극사는 그의 뜻이 완강한 것을 보고 물러났다. 인사하고 나오는 그에게 민천자가 무심코 한마디 던졌다.

"우뚝해진 듯이 보이는군."

윤극사는 민천자에게 웃음을 지어 보였다. 민천자도 빙그레 웃었다.

구룡탕에서 나왔을 때는 사대능신도 달려와 있었다.

"폐하께서는 어떠하십니까?"

"며칠 쉬시면 몸이 더 좋아지실 듯합니다."

"의중은……?"

"여러분이 바라는 대로 화청궁에 머무시려고 하는군요."

윤극사는 사씨일가가 있는 방향으로 걸음을 옮기며 말했다.

상홍이 말했다.

"그렇다면 전하께서는 금명간에 서안으로 돌아가셔야 합니다."

윤극사가 광림 장군에게 나직하게 말했다.

"포로가 된 사람들에게 나와 함께 서안으로 갈 것인지, 여기 남아 있다가 전쟁이 끝난 후에 고향으로 돌아갈 것인지를 물어봐 주세요."

광림 장군이 대답하고 자리를 떴다.

사씨일가의 사전지를 만났을 때 윤극사는 광림 장군에게 시켰던 것과 같은 일을 자기가 했다.

사전지는 혼자서 결정할 수 없는 일이라며 대답할 시간을 달라고 했다.

윤극사는 그러마 하고 화청궁 안을 한 번 휘이 돌아서 강가의 돌배로 갔다.

전선에서 급보가 온 것은 모두가 조반을 들 때였다.

둥둥, 하는 급한 북소리가 먼저 울렸고, 급해진 내관들이 발소리를 내면서 달렸으며 화청궁에 따라온 신하들과 장수들이 소집되었다.

광림 장군은 밥그릇을 던져 버리고 장군의 차림을 했으며 불길한 표정을 지었다. 윤극사가 무슨 일이냐고 물었다.

광림 장군은 윤극사의 팔을 잡으며 말했다.

"민천자가 붕어(崩御: 임금이 죽음)했는지 모르겠네. 어서 가보세."

윤극사는 민천자가 죽었을 리는 없다고 생각했다. 그는 약해지기는 했지만 아직 죽을 정도는 아니었다. 더구나 이렇게 갑작스런 죽음과는 거리가 멀다.

광림 장군에게 이끌리다시피 하면서 오간청으로 달려갔을 때는 승상 우문태가 먼저 나와 기다리고 있었고 장수들과 신하들이 뛰어들어 오면서 의복을 갖추는 중이었다.

내관 한 사람이 달려와 승상에게 엎드리며 물었다.

"폐하께옵서 무슨 일인지 알아보라 하시었습니다."

승상 우문태가 납덩이같이 무거운 안색을 하고 말했다.

"직접 찾아뵙고 아뢰겠다고 전하라. 아니, 아니. 네가 전해라. 동정 대원수께서 진중에서 자객(刺客)의 손에 돌아가셨다고."

오간청으로 들어섰던 대신들은 낙백(落魄)하고 장수들은 일제히 바닥에 엎드리며 '아버님!' 하고 외쳤다.

소식을 들은 내관도 안색이 창백하게 변했다.

우문태가 내관들에게 지시했다.

"조종(弔鐘)을 울려라."

안정을 되찾는 듯하던 화청궁은 다시 한 차례 소용돌이에 휘말렸다.

동정 대원수 오번백이 자객의 손에 죽었다는 사실이 발표되자 병사들마저 울분에 휩싸였다. 곡소리가 어느 곳에서나 터져 나오고 있었다. 오번백은 덕이 많은 장수였다.

승상 우문태와 윤극사, 그리고 대신들이 민천자를 찾아갔을 때 민천자는 한바탕 울고 난 듯이 초연한 표정이었다.

우문태 등이 조아리자 민천자가 물었다.

"번백은 어떻게 죽었는가?"

황제가 직접 이름을 불러주는 것은 그 관직을 높여 불러주는 것보다 더한 영광이었지만 오번백은 이미 죽은 후였다.

우문태가 말했다.

"도성이 공격당할 때 대원수도 이궁의 총공세를 받았다고 합니다. 대원수는 적진의 움직임이 심상치 않은 것을 보고 대비를 갖췄기 때문에 사흘 동안의 큰 싸움에서도 훌륭히 싸우셨고 적을 크게 깨뜨렸으며, 포로로 잡은 자만도 사천여 명이었다고 합니다. 이궁도 더 감당할 수가 없어 군사를 뒤로 물렸는데, 대원수는 잠시 쉬겠다고 막사로 들어간 후에 변을 당했다고 합니다."

민천자가 한숨을 내쉬며 말했다.

"번백은 여태까지 실수하지 않았는데 한 번 실수로 죽었구나. 싸움이 끝나기 전에 항복하는 자가 많으면 적장의 목적이 다른 곳에 있다는 것을 알아야 했건만. 자기를 죽이려고 큰 싸움을 벌였다는 것을 왜 몰랐단 말인가."

우문태가 말했다.

"이궁은 대원수가 죽었다는 사실을 알고 나자 군사를 더 뒤로 물렸다고 합니다."

민천자가 말했다.

"교활한 자다. 이궁도 병법을 아는 자야. 달려들었다면 우리 육만 군사를 모두 죽일 때까지 싸워야 했을 거야. 그랬다면 전선의 우리 군사는 모두 죽을지라도 망하는 것은 주실(朱室)이 되었을 거야. 그의 영구(靈柩)는?"

"도성으로 출발했다고 합니다."

하고 도승지가 말했다.

민천자가 물었다.

"자객은 잡았는가?"

양을기가 분루를 흘리며 말했다.

"폐하! 자객을 본 자가 없습니다."

민천자가 말했다.

"자객은 중요치 않다. 이궁이 시키는 대로 했을 것이니까."

민천자는 몸을 일으키고 장수들을 바라보며 말했다.

"누가 적을 깨뜨려 번백의 원수를 갚겠는가?"

양을기와 정개화 등이 즉시 엎드리며 말했다.

"소장들은 목숨을 바쳐 원수를 갚겠습니다."

민천자가 주먹을 천천히 움켜쥐었다 폈다 하기를 반복했다. 그의 가슴속에서 분노와 함께 직접 복수를 하고 싶어하는 열망이 피어오르는 것이 다른 사람들의 눈에도 비쳤다.

민천자가 다시 그 열망을 가라앉히기에는 차 한 잔 마실 정도의 시간이 걸렸다. 지금의 민천자는 스스로 양위를 발표한 황제로서 태상황(太

上皇)이 되어 있는 상태였다.

민천자는 천천히 몸을 돌리며 말했다.

"물러가라."

윤극사와 승상 우문태는 오간청으로 돌아와서 이미 전장으로 떠날 준비가 되어 있던 정개화 등의 장수를 출발시켰다.

사대능신 중 시적은 윤극사에게 몸을 의탁한 포로들을 화청궁에서 더 먼 곳으로 물렸다. 분노한 군사들이 그들을 공격할 가능성이 컸기 때문이었다.

지난밤에도 늦게까지 의논했지만 그날에 의논할 것과 해야 할 일은 더 많았다. 윤극사는 궁을 나가지도 못하고 밤을 화청궁 안에서 맞았다.

살펴보고 느끼면서 주변에서 일어나는 모든 일들이 자기의 의사를 따르도록 했고, 자기에게 감지되는 모든 일들에 자신의 의지를 개입시켰다.

모든 제왕들이 의식했든 하지 않았든 간에 고대부터 해왔던 방법을 그는 의식적으로, 더욱 깊숙한 차원에서 행하기 시작했던 것이다.

윤극사의 사유가 그치지 않는 한 그를 에워싼 일들은 마치 물이 흐르듯이 순조롭게 진행되었다.

윤극사의 그러한 행위는 그가 사유를 통해서 흐름을 만들어내는 것이기도 했고, 원래부터 존재하는 흐름에 그가 합치하는 것이기도 했다.

그리고 그 틈에서 윤극사가 그동안 갈고닦았으며 길러왔던 것들이 내부에서 폭발하듯이 터져 나오고 있었다.

윤극사는 천지인풍절후를 통해서 누구를 보든지 간에 그 사람의 깊숙한 면을 간파할 수 있었으며, 그가 지닌 의술과 능력으로 상대방의 몸과 기운을 모두 환하게 알 수 있었다. 또한 심상술을 통해서 상대방을 조금씩 일깨워서 상대방이 그와 함께 있기만 해도 마음이 상쾌하고 시원해지게 할 수 있었다.

신하들 사이의 의견을 조율하는 것도 인체의 서로 상충하는 기운을 조절하는 것과 다를 바가 없었다. 윤극사는 자기의 말 한마디 한마디를 은침 쓰듯이 하여 신하들의 의견을 조율하고 조화가 깨어지지 않도록 했다.

권력의 칼날 위에 선 지 하루 만이었다. 새벽이 되어 늙은 대신들이 지치자 그들을 침소로 돌려보냈다.

사대능신 중 상홍이 윤극사에게 감탄을 금치 못하고 물었다.

"전하, 언제 치세에 대해 그토록 깊이 연구하셨습니까?"

윤극사는 뭐라 할 말이 없는데 광림 장군이 말했다.

"진정한 황제가 될 분은 치세를 배우지 않네. 그가 행하는 것을 일러 남들이 치세라 하네. 도리에 합당한 길을 걸었기 때문이지."

이야기가 잠시 옆으로 샜다. 그러나 그들이 처해 있는 상황은 한담을 주고받을 수 있을 만큼 한가하지 않았다.

새벽에 어사 당연생이 돌아왔다는 급보가 전해졌다. 설대녕은 승상을 깨우기 위해, 상홍은 당연생의 발을 붙잡아두기 위해 뛰었다.

당연생은 무공을 지니고 있는 데다가 황제가 가장 신뢰하는 어사였다. 승상과 사대능신이 그를 설득하였으나 당연생은 고지식한 사람이라 오히려 분노하여 승상과 사대능신을 베려 했다.

승상 우문태가 숨기고 있던 비술(秘術)로 당연생을 제압하여 옥에 가둘 수밖에 없었다.

윤극사가 그를 만나러 갔을 때 당연생은 눈을 부릅뜨고 윤극사에게 침을 뱉었다. 윤극사는 얼굴로 날아오는 침이 땅으로 떨어지게 한 후에 상홍에게 물었다.

"당 어사는 용렬한 사람이오?"

상홍이 대답했다.

"아닙니다. 아주 총명한 분입니다."

윤극사가 말했다.

"옥을 열어요."

상홍이 머뭇거리다가 눈짓으로 옥리에게 문을 열게 했다.

당연생이 껄껄 웃었다.

"괴수(魁首)는 어디가 달라도 다르구나."

윤극사가 말했다.

"가시오."

당연생이 멈칫했다.

사대능신이 동시에 윤극사에게 소리쳤다.

"왕야! 아니 됩니다."

"당 어사의 고집은 승상께서도 꺾지 못하셨습니다."

민천자가 어사 당연생을 곁에 두고 있었던 것은 그 누구도 꺾지 못하는 그의 고집과 충성심을 높이 샀기 때문이었다.

설대녕이 당연생에게 물었다.

"당 어사! 황제 폐하께 있는 사실을 다 고할 것이오, 아니할 것이오?"

당연생이 코웃음을 치면서 말했다.

"나 당연생은 상황에 따라 말을 바꾸는 사람이 아니다."

시적이 화난 음성으로 말했다.

"폐하께서 일태자 전하의 죽음을 아시면 버틸 수 있다고 생각하시오? 오번백 대원수마저 돌아가신 마당에!"

당연생이 차갑게 대꾸했다.

"그런 말은 아까 다 했지 않은가? 더 듣고 싶지 않네."

무수영이 간곡한 어조로 말했다.

"당 어사! 그대가 황제 폐하를 돌아가시게 할 작정이오?"

당연생이 가소롭다는 듯이 말했다.

"그대들의 목숨을 걱정하는 것이 아니고?"

당연생이 하는 말에는 다른 사람의 비위를 건드리는 뭔가가 있었다.

상홍 등은 화가 났으나 꾹 참고 윤극사에게 말했다.

"당 어사는 이런 분입니다. 승상께서 당 어사를 직접 만나겠다고 하셨던 것도 설득해서 안 될 가능성이 많았기 때문입니다. 승상께서는 당 어사를 죽일 작정이셨지만 생사는 한 번 결정되면 돌이킬 수 없는 것이라 잠시 미루셨습니다. 승상께서 그토록 고심하신 당 어사를 쉽게 풀어주신다면 우리 모두는 물론이고 황제 폐하와 나라를 망하게 할 수도 있습니다. 전하! 제고하여 주십시오."

당연생이 큰 소리로 웃었다.

"이 좁쌀 같은 작자들아! 그런 소견으로 무슨 사해를 다스리겠다고 하느냐?"

시적이 고함쳤다.

"닥치시오!"

당연생이 거듭 웃으면서 말했다.

"불충한 것들! 황제 폐하 알기를 무슨 소인배처럼 생각하는구나! 황제 폐하께서 어떤 분이신데 너희들의 작은 그릇으로 재려 한단 말이냐? 그야말로 동해 물을 됫박으로 헤아리겠다는 것과 마찬가지로다! 하하하하하!"

사대능신은 당연생의 말에 더 화가 치밀은 상태였지만 마땅히 대꾸할 수가 없었다. 당연생의 교묘한 말은 사대능신이 반박하면 그 즉시 황제 폐하를 폄하하는 말이 되어버릴 소지가 다분했다.

윤극사가 빙그레 웃었다.

당연생은 윤극사가 미소를 짓자 의아한 표정으로 입을 다물었다.

윤극사가 물었다.

"폐하께서 얼마나 크신 분입니까?"

당연생이 킁, 하고 대답했다.

"내가 어찌 알겠소? 나는 저 불충한 사대능신보다도 그릇이 작은 사람인데. 그래도 내가 사대능신이 모르는 걸 딱 하나는 알고 있소."

"무엇입니까?"

하고 윤극사가 물었다.

당연생이 슬며시 웃고는 말했다.

"황제 폐하께서는 이 나라를 세우신 분이오. 기껏해야 몇 사람 죽은 것에 놀라서 잘못될 분은 절대 아니라는 것이오."

"하하하하하!"

윤극사가 큰 소리로 웃었다. 당연생이 따라서 껄껄 웃는데 마치 사대능신을 조롱하는 듯했다.

윤극사가 웃음을 그치며 말했다.

"아기를 놀라게 하는 것은 천둥 소리가 아니라 발자국 소리고, 문 여닫는 소리입니다."

"홍, 두고 봅시다."

당연생이 팔짱을 끼면서 말했다.

윤극사가 말했다.

"가십시오. 가서 어사의 판단대로 하십시오. 나는 승상과 사대능신이 옳다고 생각했지만 어사의 생각도 잘못되었다곤 할 수 없습니다."

당연생이 눈을 번쩍 빛냈다.

"어째서 승상과 저들의 생각이 옳다고 여기시오?"

얼토당토않다는 어투였다.

윤극사가 말했다.

"대위국은 원래 황조(皇朝)를 위해 선 나라가 아니라 대위민(大爲民)하기 위해 세웠다고 들었기 때문입니다. 나는 이 뜻을 높이 기립니다."

당연생은 윤극사가 무슨 말을 하는지 알았다. 대위국의 건국에 참여한 그가 그런 사실을 모를 리가 없었다.

그러나 당연생은 자기의 뜻을 굽히지는 않았다. 그가 알고 있는 것과 그가 보아왔던 것이 윤극사와 다른 까닭이었다.

당연생이 당당하게 옷자락을 떨치며 옥을 걸어나가자 사대능신은 씁쓸한 표정을 지었다. 화가 자신들에게 미치는 것으로 끝나지 않고 황제 폐하와 대위국의 모든 백성에게 이를 것을 염려한 때문이었다.

윤극사는 사대능신에게 말했다.

"그대들이 염려할 것 없습니다. 염려는 당 어사가 합니다."

무수영이 물었다.

"무슨 뜻입니까?"

윤극사가 잠깐 웃음을 지었다.

"우리에게는 그럴 뜻이 없지만 당 어사는 자기가 우리에게 다른 빌미를 줄까 두려워합니다."

상홍과 시적이 동시에 자기의 이마를 툭 쳤다.

"그렇군요!"

사대능신이 안도의 한숨을 쉬며 기뻐했다.

어사 당연생은 윤극사의 말대로 옥을 걸어나갔지만 근심을 어깨가 찌부러질 듯 무겁게 지고 있었다.

그는 자기가 민천자에게 사실대로 고하게 될 경우에 민천자가 그 사실로 인해서 잘못되지는 않을 것이라고 확신했다. 그가 알고 있는 민천자는 이 세상 누구보다 강한 사람이기 때문이었다. 민천자는 오히려 그런 상황을 다 알고 나면 다른 사람들이 생각하지 못하는 방법과 힘으로 훌륭하게 대처할 것이었다.

그러나 당연생은 윤극사에 대한 불안을 떨칠 수가 없었다. 승상과 사대능신을 비롯한 조신 모두가 이미 윤극사를 구심점으로 뭉쳤다. 더 이상 민천자는 구심점이 아니었다. 그들은 민천자를 위해 민천자가 사실을 알지 못하기를 원하고 있었다.

민천자가 사실을 알게 되면 그 순간부터 그들이 어떻게 나올지를 짐작하기가 어려웠다. 당연생은 윤극사가 자기를 풀어줘도 사대능신이 자기를 가로막아 못 가게 한다면 충분히 승산이 있다고 생각했다.

하지만 그들은 자기들이 전부 죽을 수도 있는 상황에서 윤극사의 말에 복종해 버렸다. 당연생은 그것이 두려웠다.

제세원 말의 윤극사라는 이름을 민천자 곁에서 몇 번 들었지만 그때는 그냥 많은 이름 중에 하나였다. 그러다가 신생조화문을 그가 파괴했다는 말에 놀랐고, 이후에 서안으로 일태자를 조사하러 갔을 때 들은 윤극사에 대한 소문에 또 놀랐었다.

'무서운 자!'

하고 당연생은 속으로 중얼거렸다.

겨우 약관을 넘긴 윤극사에게 도사린 야망이 상상하기 힘들 정도로 거대하게 느껴졌다. 윤극사에게는 그것이 야망이 아니었는지 몰라도 당연생이 보기에는 한 줄기로 내뿜어지는 거대한 야망이었다.

당연생은 서안에서 조사를 급하게 마치고 쉬지도 않고 달려서 돌아올 때는 민천자에게 가장 주의해야 할 인물이 윤극사라고 말하려 했었다.

윤극사는 일태자의 죽음과도 관련이 있으며 이태자의 역모와도 관련이 있을 뿐 아니라 심지어 신포 필재의 서안 기습과도 연관이 있었다.

더구나 서안에는 백성들 사이에 윤극사에 대한 이상한 소문들이 많이 퍼지고 있었다. 그중에는 직설적이고 섬뜩하게 새 황제가 나올 것이고 그가 바로 윤극사라는 말조차 있었다.

어떻게 해서 그런 말들이 나오게 되었는지를 조사하다가 당연생은 조정대신들에게까지 이르렀다.

그들의 입을 통해서 윤극사가 사가장의 지하에서 직접 자신은 황제가 될 것이라고 선언했다는 말을 들었다.

'일태자가 죽은 것은 윤극사 그자 때문임이 틀림없다. 이태자가 죽였다고 하지만 윤극사가 수를 부렸을 거야.'

당연생은 주먹을 불끈 쥐었다.

생각할수록 윤극사가 두려워졌다. 조정의 대신들조차 윤극사에 대해서 호의적인 정도가 아니라 그를 무슨 신처럼 생각하고 있었다.

두터운 철문이 그의 입김 한 번에 녹아내리고 칼질 한 번에 벽이 갈라지고 했다는 것은 옛이야기에서나 나올 법한 이야기였다. 그럼에도 저마다 똑똑하다고 자부하는 조정의 대신들이 황당무계한 소리를 했다.

'당치도 않아! 입김에 철문이 녹다니.'

그러나 그런 당치 않은 소리가 윤극사에 관해서는 아주 무성했다. 그중에서는 과장되고 덧붙여진 이야기들도 적지 않아서 소문은 더욱 커졌다.

민천자나 일태자가 기이한 일로 사람들을 놀라게 한 경우도 수없이 많았지만 이처럼 황당한 경우는 아니었다.

당연생은 윤극사의 배후가 누구일까를 생각했다.

윤극사는 너무 젊었다. 그리고 모든 일이 체계적이고 조직적으로 일어나는 것 같았다. 윤극사를 황제로 만들려는 자들이 대체 누구란 말인가? 당연생은 힘을 가진 자들을 이리저리 생각해 봤지만 꼬집어내지 못했다.

어찌 생각하면 그는 혈혈단신(孑孑單身)인 듯하고, 어찌 생각하면 위로는 민천자에서부터 아래로는 소문을 퍼뜨리고 다니는 무지한 백성들까지도 그와 공범인 듯했다.

민천자가 그를 화왕(華王)으로 봉했다는 것은 승상 우문태에게서 들었다. 그때 당연생은 이게 대체 뭐란 말인가 하는 생각이 들었다.

가장 경계해야 할 인물이라고 말하려 했는데 이미 그자는 민천자의 곁에 와 있을 뿐 아니라 아직 아무도 왕으로 봉해지지 않은 대위국에서 단 한 명의 왕이 되어 있었다. 자작(子爵)도 아니고 백작(伯爵)도 아니고 공작(公爵)도 아닌 왕(王)이었다.

그에 더해서 승상을 비롯한 대신들이 윤극사를 중심으로 나라를 다스리려 한다는 사실은 온몸에 송충이가 꿈틀대는 듯한 느낌을 당연생에게 주었다.

당연생은 민천자가 힘들게 세운 대위국을 윤극사가 너무 쉽게 찬탈한다고 생각했다. 결코 용납할 수가 없었다.

당연생은 자기도 모르게 탄식을 했다.

분노가 치밀어 올라야 하지만 한숨만 나왔다. 점차 혼란스러워졌다. 승상과 대신들의 민천자에 대한 충성심은 털끝만큼도 의심할 여지가 없다는 것이 그의 생각이었는데 이제 와서 뒤늦게 그들의 태도가 이해되지 않았다. 자기 혼자 잘못된 것이 아닌가 싶은 생각마저도 퍼뜩 들었다가 사라졌다.

자기의 뒤에서 윤극사가 커다란 산처럼 그림자를 드리운 채 노려보고 있는 듯이 느껴졌다.

당연생은 결국 그 즉시 민천자의 침소로 가지 못하고 다른 곳에서 날이 새기를 기다리며 번민에 번민을 거듭했다.

윤극사는 아침에 민천자를 만났을 때 그 옆에 당연생이 있는 것을 보았지만 그에게 주의를 기울이지 않았다.

승상을 비롯한 대신들은 침전 밖에서 대기하고 있었다.

민천자가 윤극사에게 물었다.

"번백의 장례에 대한 준비는 승상이 하고 있는가?"

윤극사가 대답했다.

"서안으로 돌아가면 시작하실 것입니다."

민천자가 의자에 등을 묻으며 말했다.

"자네는 날로 헌앙해지는군."

섬뜩할 수도 있는 말이었지만 윤극사는 그냥 고개만 숙였다. 민천자가 뭔가를 느끼고 있다는 것을 알았다.

민천자가 말했다.

"역시 늙었어. 젊은 사람이 부러우니."

윤극사가 말했다.

"오늘 서안으로 떠나고자 합니다."

민천자가 고개를 끄덕이더니 말했다.

"나도 떠났으면 하네."

윤극사가 놀라서 고개를 번쩍 들었다.

민천자가 쓸쓸한 어조로 말했다.

"서안으로 가겠다는 말은 아니야. 법문사(法門寺)로 갈 생각이야."

"폐하!"

하고 윤극사가 말했다.

민천자가 말했다.

"중이 될지 안 될지는 가서 생각해 보겠네. 가까운 사람이 죽었으니 불공을 드려 혼백이라도 위로했으면 싶어. 우리 대위국과 융이 잘되기를 기원도 하고."

윤극사는 속으로 가슴을 떨었다.

민천자가 일태자의 죽음을 알아서 하는 말은 아닌 것이 분명했다. 하지만 그로 하여금 천자가 되게 했던 그 무엇이 이제는 그가 알든 모르든 무엇을 해야 할 것인지를 말해 주는 듯이 보였다.

윤극사가 물었다.

"폐하께서는 마교를……."

민천자가 고개를 끄덕였다.

"마교를 배웠지. 하지만 부처에게 못 갈 까닭이 어디 있는가? 신불(神佛)이란 원래 하나인 것을. 사람이 지은 것이니 다 마찬가질세. 이 신이고 저 신이고 다 헤쳐 놓고 보면 결국 사람만 남는 것을."

민천자의 앞에서 물러나와 윤극사는 승상 우문태에게 민천자의 뜻을 전했다.

우문태가 말했다.

"잘된 일이오. 법문사는 서안에서 말로 달려 서너 시간이면 이를 수 있는 데니 여기보다 더 안전할 것이오. 자주 찾아뵐 수도 있을 테고. 오 대원수의 상을 법문사에서 치르는 것이 좋겠군."

황제의 어가를 옮기기 위한 준비가 새로 이루어졌고, 서면후삼영의 군사들이 황제의 어가를 호위하고 친위를 제외한 북면후삼영의 군사들은 모두 전선으로 향했다.

다음날 황제의 어가가 먼저 화청궁을 출발해서 법문사가 있는 서쪽으로 갔다. 민천자는 데려왔던 봉행 대신들 중 승상 우문태를 제외한 나머지 사람들을 이번에도 직접 거두어 함께 갔다. 일태자가 자기의 손으로 조각(組閣)을 할 수 있게 하기 위해서인 듯했다.

민천자를 배웅한 후에 윤극사는 자기를 따르는 포로들이 짐을 꾸리는 상황을 지켜보았다. 대부분의 짐은 물건이 아니라 부상자들이었다.

그들은 광림 장군이 어떻게 말을 했는지는 모르지만 새로운 세상에 대한 열망으로 가득 차 있었다. 십여 명의 병사가 다가와 윤극사에게 조심스럽게 물었다.

"전하, 저희들 중 성한 몇 사람이 가족을 데리고 오길 원합니다. 그래도 되는지요?"

윤극사는 그 말에 오히려 어리둥절했다. 광림 장군에게 어떻게 된 영문이냐고 눈으로 물었다.

광림 장군이 대답했다.

"이들도 눈이 있고 귀가 있는데 돌아가고 싶겠소? 가혹한 세금과 징용이 끝없고 관리의 탐학이 뼛골을 쥐어짜는 곳으로 말이오."

윤극사는 잠시 생각하다가 말했다.

"이 나라는 민천자의 나라다. 그의 백성이 되고자 하는가?"

병사들이 눈을 빛내며 큰 소리로 대답했다.

"우리는 전하의 백성이 되겠습니다."

윤극사는 미간을 찌푸렸다. 이것도 뜻밖이었다. 역시 광림 장군이 그들에게 어떤 말을 넣은 것이 틀림없었다.

윤극사가 잠자코 있는 사이에 병사들이 더 많이 모여들어서 소리쳤다.

"우리는 전하의 백성이 되겠습니다."

외쳤던 사람이 또 외치고 뒤늦게 온 사람이 따라 외치면서 그 소리는 커다란 합창이 되어서 반복되었다.

"우리는 전하의 백성이 되겠습니다."

이 소리는 윤극사의 가슴에서 심장처럼 펄떡거렸다. 그 소리가 바로 그의 발밑에 계단을 하나 더 높여놓은 것 같은 느낌이었다. 바로 명성의 계단이며 외침과 더불어 높아지는 신비의 계단이었다. 오직 인간 세상에만 존재하는.

윤극사는 전신의 피부에 소름과 비슷한 전율이 흐르면서 몸이 뜨거워졌다. 몸이 뜨거운 공기로 가득 차며 가벼워져서 둥둥 떠오르는 듯도 싶었다.

그리고 그 감각은 사람을 중독시키고 온갖 추한 짓을 해서라도 다시 붙잡고 싶어지게 만드는 바로 그것이었다.

윤극사는 왼손을 번쩍 들었다.

순간 주위를 둘러싸고 있던 병사들이 천지가 떠나갈 듯한 함성을 질렀다.

"와아!"

윤극사는 오른손도 번쩍 들었다.

"와아!"

다시 함성이 터져 나왔다. 윤극사는 무엇에 홀린 것처럼 두 손을 내렸다 올렸다 했다.

"만세! 만세!"

그의 손을 따라서 함성 소리가 조율되어 메아리쳤다.

골 속이 쩌릿해질 정도의 홍분.

윤극사 자신의 백성들이 그를 위해 만세를 외치고 있는 것이다.

제3장 천자(天子)의 방(房)

천자(天子)의 방(房)

"그의 백성이라……."

화청지의 겨울 버드나무를 바라보며 승상 우문태는 사대능신의 보고를 받았다. 대국을 주제하고자 하는 입장에서는 윤극사의 어떤 것이든 근심스럽지 않은 것이 없었다.

무수영이 말했다.

"그는 우리가 알지 못하는 어떤 힘을 가지고 있습니다."

우문태는 물과 하늘을 번갈아 보았다.

"가는 데까지 가는 수밖에."

상홍이 조심스럽게 물었다.

"스승님께서는 그를 황제로 받들 생각이신지요?"

우문태가 말했다.

"황제는 다른 사람이 만들지 않아. 자기가 되는 것이지. 그가 말대로 황제가 된다면 복종해야지."

시적이 머뭇거리며 말했다.

"하지만 그는 너무 과격합니다."

우문태가 말했다.

"네가 과격하다 하니 그가 과격하긴 과격한 모양이군."

시적이 말했다.

"아무것도 신경 쓰지 않고 마음대로 하는 것처럼도 느껴집니다. 그런데 딱히 뭐라 할 수 없는 것이, 잘못되지는 않았기 때문입니다."

우문태가 머리를 끄덕였다.

설대녕이 말했다.

"일태자께서는 그가 황제의 운명을 타고났다는 듯이 말했습니다. 스승님께서도 그렇게 보시는지요?"

우문태가 단호하게 말했다.

"황제의 운명 같은 건 없다."

"예?"

상홍 등이 반문했다.

"하지만 스승님께서는……."

우문태가 말했다.

"그럴 능력과 의지를 가진 사람에게는 그런 말이 암시가 되는 것이지. 나는 십만 서를 읽었다고 생각하지만 천의(天意)는 알지 못한다. 보이지도 않는다. 단지 사람만 좀 볼 수 있을 뿐이다. 십만 서도 고작 사람을 말한 것에 지나지 않아. 하늘도 땅도 아니고 모두가 사람이야."

우문태는 혼잣말처럼 중얼거렸다.

"자기의 운명을 만드는 건 자신에 대한 자각뿐이야."

상홍이 마른침을 삼키며 물었다.

"그럼 그는 황제가 될 수 있습니까?"

우문태가 버럭 호통을 쳤다.

"황제가 되는 것이 대수인가? 백성을 바르게 이끌고 다스릴 수 있는가가 중요하지."

사대능신이 머리를 숙였다.

우문태가 말했다.

"그를 받든다고 생각지 말고 백성을 받들 생각을 해라!"

"명심하겠습니다."

사대능신이 대답하고 물러났다.

우문태는 손으로 이마를 짚었다. 그리고 나직하게 중얼거렸다.

"신이여."

*   *   *

홍분이 채 가시지 않은 상태에서 윤극사는 다시 화청궁으로 들어왔다.

장군들이 전선으로 떠나기 전에 그에게 인사를 했다. 윤극사는 그들에게도 손을 흔들어주었다. 사씨일가가 서안으로 돌아갈 것인지를 알기 위해서 사전지를 만났다.

사전지는 윤극사에게 엎드리더니 말했다.

"왕야의 은혜 황공하오나 저희 일가는 이미 정해진 길이 있어 서안으로 돌아가지 못합니다. 용서하소서."

윤극사는 그들에게 필요한 것이 뭔지 물어보았다. 그들이 요구한 것은 약간의 식량과 이불 정도였다. 윤극사가 사람을 시켜 준비해 주었을 때 사전지가 윤극사에게 양피지 두 장을 주면서 말했다.

"저희 조모님께서 얻으셨던 것입니다. 약소하나마 왕야께 요긴하게 소용되었으면 좋겠습니다."

윤극사는 의술을 펼 때 있어서도 환자가 주는 금품과 선물을 사양하는 사람이 아니었다. 상대방은 언제든지 줄 수 있는 것을 주기 마련이고 윤극사는 그것을 부족한 사람에게 줄 수 있다고 믿어왔기 때문이다.

감사를 표하고 받았다.

윤극사가 그 양피지를 읽은 것은 서안으로 가는 마차 안에서였다.

두 개의 양피지에는 조그맣고 이상한 그림들이 가득 그려져 있었다. 한 장에는 그나마 사람의 그림들이 그려져 있다는 걸 알 수 있었지만 다른 한 장은 그림이 더 작고 기괴해서 전혀 무엇인지 짐작조차 할 수 없었다.

글 공부가 짧은 윤극사는 그것이 어떤 글씨체인지조차 알지 못했다. 광림 장군이나 사대능신에게 물어볼까 하다가 번거로운 일인지라 그대로 품속에 넣어둔 채 잠이 들었다. 꿈속에서 이영을 보았다.

먼 곳에서 자기를 바라보며 울고 있는 이영을 보고 소스라치게 놀라 깨어났다. 손바닥이 땀에 젖어 축축했고 마차는 천천히 흔들리며 나가고 있었는데 어둠이 사방에 드리운 상태였다.

윤극사는 눈을 감았다. 이영의 모습이 머리 속을 꽉 채워서 가슴이 떨렸다. 숨을 여러 번 가다듬은 후에야 평정심을 되찾을 수 있었다.

윤극사는 신포 필재를 생각했다. 그가 어디에 있을지 이제 종잡을 수가 없었다. 그를 만나면 이영을 만날 수 있을 것 같은데 억지로 찾자니 오히려 더 멀어질지도 모른다는 생각이 들어서 두려웠다.

'황제…….'

윤극사는 천천히 주먹을 움켜잡았다. 황제가 되면 그녀는 자기에게 돌아올 것이라고 다시 한 번 속으로 다짐 아닌 다짐을 했다.

광림 장군이 저녁을 들 것인가 물었다. 윤극사는 생각이 없다고 말했다. 밤에도 마차는 쉬지 않고 천천히 서안을 향했다.

윤극사는 이영의 꿈을 꾼 후에 마음이 맑아져서 마차 안의 등불 심지를 높인 후에 민천자에게 받았던 두루마리를 꺼내서 읽었다. 말로만 들었던 유리광국에 대한 내용이었다.

이틀이 지난 후에 윤극사는 서안으로 돌아왔다.

혹한(酷寒)으로 거리에는 인적이 끊어졌고 담장 위나 길바닥에는 간혹 얼어 죽은 날짐승, 들짐승들의 시체가 보였다.

추위는 홍수에 이은 서안의 또 다른 재앙이었다. 윤극사는 군사들의 호위를 받으며 궁으로 들어갔다.

대전에는 숯이 가득한 화로가 있었지만 온기는 없었다. 오번백 대원수의 영구가 서안에서 삼백 리 거리에 이르렀다는 연락이 왔고, 예를 갖춘 대신들이 마중을 준비했다.

승상 우문태에 의해서 여러 가지 칙령이 반포되고 화왕이 황제 폐하를 대신하여 섭정한다는 사실이 알려졌다.

윤극사의 섭정은 그가 궁에 도착하는 순간부터 시작되었다. 승상 우문태와 사대능신이 영강 공주를 설득했고, 영강 공주는 시녀들과 더불어 민천자가 있는 법문사로 떠났다.

윤극사는 신생조화문을 건립했던 장인들을 불러서 빈민들이 옮겨와 겨울 동안 추위를 피할 수 있는 큰 움막을 세우게 하고 서안의 남서쪽, 혼돈석유의 맥이 뻗어 있는 사가장의 빈터에 커다란 용광로(鎔鑛爐)를 갖춘 건물들을 세우도록 지시했다.

제세원 제이신의 평일측의 연구에 따라 만들어졌던 신생조화문의 만상탑에는 진기한 이물(異物)들이 많았다. 윤극사는 그것들을 하나씩 풀어냈다.

서안의 땅 밑으로 식수와 온수가 흘러가고 폐수가 빠져나갈 수 있는 지하도가 만들어지기 시작했으며, 각양의 목적을 가진 각색의 건물들이 건설되기 시작했다. 그것들 중에는 태학과 같은 교육 기관들도 있었지만 대체로 수백 명에서 많게는 천 명 이상의 장인을 고용할 수 있는 공장이 대부분이었다.

추위 속에서도 상하가 바빠서 눈코 뜰 수 없을 지경으로 일하며 서안은 새로운 열기가 피어올랐다.

윤극사는 제세원에서 날마다 밀려드는 환자를 맞았던 것처럼 대궐에서 날마다 밀려드는 국사(國事)를 보았다. 대신들과 더불어 의논하고 결정을 내리고 집행을 명하는 일이 반복되었다.

그렇게 하는 일이 점차 익숙해지면서 윤극사는 자기의 손끝에서 움직이는 권력의 힘을 더욱 생생하게 느낄 수 있었다.

사대능신과 승상 우문태는 처음에 윤극사에 대해서 여러 가지로 염려를 했었지만 점차로 그랬다는 사실마저 잊어버릴 지경이었다.

상홍이 보기에 윤극사는 아침과 저녁이 다르고, 그 저녁이 또 새 아침과 달랐다. 윤극사의 눈은 가만히 있어도 불길이 흐르는 듯하여 감히 마주 볼 수 없게 변해갔으며 그의 음성에도 만균(萬鈞:30만 근)의 무게가 실려서 거스를 수가 없는 것으로 되어갔다.

윤극사는 자기의 힘이 대위국의 구석구석까지 미치는 것을 느꼈고, 동시에 자기 자신이 그 모든 것인 것처럼도 느꼈다.

잠자리에 들 때마다 국가와 자신의 이상적(理想的)이면서도 비정상적인 일치감을 맛보며 기이한 흥분에 들떠 쉽게 잠을 이루지 못하는 날이 계속되었다. 자기를 뒤흔드는 권력이라는 존재가 내부에 있어서 평정을 유지하기가 어려웠다.

그것은 괴물과도 같아서 조금이라도 주의를 기울이지 않으면 어떤 형태로 날뛸지 알 수 없었다.

그런 상황에서 승상 우문태가 주관하여 법문사에서 오번백의 장례를 치렀다. 오번백의 자식들도 통분했지만 민천자를 비롯한 조신 모두 그의 업적을 기리며 슬퍼했다.

장례가 시작되기 전에 오번백은 홍무왕(興武王)으로 봉해졌으며 그의 자손들에게도 각각 높은 벼슬이 제수되었다.

민천자는 장례가 끝난 후에 승상 우문태에게 오번백의 후임은 누가 되는가 물었다. 우문태는 아마도 양을기가 될 것 같다고 말했다.

민천자는 고개를 끄덕였다. 그도 양을기라면 전군을 이끌 만하다고 생각했던 것이다. 민천자는 국사에 대하여 더 이상 물어보지 않았다. 일태자의 안부조차 묻지 않았다.

윤극사는 우문태의 짐작대로 양을기를 대원수로 임명했다. 그것은 그의 뜻이라기보다는 일태자의 뜻을 존중해서였다. 윤극사가 만나본 바로 양을기도 대원수가 될 만한 인물이기는 했다. 하지만 윤극사는 전선에 있는 다른 장수들을 다 만나본 것이 아니었다.

그들 중에 양을기보다 뛰어난 장수가 있을 가능성도 있었다. 양을기가 일태자에게 지목된 이후로 두각을 드러낸 것처럼, 전선에는 눈에 뜨이지 않으면서도 탁월한 재주를 가진 자가 빛을 보지 못하는 경우도 있는 법이었다.

윤극사의 치세 아래 해가 바뀌었다.

전선은 여전히 소강상태였다. 대위국에서는 대원수 오번백을 잃었고, 이궁은 많은 군사를 잃었다. 그로 인해 양국의 상황이 소란해져서 양측 모두 전쟁에 몰입하기가 쉽지 않았다.

작은 싸움은 계속되었지만 전선 자체가 지지부진했다. 윤극사는 새해의 첫 진일(辰日:용날)에 양을기가 직접 보낸 보고서를 받았다.

오번백을 호위했던 수하 이십여 명이 흉수를 찾아 복수할 것을 청해 와서 허락했다는 내용이 있었다.

윤극사는 민천자가 그랬듯이 전선에 대해서는 신경을 많이 쓰지 않았다. 양을기가 알아서 하도록 일임하고 내치에 정신을 모았다.

민천자가 물러났고 오번백이 죽었다는 사실 때문에 민심이 적잖게 동요했다. 윤극사는 그들에게 나라는 굳건하며 아무 염려할 바가 없다는 사실을 보여주어야 했다.

뛰어난 인재들을 계속 물색하여 등용했다. 경향(京鄉)을 잇는 관도의 정비 사업을 역참(驛站)과 함께 실시했다.

성안의 도로마다 궤도가 건설되었고 관도의 정비 사업도 계속되었다. 마차 바퀴가 지나기에 딱 알맞은 궤도는 흙이 들어가지 못하도록 주위보다 약간 높았으며 모든 마차의 뒷부분에는 솔이 달려 있어서 지나가며 궤도를 쓸 게 되어 있었다.

궤도를 달리는 마차는 흔들림도 거의 없었고 훨씬 많은 짐을 옮길 수 있었으며 말은 쉬 지치지 않았다.

마차들이 끝없이 제조되었고 역참마다 배분되었다. 필요한 말들이 서쪽에서 수입되었으며 관에 소속된 마부의 숫자가 폭발적으로 늘어났다.

그들은 역참과 역참을 마차로 오가면서 사람과 물자를 날랐다. 궤도의 길이는 점점 늘어났고 역참의 숫자도 함께 늘어났다. 하루에도 사십 리 이상의 궤도가 새로 만들어졌다. 그것은 수로(水路)나 운하(運河)를 건설하는 것보다 비용이 엄청나게 쌀 뿐만 아니라 속도도 빨랐다.

새로운 분위기가 진작된다는 것은 언제나 놀랄 만한 결과를 가져오기 마련이었다.

백성들 중에서 기발한 생각을 하여 상주(上奏)하는 자가 끊이지 않았으며 스스로 엉뚱하면서도 유용한 것을 만들어 사용하거나 판매에 나서는 자들도 많이 나타났다.

관에 속한 장인으로서 여러 가지 물건을 만들던 자들 가운데서도 독립하여 스스로 사업을 일으켜 납품하는 자들도 생겨났다.

서안은 민천자가 통치하기 시작한 때부터 엉뚱하고 별난 것들이 많이 나타나기 시작했던 것이 윤극사 이후에 더욱 왕성해지고 활발해진 것이다.

먹물을 붓대 속에 넣어서 사용하는 뾰족한 유수필(流水筆)은 모르는 사람이 없었으며 유수필로 글을 쓰는 법을 가르치는 사람들까지 있었다.

삼월 중순에 접어들었을 때 수도 사업이 막바지에 이르렀다. 어느 집에서나 늘어진 줄만 잡아당기면 돌로 된 조그만 분수대에서 맑고 깨끗한 물이 쏟아졌다. 사용한 오수(汚水)는 강으로 이어져 있다는 홈통에 부으면 되었다.

더러운 물이 괴어서 냄새 날 일이 없었다.

집집마다 물이 콸콸 쏟아지던 날에 백성들이 밖으로 몰려나와 만세를 부르며 폭죽을 터뜨렸다.

윤극사는 그날 밤 성문 위의 망루에 올라서 화려한 불꽃놀이를 보고, 백성들의 환호를 들었다. 도로와 물이 구석구석으로 통하면서 서안은 살아 있는 도시가 되었다.

윤극사는 속으로 말했다.

'보라. 기뻐하지 않는가.'

질고(疾苦)에서 벗어났을 때의 기쁨과도 다름없었다. 서안에는 아홉 군데에 커다란 목욕탕이 건설되었고, 그 목욕탕에는 빨래터가 딸려 있었다. 몸과 의복을 청결히 하고 맑은 물을 마신다면 그것만으로도 만 가지 병 중 반 이상은 없어질 터였다.

더구나 가장 무시무시한 역병이 서안에서는 일어나지 않을 것이었다.

서안뿐만 아니라 대위국은 사람과 재화가 풍부하게 움직이고 있었다. 이는 먹는 것도 풍족해지고 있다는 의미였다.

전국 각지에서는 지방관들의 직접 관개수로(灌漑水路)의 개선에 힘썼으며 서안에서는 새로운 농기구와 농법을 개발하여 내려보내고 있었다.

만사가 순조로웠다. 그의 의지를 벗어나는 일이 없었다. 대위국은 천만 명이 넘는 백성으로 이루어져 있었지만, 윤극사는 그들과 한 몸인 것처럼 호흡했다.

새로운 문명을 지닌 새 나라가 그의 손짓과 함께 비상(飛上)하고 있었다. 윤극사 자신이 한 마리의 큰 새가 되어 구만리 창공으로 날아오르는 것 같았다.

*   *   *

새벽바람은 차가웠지만 그 속에는 봄기운이 묻어 있었다. 뜨락의 그늘진 곳에는 잔설이 남아 있었지만 그 속에서도 파란 싹들이 움텄다.

윤극사는 침전을 나와 궁정의 우물에서 물을 길어 머리에 뒤집어썼다. 짜릿하면서 쩡! 하고 골을 울리는 느낌. 그 느낌은 언제나 그대로였다. 윤극사는 그 느낌과 더불어 자기가 여전히 윤극사이며 알게 된 것은 있어도 변한 것은 없다는 것을 자각할 수 있었다.

차가운 물이 처음 머리에 닿을 때는 전신을 얼릴 듯하지만 목을 타고 내려가고 나면 그때는 따뜻하게 느껴지기도 했다.

윤극사는 두 번 더 두레박의 물을 머리에 썼다. 세 번째가 될 때까지는 쭈뼛해지는 일치감을 느끼지만 네 번째부터는 오히려 쇠퇴하는 감이 있었다.

몸에서 수증기가 피어올랐다.

얼굴만 수건으로 닦아서 물기를 없애고 윤극사는 삼득삼성공을 연습하고, 그 후에 연이어 검술을 연습했다.

짧은 청동검은 검의 길을 따라서 흘렀고 윤극사의 몸은 몸의 길을 따라서 움직였다. 검과 윤극사의 몸은 하나가 되고 검은 대지와 하늘에 이어져 하나가 되었다. 윤극사가 움직이는 것은 이 세상의 움직임이었고 그 반대이기도 했다.

무당이 춤을 추면서 몽환지경에 이르고 접신하는 것처럼 윤극사는 검술을 연습할 때면 천지와 접속하는 느낌을 가질 수 있었다.

몸의 열기에 의해 젖었던 옷이 다 마를 즈음에 해가 떴다. 좋은 아침이었다.

한데 윤극사가 검을 거두고 돌아가려는데 갑자기 그의 눈에 보이는 모든 사물이 부옇게 흐려지면서 앞을 볼 수가 없었다.

윤극사는 순간적으로 아찔했다.

다리를 굳건히 하고 앞을 살폈다. 그의 주위에 어지럽게 날고 있는 기운들이 보였다. 사물을 분간할 수는 없고 기이한 기운들이 날뛰면서 그를 망연자실하게 만들었다.

깜박깜박하며 윤극사는 정신을 잃었다 깨었다 하는 자신을 느낄 수 있었다. 머리카락이 쭈뼛했다.

품을 더듬어 검을 잡으며 마음을 헤아렸다. 기변(奇變)이었다. 기운들이 어지럽게 날뛰었다.

윤극사는 버럭 호통 쳤다.

"무엇이냐!"

그의 고함 소리에 기운들이 모습을 바꾸었다. 윤극사는 기운들이 바뀌면서 만들어지는 울창한 숲과 호수를 보았다.

당혹스러웠다. 기운의 조화로 천지가 존재하고 운행하는 것임을 잘 알고 있었지만 기운이 형상을 빚어내는 것은 그에게도 낯설었다.

기운을 움켜잡으며 왼손을 크게 한 번 휘저어 기운을 흩어버렸다. 그러나 기운은 사라지지 않았고 숲과 호수가 흔들리며 까마득한 하늘과 절벽으로 변했다.

윤극사는 하늘을 찌를 듯한 절벽들의 틈바구니에 서 있었다. 물(物)의 본신이 기운이라는 사실을 안 이후로 보고 듣는 것에서 혼란스러운 것은 없었는데 처음으로 기운을 보면서도 혼란스러움을 느꼈다.

윤극사는 벽지를 뜯어내듯이 절벽과 하늘을 뜯어버렸다. 기운이 한 번 더 조화를 부리더니 원래의 궁궐 뜨락과 우물이 보였다. 하지만 눈으로는 고작해야 삼 장 이내의 것만을 볼 수 있고 귀로는 사 장 남짓한 거리 안의 것만 들을 수 있었다.

그 거리는 한계가 되어서 윤극사를 둘러싸고 있었다.

사방을 둘러보았다. 어느 방향을 보아도 마찬가지였다. 마치 동그란 알 속에 들어와 있는 듯한 기분이었다.

그 순간에 갑자기 확! 하고 어둠이 사방에서, 그리고 하늘과 땅에서 그를 향해 조여왔다. 그가 느끼고 있는 지각의 한계가 좁아지면서 그 물처럼 그를 덮었다.

윤극사의 몸이 뒤집어지며 허공 중으로 둥실 떠올랐다. 그리고 그물 같은 알 속에 갇힌 채 어디론가 날아갔다.

답답했다. 몸이 너무 조여들었다.

번쩍!

윤극사는 손에 들었던 검을 휘둘러 보이지 않는 한계를 베어버렸다. 윤극사의 검에 의해 하늘과 땅이 나뉘어지고 그 사이로 빛이 스며들어 한계를 녹였다.

윤극사는 그제야 주위를 명확하게 볼 수 있었다.

내관들과 궁녀들은 우왕좌왕하며 우물 주변에서 윤극사를 찾고 있었다. 윤극사는 자기가 그들에게 보이지 않는다는 사실을 알았다. 자기를 가두고 있던 작은 공간은 베어버렸지만 여전히 그는 그보다 조금 더 큰 다른 공간 속에서 밖을 보고 있을 따름이었다.

그리고 윤극사는 그 속에서만 볼 수 있는 문을 보았다. 몇 달 동안 우물가에서 아침마다 찬물을 끼얹으며 수련했지만 보지 못했던 문이다.

문은 두 그루의 나무 사이에 있었는데 처음 보는 것이었지만 모양이 익숙했다. 그래서 윤극사는 마치 자기가 잘 아는 문인 것 같은 착각을 느꼈다.

저 문이 왜 여기에 와 있을까 하는 생각을 자기도 모르게 했다가 실소했다. 결코 그럴 수는 없다는 걸 알기 때문이었다.

그러나 그 문은 화청궁에 있던 석문과 똑같았다. 화청궁의 그 석문 안에는 제세원의 아홉 신의를 기리는 상이 서 있었다.

갑자기 가슴이 쩌릿해 왔다. 문이 억누르고 있는 그의 이영에 대한 감상(感傷)을 불러일으켰다. 그때 화청궁의 문 안에서는 그녀와 함께 숨어서 민천자의 절을 받았다.

이영과 헤어진 후로 윤극사는 두려움 때문에 함부로 그녀에 대해서 생각하는 것조차 할 수 없었다.

이 세상을 사유하는 존재를 거스를 때 어떤 결과가 이영과 자기에게 돌아올 것인지가 두려웠다.

가슴에 품고 있었던 재회의 간절한 소망이 가시가 되어 그의 가슴을 쿡쿡 찔렀다.

그러나 윤극사는 흔들리지도 절망하지도 않았다.

아픈 소망이지만 여전히 그의 가슴속에는 소망이 있었고 그것은 시간과 더불어 점점 더 붉고 강렬해지는 중이었다. 아플지언정 결코 절망할 수는 없었다.

윤극사는 석문에 왼손을 얹었다.

싸늘하고 차가운 감촉, 손이 돌에 찰싹 달라붙는다. 기운을 써서 문을 열 필요가 없었다. 화청궁의 문은 보통 사람이 열기 어려운 장치가 되어 있었지만 이 문에는 아무런 장치도 없었다.

그냥 미는 대로 밀리면서 부드럽게 열렸다. 하얀 대리석 계단이 아래로 나 있는데 양쪽에 횃불이 밝혀져 있어서 어둡지 않았다.

적어도 다섯 길 정도 밑으로 내려갔다. 그런 후에 수평으로 뚫린 복도를 따라서 걸었다. 방향은 북쪽이었다. 아무런 장식 없는 하얀 대리석 벽이 신비로운 기분을 느끼게 했다. 복도가 끝나고 둥근 방이 나타났다.

검은빛이 감도는 대리석으로 이루어진 방이었는데 천장에는 십이천궁도(十二天宫圖)가 방위를 따라서 새겨져 있었으며, 바닥에는 검은빛 물이 찰랑이고 있었다.

천궁도 속의 별들은 보석을 박아놓은 것처럼 빛을 발했다. 검은 대리석은 밤하늘과 같았고 보석들은 별과 같았다.

아름답고 신비했다. 윤극사는 그곳으로 걸어갔다. 발목이 물이 잠기고 물에 비친 별들이 너울거리며 춤을 추었다.

맑고 깨끗한 기운들이 별에서 뿜어져 나와 석실을 가득 채웠다. 윤극사는 손으로 그것을 만져 보았다.

몸과 마음이 상쾌해졌다. 막 샘에서 뿜어진 물줄기를 만지는 것 같았다. 몸으로 그 물줄기들이 뿌려지는 것 같았다.

'여긴 민천자가 몰래 만든 모양이구나. 하지만 어떻게 만들 수 있었을까? 나는 아무리 생각해 봐도 알 수가 없구나.'

하고 윤극사는 속으로 생각했다.

소후 노인이 말하지 않은 걸 보면 소후 노인도 이 장소를 모르고 있는 것이 틀림없었다.

두 손바닥을 펴서 천장을 향하게 하고 비를 받는 것처럼 한 채 이리저리 걸었다. 걸을수록 기뻤다.

원형의 방에 들어서는 순간부터 매료되었다. 별들에게서 뿜어져 나오는 기운들은 윤극사에게 맑은 물줄기였으며 감미로운 음악이고 아름다운 회화였다.

그때 문득 윤극사의 귀에 이상한 음성이 들렸다.

"여기는 천자(天子)의 방이랍니다."

그 음성은 가늘며 맑고 그윽하여 여운을 남겼다.

“당신은 누군가요?”

하고 윤극사가 소리가 난 곳을 찾으며 물었다.

다시 목소리가 들렸다.

“왕야께서 만나보셨던 사람입니다.”

여자의 음성이었다.

그러나 윤극사는 그녀가 누군지 기억할 수 없었다. 아주 많은 사람을 기억하는 윤극사지만 알고 있는 사람 중에 이런 음성을 가진 사람은 없었다.

윤극사는 조심스럽게 물었다.

“혹시 당신은 당당의 친구인가요?”

음성이 다시 들려왔다.

“아닙니다. 저는 당당이란 분을 알지 못합니다.”

윤극사는 북두칠성이 드리워진 곳을 보며 머리를 젓고 말했다.

“제가 아는 사람 중에는 당신 같은 음성을 가진 분이 없습니다.”

여자의 음성이 대답했다.

“왕야께서 저를 만났을 때, 저는 음성이 없는 사람이었습니다.”

윤극사는 머리 속으로 번쩍 스치는 생각이 있었다. 성큼 다가가서 북두칠성의 두 번째 별에 손을 댔다. 장막이 걷히듯이 어둠이 거두어지며 그 뒤에 자그마한 공간이 나타났다.

“당신이었군요.”

윤극사가 나직하게 말했다.

안으로 들어가 있는 그 공간의 뒤에는 닫혀 있는 석문이 있었고, 그 석문에 등을 기대고 긴 머리카락의 댕기머리 처녀가 서 있었다.

석파리였다.

여전히 창백한 그녀의 안색이 유리처럼 투명한 느낌을 주었다. 석파리가 희미한 미소를 지었다. 마치 색 바랜 장미꽃잎 같은 미소였다.

제4장 인세지옥도(人世地獄道)

인세지옥도(人世地獄道)

한동안 윤극사는 석파리를 보면서도 입을 열지 않았다. 마음속에서
만감이 교차했다.

석파리는 쓸쓸하게 지은 미소를 허물지 않고 그의 입이 열리기를 기
다리는 듯했다. 가지 끝에 매달려 가을바람에 흔들리는 잎사귀 같다.
빛바랜 푸름의.

마녀의 딸.

무엇인가 막힌 듯 답답함을 느꼈다. 윤극사는 다시금 기운을 쏟아내
는 별빛 가득한 곳으로 나왔다. 십이천궁도의 보석 같은 별들이 뿜어
내는 기운으로 몸과 마음을 씻었다. 하지만 개운해지지 않았다.

윤극사는 석파리에게 돌아갔다. 그녀는 입가의 미소를 여전히 허물지 않은 채 울고 있었다.

윤극사는 나직하게 한숨을 쉬었다.

그녀의 잘못이 아니다. 그녀의 어머니가 악행을 일삼았기 때문에 그녀가 고통을 받았고 윤극사 역시 고통을 받았지만 그것들이 다 석파리 그녀의 잘못은 아니다.

어찌 생각하면 그녀의 어머니 잘못이 아닐 수 있었다. 그녀의 어머니에게 잘못이 있다면 존재의 근원이라고 하는 '그'에게 사유의 빌미를 준 정도에 불과할 수 있었다.

윤극사는 숨과 함께 마음을 돌렸다. 큰일들을 처리해 온 일상에서 다시금 자기 개인의 작은 일에 시선이 돌아오니 세상과 함께했던 거대한 일체감은 깨어지고 작고 왜소해지는 듯싶었다. 그래서 눈을 감아버리고 싶었다.

윤극사는 잠시 눈을 감았다. 이 순간에 눈을 감는 것이 커다란 강을 건너는 것과 비슷하다는 생각이 들었다. 이성을 넘어선 격정과 분노가 가슴에서 들끓었다. 여전히 그의 내면에는 인간으로서의 윤극사가 존재하고 있었다.

이윽고 윤극사가 입을 열었다.

"당신은……."

석파리가 머리를 끄덕였다.

윤극사는 하려던 말을 멈췄다. 석파리는 그가 무슨 말을 할지 알고 있었다. 윤극사는 그것을 느낄 수 있었다. 마음이 한결 편안해졌다.

석파리가 나직한 소리로 말했다.

"여기는 천자의 방입니다."

두 번째 듣는 말이었다.

석파리가 쓸쓸하게 웃었다.

"변란이 있던 날, 저는 어머니를 찾아다니다 이곳 천자의 방을 발견했답니다."

윤극사는 머리를 끄덕였다.

노부인은 육선문의 절기를 지니고 있었다. 석파리 또한 그녀에게서 배운 듯했다. 온갖 비술들을 가지고 있다는 육선문의 전인인 석파리에게 천자의 방을 찾아내는 것이 어렵지 않았을 수도 있었다.

석파리는 몹시 힘든 듯이 입을 다물었다.

윤극사는 그녀에게서 곡기(穀氣)와 속기(俗氣)가 상당한 기간 동안 끊어져 있었음을 보았다. 도성에 변란이 있던 그날부터 석파리는 천자의 방에서 오직 물만 마시고 지냈던 것이었다.

석파리가 다시 입을 열었다.

"제 어머니는 운명하셨습니까?"

오직 그 한마디를 물어보기 위해서 그녀는 윤극사를 만나려고 했던 것이다.

윤극사는 머리를 저었다.

"모릅니다."

석파리의 얼굴에 안도하는 빛이 흘렀다. 그런 후에 그녀의 영롱하던 눈이 빛을 잃으며 석파리는 뼈 없는 사람처럼 스르르 허물어졌다.

그녀의 힘이 다했다.

천자의 방에 들어와 신비한 기운을 받으며 곡기를 끊고 지냈던 그녀는 자기 어머니의 소식을 물어보기 위해 마지막 힘을 써서 윤극사를 천자의 방으로 끌어들였고 결국 그렇게 한 후에 정신을 잃고 쓰러진 것이다.

윤극사는 손을 뻗어서 그녀의 몸을 허공으로 받쳐 올렸다가 천천히 한쪽에 내려놓았다. 몇 달 동안 그녀가 잠을 자는 장소로 사용한 듯 보이는 곳이었다.

윤극사는 속으로 중얼거렸다.

'여기는 민천자가 자기와 일태자를 위해 만든 곳이겠지만 혜택을 가장 많이 받은 사람은 석파리라는 이 처녀구나. 어쩌면 석파리에게 이곳이 가장 필요했기 때문일지도 모르겠다.'

윤극사는 천하를 경영하는 이치의 첫째가 바로 재화와 용역을 필요한 사람에게 주는 것이라는 것을 알고 있었다. 그것들이 필요한 사람에게 가지 못할 때는 천하가 순환하지 않는 것이나 마찬가지였다.

윤극사가 보는 바로 석파리는 평생의 고질을 천자의 방에서 깨끗이 떨쳐 냈다. 그녀는 더 이상 벙어리도 아니었으며 시시각각 죽어가는 사람도 아니었다.

천자의 방에서 그녀가 했던 몇 달에 걸친 벽곡(辟穀)이 그녀의 몸을 바꾸고 마음을 더욱 높은 곳으로 이끌어놓았음이 틀림없었다.

윤극사는 석파리를 빤히 쳐다보았다. 빙기옥골(氷肌玉骨)이라는 말에 가장 적합한 사람이 바로 석파리였다. 윤극사는 그녀보다 더 아름다운 사람을 알지 못했다. 윤극사가 생각할 때 그녀는 세상에서 가장 아름다우며 더 이상 아름다울 수 없는 사람이었다.

하지만 윤극사는 그녀의 아름다움이 아니라 아름다움 너머에 있으며 그가 대항하고 있는 존재를 보는 중이었다. 그 존재가 자기 자신이든 인류 전체의 조상이며 동시에 그 자체이든 간에 그를 보고 느꼈다.

석파리에게 일어난 일은 '하늘'이라고 말해지는 존재, 또는 윤극사가 만났던 그 '세상을 사유하는 자'가 지어낸 결과였다.

윤극사는 그 존재가 석파리에게 큰 공을 들여왔음을 알았다. 그녀의 아름다움, 그녀의 운명, 그리고 그녀의 회생, 이 어느 것에나 그가 깊숙이 개입하고 정성 들여 짜놓지 않은 것이 없었다.

세상을 사유하는 자가 그녀를 크게 쓸 생각인 것이다. 그에게 크게 쓰인다는 것은 이 세상의 큰 이야기 하나가 그녀를 축으로 할 것이라는 의미다.

윤극사는 나직하게 말했다.

"여기는 제 영역입니다. 제가 사유하는 곳입니다. 당신의 석파리도 제 사유 속으로 들어왔습니다. 저는 이것이 가(可)함을 알고 있습니다."

귀로 어떤 대답이 있는 것은 아니었다. 어떤 대답이 있을 것이라고 기대하지도 않았다. 윤극사는 다만 입을 열어 그에게 자신의 의지를 분명히 알린 것뿐이었다.

한데 그 직후에 대지가 진동했다. 땅의 흔들림은 하늘의 진노다. 윤극사는 그가 자기에게 반응했음을 알았다.

단호한 어조로 말했다.

"여기는 제 영역입니다."

대지의 진동이 그쳤다. 윤극사는 보이지 않는 곳을 응시하며 다시 한 번 말했다.

"여기는 제 영역입니다."

잠시 기다렸지만 다른 이변은 생기지 않았다.

윤극사는 손을 석파리의 머리 위에서 발끝으로 쓸어 내렸다.

석파리가 정신을 차렸다. 그때 윤극사의 전신에서는 보통 사람도 볼 수 있을 정도로 강렬하고 기이한 빛이 감돌고 있었다.

다시 정신을 차린 석파리가 눈을 커다랗게 뜨고 우두망찰하였다.

"두려워할 것 없습니다."

하고 윤극사가 말했다.

석파리가 미미하게 웃었다.

"왕야께서 신선이시라는 말을 들었습니다."

윤극사가 어색하게 웃었다.

자기가 세상에서 말해지는 신선은 아니지만 신선이 대수롭지 않다는 것은 알고 있었다. 긍정도 부정도 하지 않았다.

"쉬어요."

하고 윤극사가 말했다.

석파리의 눈이 정기를 감추며 감겼다.

윤극사는 자기가 설정한 영역 속에서는 사유하는 자가 될 수 있었다. 이것은 이미 오래전에 시험해 보았던 바이며 지금은 그의 생활이 되어 있었다.

석파리를 잠들게 한 후에 그녀의 뒤쪽에 있는 석문을 열었다. 윤극사에 앞서 신을 닮고자 했던 민천자의 남에게 내보이지 않은 흔적이 있는 곳이었다.

문이 열리고 윤극사는 밝은 빛이 가득한 네모난 방 한가운데 있는 검고 큰 비석을 보았다.

검은색 비석이 매끄러워 거울처럼 보였다. 그 외에 네모진 방 안에는 이상한 점이라곤 보이지 않았다. 기운도 평이했다.

윤극사는 비석 앞에 섰다.

민천자가 직접 새겨놓은 듯 강렬한 필체의 글자들이 음각의 그림자를 만들어냈다. 주위가 너무 밝은 탓이다. 네 자의 커다란 글씨, 그리고 그 아래로 이어지는 작은 글자들.

천자지방(天子之房)

천자의 방, 석파리가 말했던 천자의 방이란 글자였다.

눈이 어룽져서 읽기가 편치 않았다.

윤극사는 손으로 글을 더듬었다.

역시 민천자가 만들어놓은 곳이 분명했다.

글자를 더듬어서 읽을수록 네모진 방의 기운이 변하고 있었다.

윤극사는 읽는 글의 내용과 함께 전신이 오싹해 옴을 느꼈다. 빛이 사라지며 방 안에서 생겨나는 그 무엇이 윤극사의 정신을 압박하고 영혼을 찌르는 듯이 느껴졌다.

…천자는 깨끗한 자도 아니며 숭고한 자도 아니다. 덕이 있는 자가 천자가 되어야 한다는 말도 두려움에 가득 찬 문사들의 울부짖음에 지나지 않는다. 누가 진정 천자가 되어야 하느냐는 주장은 자신들을 귀하게 대해줄 수 있는 사람이냐 아니냐에 따르는 것뿐이다. 그래서 악인도 천자가 될 수

있었고 덕이 높은 군자는 대체로 되지 못했다. 천자는 오로지 선악을 아우를 수 있는 자여야 한다. 천자가 되기 위해서 덕을 쌓는 것은 그만큼 위선을 쌓는 것에 다름 아니다. 진정한 천자는 욕심과 야망이 시키지 않아도 빼앗을 수 있어야 하고, 득실을 넘어서 베풀 수도 있어야 한다. 네가 정녕 천자가 되기를 원한다면 너는 능히 인육을 씹고 붉은 피로 목청을 씻으면서 진정으로 기쁘게 웃을 수 있어야 한다. 그렇게 하지 못하는 자가 어찌하여 악과 선을 양단으로 하여 만들어진 세상의 주인이 될 수 있겠는가? 어느 한쪽에 섰다가 세상을 기울어지게 할 뿐이다. 천자가 되기를 원한다면 덕으로 다스리며 악으로 빼앗을 수 있는지를 자문하여 보라. 어둠이 사물을 가리듯이 자극히 밝은 빛이나 자극한 지혜도 사물과 진실을 가리는 것을 보라.

마지막 글자를 읽었을 때, 윤극사는 방을 가득 채웠던 밝은 빛이 완전히 소멸했음을 알았다. 동시에 사방 벽면과 천장 바닥에서, 희미한 빛을 발하는 음각들이 윤극사를 에워쌌다.

그것은 인세지옥도(人世地獄道)였다.

"으아아아아아악!"

윤극사는 비명을 질렀다.

한량없는 악이 바다처럼 넘실거리고 한없는 증오가 구름이 되어 천지를 뒤덮었다. 악의 바다에는 당하는 자의 고통보다 몇 배, 몇백 배 더 큰 환희가 가해자들에게 있었고, 증오의 구름에는 뒤끝이 개운치는 않지만 마약 같은 짜릿함이 있었다.

선도 악도 오욕과 칠정에 뿌리를 두었다.

무한한 악, 그 악 속에서 윤극사는 자기 파괴의 희열과 타인 파괴의 희열을 함께 느꼈다. 그런 희열 속에 있는 자기를 자신의 선으로 다시 파괴하여 영원히 소멸해 버리고 싶은 절망감과 슬픔, 그리고 분노를 느꼈다.

실제 같은 환상 속에서 아수라처럼 살아 있는 사람의 인육을 씹고, 피를 마셨다. 고통받는 자를 가해자 편에 가담하여 가해했고, 슬퍼하는 자에게 더 큰 슬픔과 불행을 주었다. 스스로의 악으로 미쳐서 날뛰었고 선악의 갈림길에서 자기 가슴을 쥐어뜯었다.

강렬한 빛이 사라지며 네모진 방의 참모습이 드러났듯이, 윤극사는 자기를 형성해 왔던 것들을 잠시 내려놓음으로써 자신의 본모습을 대하고 있었다. 인간의 본모습이기도 했다.

모든 것을 소유하고, 모든 것을 파괴하고, 모든 것을 빼앗고, 모든 것을 죽이고… 스스로 악에 넘쳐서 폭발해 버릴 만큼의 강렬한 악에 자신을 맡겼다.

세상에 존재하는 모든 죄를 단 한 가지도 빠짐없이 한순간에 범해보았고, 모든 악을 단 한 가지도 빼놓지 않고 한순간에 실행했다. 그렇게 하면서 윤극사의 자아는 엷어지고 희미해졌다.

그리고 죄와 악이 윤극사의 속으로 들어왔다.

시간이 많이 지났다. 윤극사는 다시 밝아지는 석실 속에서 비석을 꽉 부둥켜안은 채 서 있는 자신을 발견했다.

옷은 큰 짐승의 발톱에 할퀸 듯이 찢어져 있었다. 머리 속은 헤아릴 수 없을 만큼 많은 커다란 악들이 참빗으로 곱게 빗어 넘겨놓은 머리카락처럼 가지런하게 눕혀져 있었다.

몸이 오슬오슬 떨려왔다.

윤극사는 밖으로 뛰쳐나가 십이천궁도의 별들이 뿜어내는 기운을 온몸으로 받았다. 무릎을 꿇고 앉아서 물을 이마와 정수리에 끼얹었다.

다시 네모진 방으로 돌아가 보았자 다른 것이 있지도 않겠지만 가고 싶지 않았다. 이 세상을 두 번 살고 싶지 않은 것과 같은 마음이었다.

한참 동안 물에 무릎을 꿇은 채 앉아 있었다. 한기가 뼈마디 사이에서 다시 우러나왔다. 호흡을 조절하고 마음을 가다듬었다. 턱이 약간 떨렸지만 놀란 몸과 마음이 진정되고 있었다.

뒤에서 인기척이 느껴졌다. 돌아보지 않아도 석파리라는 것을 알 수 있었다.

"그곳에 들어가 보셨군요."

석파리가 나직한 음성으로 말했다.

윤극사가 머리를 끄덕였다.

"인세지옥도였어요."

석파리가 윤극사의 어깨에 손을 얹었다.

"저도 보았답니다."

윤극사가 고개를 들었다. 석파리가 어색한 미소를 지었다.

석파리가 말했다.

"제가 살아왔던 삶이 바로 지옥도였어요."

윤극사는 찢어진 옷을 추스르며 일어섰다. 그녀의 삶이 지옥도라는 말을 들으면서 자기가 그 방에서 가져 나왔던 것이 죄와 악만은 아니라는 사실을 느꼈다.

인간에 대한 이해를 더불어 가져왔던 것이다.

죄와 악을 이해하지 못하고 사람을 어떻게 알 수 있을 것인가? 죄와 악을 용서하지 못하고 진정으로 사람을 용서할 수 있단 말인가? 고통을 함께하지 않고서 환자를 이해하고 치료하는 것이 가능하기나 했단 말인가?

윤극사는 민천자가 그의 아들 민융에게 전하려 했던 것이 인육을 씹고 선혈을 마시는 것이 아니라 인간에 대한 참된 이해였음을 알았다. 그것은 다른 의미에서 인간 자체에 대한 사랑이었다.

이러한 방식의 이해는 궁극적으로 제세원의 의술과 서로 멀지 않았다.

천자의 방을 나섰다.

우물가로 나왔을 때 붉은 옷을 입은 시위들이 분주하게 움직이고 대관들의 모습도 여럿 보였다.

시간을 꼽아보니 오후도 훨씬 지나 있었다.

윤극사는 찢어진 의복이지만 대를 반듯이 하고 그들에게로 걸어갔다.

"전하!"

놀람과 기쁨이 뒤섞인 소리가 곳곳에서 터져 나왔다. 윤극사는 그들에게 아무 일 없다고 말한 후 각자의 위치로 돌아가게 했다.

함께 천자의 방에서 나왔던 석파리는 직분이 높은 궁녀에게 명해서 침소를 정해주게 했다. 그런 후 윤극사는 침실로 가서 궁녀의 도움을 받아 옷을 바꾸어 입었다.

궁녀는 눈에 눈물이 글썽거리면서도 기쁜 표정이었다. 윤극사가 없어서 애태웠고, 그로 인해 책임을 지고 죽임을 당해야 할 처지에 몰렸다가 되살아난 궁녀였다.

윤극사는 정청에 나아가 늦었지만 정무를 시작했다.

급한 일은 사대능신이 처리한 후에 윤극사에게 품신했다.

윤극사는 빠른 속도로 일들을 처리했다. 해질 무렵에는 하루 종일 걸릴 것 같던 일이 끝났다.

배가 많이 고팠다. 종일토록 아무것도 먹지 않았던 것이다. 내친김에 저녁도 거르고 침소로 돌아가 일찍 자리에 누웠다.

광림 장군이 들어와 침대 곁의 의자에 앉았다. 그는 윤극사에게 최대한의 충성을 보이고 있지만 가장 편안하게 대하는 사람이기도 했다.

그가 불쑥 들어왔지만 윤극사는 탓하지 않았고, 불쑥 들어오는 그를 저지할 수 있는 사람도 없었다.

윤극사가 웃으면서 말했다.

"잘 오셨습니다. 눕긴 했지만 자려는 마음은 없었습니다."

광림 장군이 탄식을 하면서 말했다.

"오늘 많이 놀랐네. 대체 어딜 다녀오신 겐가?"

윤극사가 씁쓸하게 웃었다.

"온갖 나쁜 짓을 다 하러 다녔지요."

"껄껄!"

광림 장군이 실소했다.

"뭣하면 굳이 말할 필요 없네. 하지만 이것 하나는 조금 염려스럽네. 옷이 찢어진 채 미녀를 데려왔으니 아랫것들 사이에 무슨 말이나 나지 않을지."

윤극사는 정신이 번쩍 들었다.

석파리에게 아무런 짓도 하지 않았지만 세상에 흐르는 말은 진실만이 아니다. 혹시 먼 곳에서라도 이영이 듣고 오해하지나 않을까 두려운 마음이 생겼다.

윤극사는 천자의 방에서 자기의 옷을 찢을 정도로 광분했을 때, 마음으로나마 석파리에게 아무런 짓도 하지 않았다고 당당하게 말할 수가 없었다. 윤극사는 존재하는 모든 죄와 악을 범했다. 그 속에 그녀에 대한 것들도 포함되어 있었다.

검지와 중지로 이마 한가운데를 문질렀다.

마음으로 간음을 하거나 살인을 하는 것이 바람직한 것은 아니지만, 마음만으로 모든 것을 할 수 없는 인간의 입장에서는 그것이 잘못되었다고 처벌되어야 하는 것 또한 아니다. 자기 마음의 잘못은 자기 양심이 심판하는 것이고, 또한 잘못은 있어야만 하는 것이기도 하다. 그것 역시 인간으로 하여금 자신의 존재와 그 존재 이유를 사유하게 만드는 필요 불가결한 요소이기 때문이다.

그러나 윤극사는 자기가 사유하는 존재의 다른 함정에 걸려들었을지도 모르겠다는 생각이 들었다.

벌떡 일어나면서 내관을 소리쳐 불렀다. 즉시 내관이 달려왔고, 윤극사는 석파리를 데려오라고 명령했다.

광림 장군이 어리벙병한지 고개를 두리번거렸다.

"정말 그녀를 맞아들이기라도 할 텐가?"

윤극사는 침대에서 내려오며 머리를 저었다

"그녀는 제 손에 들어온 인질입니다."

한편으로 내관에게 또 빠르게 말했다.

"술과 음식을 가져와라."

내관이 부리나케 달려간다.

윤극사는 잠옷 위에 겉옷을 걸쳤다. 광림 장군이 일어서서 우두커니 그의 하는 양을 보았다.

윤극사가 말했다.

"전쟁을 하려 합니다."

광림 장군은 놀라며 말했다.

"누구와? 이궁과?"

윤극사가 머리를 저었다.

"저기!"

하며 그가 손가락을 펴서 천장을 가리켰다.

광림 장군은 순간적으로 그 의미를 깨닫고 뒷걸음질쳤다.

말도 떼지 못했다.

윤극사가 말했다.

"전쟁을 하려면 먼저 사자를 보냅니까 아니면 그냥 싸웁니까?"

광림 장군이 음성을 떨면서 말했다.

"대체 왜…… 왜 그러시는가?"

윤극사가 말했다.

"제 곁에 와서 서주십시오."

윤극사의 전신에서 위엄이 넘쳐 나고 있었다. 동시에 불가해한 광휘가 그의 전신에서 피어오르기 시작했다.

천자의 방에서 그가 사유하는 자와 맞섰을 때 나타났던 바로 그 광휘였다.

내관에게 이끌린 석파리가 방으로 먼저 들어왔고, 뒤이어 윤극사가 가져오라고 했던 음식들이 들어왔다.

윤극사는 먼저 식탁 앞에 앉으며 석파리에게 말했다.

"앉아요."

석파리가 말했다.

"감히 전하와 함께 앉지는 못합니다."

"앉아요."

하고 윤극사가 약간 큰 소리로 말했다.

석파리가 거역하지 못하고 윤극사의 맞은편에 앉았다.

윤극사의 전신에서 피어오른 경이로운 광휘에 내관들이 두려워하며 멀찍이 부복했다.

윤극사는 잔을 들었다. 궁녀가 술을 채우자마자 연거푸 여섯 잔을 들이켰다. 날마다 상에는 술이 올라왔지만 그가 마신 건 이것이 처음이었다.

좋은 술이었다. 빈속에 들어가자마자 전신으로 열기가 퍼져 나가며 몸을 뜨겁게 했다.

윤극사는 잔을 내려놓고 소매로 입가를 닦으며 석파리에게 말했다.

"들어요."

석파리는 미소를 지으면서도 선뜻 움직이지 못했다.

윤극사는 품에서 검을 뽑았다. 집 없는 청동검이 촛불 아래에서 고대의 유물처럼 보였다.

윤극사는 검으로 옆에 있는 기둥을 한 번 찔렀다. 검이 소리도 없이 기둥을 쑥 뚫고 들어갔다. 날카로움이 상상을 절한다.

"석 소저, 먹지 않으면 나는 즉시 석 소저를 벨 것입니다. 석 소저는 그렇게 하지 않을 여러 이유도 할 말도 갖추고 있겠지만 나는 벨 것입니다."

윤극사의 눈은 진심을 말하고 있었다.

석파리는 생사를 떠나서 그의 말을 듣지 않을 수 없었다.

내관과 궁녀가 기색을 숨기려 했지만 윤극사의 서슬에 떨고 있었다.

석파리가 음식을 입에 넣자 윤극사는 '하하' 하고 웃음을 터뜨렸다.

"이제 아셨겠지요?"

석파리는 음식을 입에 넣은 채 눈을 동그랗게 떴다.

광림 장군도 뜻을 몰라서 머뭇거린다.

윤극사는 의자에 반듯하게 앉은 채 시선을 높이고 말했다.

"제가 석 소저를 죽일 수 있다는 사실을."

석파리의 흰 얼굴이 더 창백해졌다.

그러나 윤극사는 그녀나 광림 장군에게 말하고 있지 않았다.

윤극사가 고개를 들고 나직하지만 단호하게 말했다.

"나는 알고 있습니다. 나는 당신을 벗어나 있습니다. 차후로 나를 사유하고 함정에 내몰려고 하지 마십시오. 내 아내 영에게 제가 용납할 수 있는 이상의 위험과 고난도 허락할 수 없습니다."

윤극사는 마치 석파리를 안으려는 듯이 두 팔을 넓게 벌렸다.

"나는 당신과 맞서 싸우겠습니다. 이렇게 하는 것이 어리석을지라도, 나는 당신의 일을 망쳐 놓고 당신의 사람과 당신의 것을 파괴할 것입니다. 나에게는 당신이 공들인 모든 것을 망쳐 놓을 수 있는 힘이 있습니다."

쿠르르르릉!

천둥 소리가 멀리서 들려왔다.

윤극사는 귀를 기울였다. 밤비를 예고하는 천둥일 수도 있었지만 윤극사는 그 천둥의 뒤에 담겨 있는 음성을 들으려 했다. 기운을 듣는 것과 비슷한 방법이었지만 그것을 넘은 의지를 듣는 행위였다.

번쩍! 번쩍!

번갯불이 잇달아 창문을 밝히고 연이어 콩을 볶는 듯 요란한 소음이 멀리서부터 말 달리듯 다가왔다.

따다다다당! 따다닥! 콰릉!

윤극사는 궁녀가 받쳐 들고 있던 술병을 낚아채서 단숨에 한 모금 들이키며 벌떡 일어섰다.

푸른 번개가 치달리고 벽력 소리가 천지개벽하듯 이어졌다.

"하하하하하!"

모든 사람들이 두려움에 질려 새파랗게 굳어진 와중에 윤극사의 웃음소리만 낭랑하게 벽력 소리를 깨뜨렸다.

윤극사가 웃음을 그치며 호통 쳤다.

"광림 장군!"

광림 장군이 웅혼한 음성으로 외쳤다.

"하명하십시오."

윤극사는 벽면의 넓은 문을 향해 손을 저었다. 벼락 치는 소리와 함께 문이 산산조각나며 흩어졌다. 장력도 아니고 권풍도 아니었다. 여지껏 윤극사가 펼친 적이 없는 수법이었다. 윤극사도 그것이 무엇인지 모르고 단지 그렇게 했을 뿐이었다.

윤극사는 문을 부수기 위해 내저었던 손의 손가락을 하나 펴서 뜨락을 가리키며 말했다.

"저기에 나가 서시오."

광림 장군이 허리를 숙여 복명한 뒤에 걸어갔다.

윤극사가 가리킨 자리에 그가 걸음을 멈추는 순간, 갑자기 하늘에서 폭포수 같은 빛줄기가 쏟아졌다.

콰앙!

내관과 궁녀들이 모두 펄쩍 뛰었다가 떨어지며 정신을 잃었다.

석파리만이 온몸을 달달 떨면서 윤극사의 맞은편 의자에 앉아 있었다.

광림 장군의 투구와 갑옷이 잿더미로 변하며 날아갔다. 소후 노인의 작고 괴이한 모습이 뇌전 속에 서 있었다. 뇌전은 줄기차게 소후 노인을 때렸다.

윤극사는 술병을 손에 든 채로 상체를 조금씩 흔들며 서서 눈을 부릅뜨고 뇌전과 소후 노인을 보고 있었다.

소후 노인은 두려움에 눈을 감고 있었지만 알몸으로 비를 맞는 것과 달라 보이지 않았다.

윤극사는 술이 많이 올랐다. 비틀거리는 걸음으로 걸어가서 소후 노인을 안았다. 그 순간에 뇌전이 흔적도 없이 사라졌다.

이상한 소리를 내면서 맴돌던 바람도 어디론가 사라져 버렸다.

소후 노인에게 겉옷을 걸쳐 주고 윤극사는 구름이 빠른 속도로 달아나는 하늘을 쏘아보았다.

속옷 차림이며 한 손에는 반쯤 비어 있는 술병을, 그리고 다른 손에는 청동검을 든 채였다.

윤극사는 안면 신경통이 있는 사람처럼 입을 실룩거렸다. 그와 대항하기 위해서 불필요하게 넘칠 정도로 신경을 긴장시킨 까닭이었다.

윤극사가 나직하게 중얼거렸다.

"천지간의 모든 기운과 귀신, 신장, 천신, 지신, 인신 모두 내가 당신과 맞섰다는 사실을 알게 할 것입니다. 당신이 공들인 이가 내 손에 떨어져 있음을 알게 할 것입니다. 당신의 행사로도 내 의지가 작용한 내 사람 한 명의 목숨을 거두지 못했음을 알게 할 것입니다."

어떤 주문을 외우는 것처럼 그의 말소리가 기괴하게 흘렀다.

쥐 죽은 듯이 고요한 그의 침실에 혼절한 사람들과 혼절하지는 않았지만 혼이 반쯤 나가 버린 소후 노인, 그리고 이해할 수 없는 절대 존재와 맞서는 윤극사의 모습을 빠짐없이 목도한 석파리는 서로가 지척에 있었지만 아득한 공간을 격하고 있는 것처럼 정신적으로 고립되어 있었다.

윤극사는 석파리를 보고 웃음을 지으면서 말했다.

"똑똑히 보았습니까?"

석파리가 두려운 눈으로 머리를 끄덕였지만 윤극사는 그녀에게 물은 것이 아니었다.

윤극사는 석파리의 얼굴을 잡을 듯이 손을 내밀었다.

석파리의 얼굴과 목이 떨렸다.

윤극사는 목소리가 잘 나오지 않는 것처럼 중얼거렸다.

"당신의 공들인 이가 내 손에서 움직이지 못합니다. 당신의 의지가 석파리를 통해서는 내 의지에 결박당해 있습니다. 내 사유에 묶여 있습니다. 나는 당신의 의지를 거슬러 당신이 공들인 이를 죽일 수 있습니다."

석파리도 그 말이 자신을 향한 것이 아님을 알았다. 듣는 귀는 많았지만 대답할 수 있는 입을 가진 자는 그곳에 보이지 않았다.

윤극사의 말이 이어졌다.

"나뿐만 아니라 내 주변에서 당신의 의지를 거두어가십시오. 여기는 내가 다스리는 곳입니다. 이 순간부터 당신의 의지를 발견하는 모든 것을 결박하겠습니다. 내 힘이 더 커지고 강해진 날, 나는 당신이 사유하며 묶어놓았던 나와 내 아내의 운명을 끊어버릴 것입니다. 기필코."

윤극사는 두 팔을 가지런히 늘어뜨렸다. 그리곤 마치 기도하는 것처럼 한마디를 더 내뱉었다.

"나는 내 힘을 강하게 하는 법을 알고 있습니다. 적과 싸우는 법을 알고 있습니다."

제5장 기남자 신포 필재의 덫

기남자 신포 필재의 덫

스스로의 악에 양심이 놀라서 떨었다. 가슴이 오랫동안 거세게 뛰놀았다. 궁중에 변고가 많았던 날은 지나가고 먼 데서 새날을 알리는 닭 소리가 들려왔지만, 한번 경동한 혼백은 종래 제자리를 찾지 못했다.

술기운이 남아 있었지만 정신은 오히려 맑았다.

석파리와 함께 새벽이 달려오는 것을 지켜보았다.

그녀는 그의 인질이었다.

그날 이후 윤극시는 석파리와 말을 나누지는 않았지만 어딜 가더라도 그녀를 데리고 다녔다. 가장 멀리 떨어질 때도 반 리 이상의 거리를 두지 않았다.

대위국 전체와 일체감을 누리면서 국방을 튼튼히 했다.

모를 내기 시작할 무렵, 윤극시는 민천자와 영강 공주에게 줄 선물들을 챙겨서 법문사로 갔다.

궤도를 달리는 마차의 수는 헤아릴 수 없을 듯이 보였다.

새로 짓는 건물들의 높이와 규모는 나라에서 통제하지 않자 더 높고 더 커져 가는 추세였다.

법문사로 가는 내내 윤극사는 말을 천천히 몰았다.

마음속에서 꾸미고 계획했던 일들이 현실에 이루어질 때는 왕왕 생각했던 것보다 훨씬 더 놀라웠다. 또한 그것은 이해하기 힘든 뿌듯함이었다.

수레들의 모양도 기능에 따라서 다양했고, 사람들의 옷차림도 분방하기 이를 데 없었다. 옛날에는 어떤 걸음걸이가 유행이 되기도 하고 이웃나라로 번져 가기도 했다는데, 지금 대위국의 사람들에게는 남자와 여자의 머리 모양이 서로를 모방하는 추세였다.

젊은 신하들이나 궁녀들 중에서도 예전에 볼 수 없던 머리 모양을 한 자들이 보였다. 끓고 있는 솥 안에서 증기가 넘치듯이, 길지 않은 시간에도 불구하고 사람의 마음속에서 분출되는 자유로운 상상의 산물들이 대위국을 날로 새롭게 하고 있었다.

보고에 의하면 국경을 넘어 이주해 오는 백성들의 행렬이 끊이지 않는다고 한다. 군정과 세정이 바로 서고 문물이 풍부해진 덕택이라 윤극사는 생각했다.

들판에서는 노동요 소리가 높았고, 골목에는 신나게 뛰어노는 아이들의 동요 소리가 요란했다.

상홍이 곁에서 기꺼운 음성으로 말했다.

"전하, 가히 태평성대라 하지 않을 수 없습니다."

윤극사는 웃었다.

그 소리가 듣기 좋았다. 한편으로는 부끄러웠다. 그가 주도하는 세상이 태평성세라는 말은 마치 그의 속살이 희다는 것과 비슷한 느낌이었다.

한번 듣기엔 좋겠지만 자꾸 들으면 언짢아질 소리다.

길을 가면서도 국사에 대한 논의는 끊어지지 않았다.

가장 큰 문제는 흘러들어 오는 유민들이었다. 그들을 무리없이 흡수하기 위해서는 새로운 마을과 도시를 자꾸 건설해야 했다.

관의 계획과 유민의 노동력으로 그들이 살아갈 도시가 만들어지고 있었지만, 아직 짧은 나라의 역사로 말미암아 능숙한 행정 인력의 부족이 심각했다.

하급 관리는 시시각각 채용하고 있었지만 재주있는 사람들은 날마다 많은 업무에 고생하는 하급 관리가 되기보다는 다른 것으로 출세하려는 경향이 있었다.

어쩔 수 없이 관리가 되려는 사람들에게는 살 집을 주는 정책까지 내놓게 되었다.

그러나 늘어나는 인구에 비하면 이것도 미봉책에 지나지 않았다.

이부시랑 상홍은 그로 인해 다른 일은 모두 젖혀두고 매달리면서 밤잠을 이루지 못한다고 했다. 호부시랑 무수영 역시 마찬가지였다. 관리의 인사는 이부시랑 상홍의 일이겠지만, 인구의 증가와 변동 및 그에 따른 조세, 기타의 것은 무수영의 소관인 까닭이었다.

문득 예부시랑 설대녕이 말했다.

"전하! 국사란 원래 따분하기 이를 데 없는 것이지만 민간에 미담이 하나 있어 아뢰고자 합니다."

윤극사가 말했다.

"말씀해 보십시오."

예부시랑 설대녕이 말했다.

"지난가을의 홍수와 겨울의 혹한에 어미와 아비를 잃고 두 동생을 혼자서 키운 처자가 있습니다. 나이는 열여덟 살이고, 집은 수도의 서쪽에 있습니다. 혼자 장사로 생계를 꾸리며 두 동생을 부양하기도 쉽지 않은 터에, 그 처녀는 남몰래 병든 사람을 데려다가 치료하며 돌봐주었다고 합니다. 그 지역의 관리가 사실을 알고 쌀과 포목을 먼저 상으로 준 후에 보고해 왔습니다."

병부시랑 시적이 한숨을 쉬면서 말했다.

"전란이 있고 나면 항상 미담이 따릅니다. 혹자가 말하기를 측은지심이 생기는 것은 잔인지심이 다한 때문이라고도 하지만 반드시 그런 것만은 아닌 듯합니다. 큰 상을 내려주시는 것이 어떨는지요?"

설대녕이 말했다.

"지금도 고아를 돌봐주고 있는 사람이며 노인들을 돕는 사람들이 적지 않을 것입니다. 고아와 병자와 노인들을 위한 시책이 마련되어야 할 듯합니다."

상홍이 문득 얼굴을 찌푸리며 말했다.

"아직 생활이 힘든 사람들이 많네. 그런 시책이 나온다면 아마도 가족 중에서 자식과 병자와 부모를 버리는 자들이 적지 않게 나올 것이네."

무수영이 말했다.

"천륜을 거슬러 부모와 자식을 버릴 정도로 힘든 백성이 있다면 마땅히 나라에서 보살펴야 하지 않겠습니까?"

상홍이 잠시 생각해 보고 고개를 끄덕였다.

"내 생각이 짧았네. 전하, 이들의 말이 옳은 듯합니다. 어느 백성인들 전하의 백성이 아니겠습니까? 두루 보살펴 주십시오."

윤극사는 웃음을 머금었다.

그들이 미리 서로 짜고 하는 말인지 아니면 즉흥적으로 이루어진 연극인지는 알 수 없지만 결론을 의도한 것임이 분명했다.

사대능신은 군주의 마음을 거스르지 않고 자기의 뜻을 관철시킬 수 있는 재주를 더불어 가졌으니 명철보신하지 않을 것이라 말할 수가 없다.

"좋은 생각이 있으면 상세히 말씀해 보십시오."

하고 윤극사가 말했다.

사대능신이 미소를 머금고 허리를 숙였다.

법문사로 가는 길에 한 번 말을 멈추고 일행이 쉬었다. 숲을 연하고 풀밭과 얕은 개울이 넓게 펼쳐진 곳이었다.

말 타는 것이 암만해도 익숙지 않아 윤극사는 편치 않았다. 물가에 내려놓은 의자에 걸터앉아서 조약돌 사이로 헤엄치는 치어들을 보았다.

이들의 운명은 누가 결정한단 말인가? 하고 생각하며 무심히 고개를 들어보니 산세가 어딘지 모르게 눈에 익었다.

이게 웬일인가 하고 자세히 보려는데 가슴이 아려왔다.

윤극사는 옆으로 비키면서 손을 내밀었다.

손바닥에 공 같은 것이 바쳐졌다. 윤극사는 내쳐 몸을 내밀며 손바닥에 바쳐진 그것을 물속에 처박았다.

첨벙!

내리누르고 보니 사람의 얼굴이었다. 두 눈이 물속에서 윤극사를 올려다보고 있었다.

"자객이다!"

위사들이 소리치며 달려왔다. 그들은 경악하고 있었다. 자객이 갑자기 나타난 것도 놀라운 일이지만, 윤극사가 눈 깜짝할 사이에 자객을 제압하던 장면이 그들 모두에게 충격적이었다.

한바탕 소리없는 폭풍이 휘몰아친 듯했다.

물속과 물 밖에서 자객과 윤극사는 마주 보았다. 윤극사의 손에 얼굴을 눌린 자객은 아무런 저항도 하지 못하고 눈빛만 새파랗게 빛냈다. 제압된 상태였지만 결코 두려워하는 눈은 아니었다.

손에는 검이나 비수가 아니라 말아 쥔 서찰이 있었다.

"물러가라!"

윤극사가 위사들에게 짧게 말했다. 위사들이 일사불란하게 거리를 두며 물러선다.

윤극사는 자객의 손에서 서찰을 잡고 얼굴을 풀어주었다.

자객이 뒤로 몇 번 맴돌더니 흔적도 없이 사라졌다.

윤극사의 얼굴에 알 듯 말 듯 기쁜 표정이 어렸다. 자객은 그가 아는 사람이었다. 신포 필재의 부하 중 한 명. 얼굴을 가리고 몸이 조금 달라지긴 했지만 제세원의 소신의였던 윤극사가 사람을 잘못 알아볼 가능성은 눈곱만큼도 없었다.

의자에 앉지도 않고 선 채로 서찰의 피를 뜯었다. 가슴이 두방망이 질쳤다.

윤극사는 물에 젖은 손을 급히 옷에 문질러 닦았다. 행여 서찰의 글자가 번질까 두려워했다.

서찰이 완전히 펼쳐지면서 윤극사의 얼굴에서 기쁜 표정이 사그라졌다. 서찰에는 오직 여섯 글자가 씌어져 있었다.

자정백운교하(子正白雲橋下).

서찰을 말아서 소매 속에 넣었다. 누구의 서명도 없었지만 그렇게 윤극사에게 서찰을 보낼 사람은 신포 필재밖에 없었다.

윤극사는 신포 필재를 고대한 것이 아니라 그와 함께 있을지도 모를 이영을 간절히 기다렸던 것이지만 서찰에는 그에 대한 아무런 단서가 보이지 않았다.

그대로 걸어서 말 위에 올랐다. 괜스레 하늘을 보며 눈이 기울지 않도록 애를 썼다. 눈이 기울면 물이 차서 넘칠 것 같았다. 그 눈으로 어딘지 모르게 익숙한 듯한 산세가 다시 들어왔다.

중악 백초곡의 개울가에서 바라보는 청동봉 일대의 산 모습과 비슷했다. 그곳에서 발을 멈춘 것은 우연이 아니었다. 머리로 알기 전에 느낌이 먼저 알고 멈췄던 것이다.

신포 필재라는 뛰어난 인물은 윤극사가 그곳에서 쉴 것이라는 사실을 짐작하고 자객을 배치했음이 틀림없었다.

행렬이 소리없이 움직이기 시작했다. 누구도 윤극사에게 말을 건네지 못했다.

윤극사에 대해 그만큼이나 알고 있으며 또 그토록 총명한 신포 필재가 윤극사에게 보내는 서찰에는 오직 여섯 자만 적었다. 이영에 대해서 그가 알지 못한다는 말이었다. 조금이라도 알고 있다면 윤극사가 가장 궁금해할 그녀의 안부부터 말했을 것이었다.

가슴이 쓸쓸하고 처량했다.

이영은 필재와 함께 가지 않았다는 사실이 손가락을 모두 가슴에 박아서 양쪽으로 당겨 여는 듯한 느낌을 주었다. 쓸쓸함과 그리움이라는 감정은 바로 그런 느낌이었다.

그 느낌을 지우지 못하고 법문사에 이르렀고, 민천자를 배알할 때도 마찬가지였다. 법당에 앉아 있는 민천자는 아무런 내색을 하지 않았지만, 민천자와 배동한 승상 우문태는 당혹스러워했다.

형식적으로 주고받는 인사가 끝난 후에 우문태가 윤극사에게 물었다.

"화왕께서는 근자에 편치 못한 듯이 보이시오."

윤극사가 대답했다.

"실로 그러합니다."

그 대답에 민천자마저 의외라는 듯한 표정을 지었다.

우문태는 윤극사를 빤히 보았다. 그에게 우수가 드리워져 있었다. 우문태가 알기에 사람이 우수에 젖게 되면 마치 가랑잎이나 풀잎처럼 연약해지기 마련이었다.

아무리 강한 사람도 슬픔이나 감상(感傷), 그리고 고독을 쉽게 이겨내지 못한다. 강한 사람은 슬픔이나 감상을 이겨내지 못할 때 광포해지고 잔인해지곤 한다. 군주는 고독을 이겨내지 못할 때 패악하고 괴기스러워진다.

윤극사의 인성을 모르는 바 아니지만 그가 보이는 징조는 통치자로서 위험한 것이었다. 제왕이나 군주가 종종 큰 연회를 베푸는 것은 신하들과 더불어 이런 류의 슬픔과 감상, 그리고 고독을 씻어내려는 의도가 없지 않아 있었다.

우문태가 염려 가득한 음성으로 말했다.

"화왕께서는 스스로를 높이 생각하시고 보중하시오."

윤극사가 짧게 말했다.

"감사합니다."

민천자는 윤극사에게 술을 내리면서 온화한 음성으로 말했다.

"지나고 보면 아무것도 아니다. 무슨 일이든 마음에서 털어버리도록 하라. 일개 병사의 일도 천자의 일도 지나고 보면 아무것도 아니야. 군인이나 의원이나 이 점에서는 마찬가지 아닌가? 죽고 사는 일 외에는 중요한 것이 없지. 여기까지 왔으니 편히 쉬었다 가게."

윤극사가 허리를 숙여 인사하고 법당을 나왔다. 뒤에서 민천자와 승상 우문태가 묵묵히 지켜보고 있었다.

광림 장군은 법당 밖에서 기다리다가 그의 바로 뒤를 따랐다. 무거워진 그에게 위엄을 보태주기 위해서였다.

들으려고 애쓰지도 않았는데 민천자와 우문태가 주고받는 말이 귀에 들렸다.

우문태가 말했다.

"폐하, 그를 본즉 여자가 문제입니다. 젊은 나이에는 여자를 곁에 두지 않으면 남자가 황폐해집니다. 폐하께서 그에게 미녀를 하사하시는 것이 어떨는지요?"

민천자의 대답은 짧았다.

"천자의 그릇은 큰 것이오."

그의 짧은 대답이 윤극사의 마음을 싸늘하게 베어 나누는 것 같았다. 그러나 윤극사는 지난 일들이 아직 아무것도 아니게 느껴지지 않는 나이였다. 오히려 돌아보면 무엇이나 아름답고 소중하여 슬픈 것들이었다.

한동안은 윤극사에게 자기 파괴적인 슬픔이 계속되었다. 슬픔에 가려서 이지가 흐려지는 것은 아니었다. 그러나 슬픔 위에서 선명하게 모든 것을 볼 수 있음에도 슬픔은 사라지지 않았다.

그 이유를 윤극사는 몰랐다.

병부시랑 시적이 통소를 불어서 위로하려고도 했지만 밤이 닥치고 텃새 소리가 법문사 주변 숲의 나뭇가지를 옮겨 다닐 때도 아무런 소용 없었다.

달이 휘황하고 달빛이 들지 않는 숲은 짙은 녹색의 밤이었다. 법문사 백운교는 물 없는 도랑을 가로질렀고 북두칠성이 백운교를 내려다보는 듯했다.

윤극사는 창문 너머로 송이버섯 냄새가 담겨 있는 솔바람을 맡았다. 황자색 촛불이 흔들리며 검은 홰를 뿜어 올린다.

자정이 되려면 아직도 한 시간 넘게 남았다.

윗옷을 풀어헤치고 채미충을 달빛에 쬐었다. 한데, 문득 보니 채미충의 색깔이 전과 달랐다. 희다. 채미충이 달빛을 머금은 듯이 희다. 달빛이 채미충에 스며들어 희다. 희고 고움이 영의 하얗던 목덜미 같다. 기름 엉긴 듯 곱던 속살 같다.

상사의 염이 깊었다.

그도 알고 있었다. 이영에 대한 상사의 염은 그가 알고 있는 병이며 그녀를 사랑하는 만큼 그가 사랑하는 병이다. 이마저도 없다면 무엇으로 그녀를 생각하며 무엇으로 살 수 있단 말인가?

아득함 속에 자기를 잊어버린 채, 윤극사는 염(念)과 염(念)의 경계를 넘나들었고, 몽(夢)과 현(現), 실(實)과 상(想)의 판단을 미루어두었다.

한동안 보려 하지 않았기에 나타나지 않았던 많은 것들이 그의 마음과 더불어서 놀았다. 그림을 그리듯이, 흙을 빚어 조상(彫像)하는 듯이, 기운들이 영의 형용을 갖추고 윤극사를 맴돌았다.

영의 웃음소리, 영의 웃는 얼굴, 찰랑이는 머릿결은 쪽을 지어 틀어 올려졌는데, 귓가에 속삭이는 조그마한 음성, 숨결이 애상(哀想)과 기쁨을 함께 자아냈다.

그러던 어느 순간, 자정을 알리는 북소리가 멀리서 달려와 말발굽처럼 모든 애절함을 짓밟고 흩어버렸다.

달빛 그대로고 밤도 짙은 녹색인데, 파편만 남기고 사라진 그리움이 안타까워 와락 서러움이 넘쳐 오른다.

그리움에 자신을 잊었을 때가 기뻤다. 하얀 달빛 아래서 혼자임을 깨닫는 순간의 비감은 여려진 가슴이 감당하지 못할 무게. 물에 젖은 종이 위에 돌을 얹은 듯이 가라앉았다가 마침내 뻥 뚫어지고 마는 자제력.

윤극사는 능력도 재주도 아랑곳없이 아이처럼 고개를 떨구고 소리 죽여 훌쩍거렸다.

마음에서 비어 있는 것은 오직 그녀의 자리뿐. 채울수록 선명해지는 그녀의 빈자리, 상실감. 천지만물은 다스릴 수 있어도 정(情)만은 참을 수 있을 뿐 뜻대로 되는 것은 아니더라.

뒤에서 문득 탄식 소리가 들려왔다.

"참으로 애절하구나. 극사! 너는 아직도 어쩜 그리 어린 거냐?"

신포 필재의 음성이었다.

윤극사는 눈물 젖은 손을 소매에 닦고 그 소매로 다시 얼굴을 닦으며 돌아섰다.

준수한 기남아라고 할 수 있는 신포 필재가 수염을 깎지도 않은 모습으로 방 안에 들어와 있었다.

"오셨어요?"

하고 윤극사는 말하려다 목이 잠겨 멈췄다.

신포 필재는 한숨을 내쉬며 머리를 저었다.

"모르겠구나. 한없이 변한 듯하다가 다시 보면 너는 조금도 변하지 않았구나. 오히려 나보다 더 변하지 않았어."

윤극사는 고개를 떨군 채 가만히 있었다. 대답할 필요도 없었고 묻고 싶은 말도 없었다. 윤극사는 그가 이영이 있는 곳을 모른다는 사실을 알고 있었다.

손을 뻗어 탁자의 의자를 물러나게 하여 그에게 권했다.

신포 필재가 의자에 앉으며 말했다.

"너는 만인지상의 신분이지만 나는 전과 다르게 너를 대할 수가 없구나. 용서하거라."

"괜찮아요."

윤극사는 작은 소리로 말했다.

신포 필재가 말했다.

"거의 황제가 되었구나."

윤극사가 빙긋 웃었다.

필재가 물었다.

"네 처는 아직도 찾지 못했느냐?"

"예."

윤극사가 고개를 끄덕였다.

필재가 한숨을 쉬었다.

"서안에서 큰 폭발이 있은 후, 나와 부하 한 명만 살아남았다. 그때 네 처를 찾았어야 했는데……. 미안하구나."

윤극사는 괜찮다는 말을 하지 않았다.

필재가 잠시 입을 다물었다가 짧게 말했다.

"한동안 앓았다."

윤극사가 작은 소리로 말했다.

"아저씨가 저지른 살행(殺行) 때문입니다."

"그렇겠지."

필재가 씁쓸하게 웃었다.

"화왕에 대한 소식을 듣고 바로 너일 것이라 생각했다. 숨어 있으면서도 네가 바꾼 이 세상을 볼 수 있었다. 요순지절이 돌아온 듯하더구나."

윤극사가 말했다.

"전 다만 제가 원하는 세상을 만들고 싶었을 뿐입니다."

필재와 윤극사 사이에 어색한 침묵이 흘렀다.

두 사람이 서로 겉돌고 있었다. 필재는 이영을 찾아서 지키지 못한 자신을 윤극사가 용서하지 않고 있다는 것을 느꼈다.

윤극사에게서 변한 것이 있다면 바로 그런 점이었다. 어쩌면 천자의 무게를 가지고 행동하면서 저절로 생겨난 것으로 거스름을 용납하지 않는 마음일 수도 있었다.

신포 필재는 방 안으로 들어와서 그가 슬퍼하는 모습을 본지라 아무런 원망조차 할 수 없었다.

말은 주고받아도 대화를 하고자 함이 아닌 말들이 몇 번 더 오고 갔다.

신포 필재가 말했다.

"처음엔 너를 죽여야 하나 하고 생각했다."

나라에 대한 충성을 가장 먼저 생각하는 그에게는 그럴 법한 이야기였다.

윤극사가 말했다.

"살기가 느껴지지 않았습니다."

신포 필재가 희미하게 미소를 지으며 말했다.

"죽일 수 있을 것이라고는 생각지 않았다."

윤극사가 말했다.

"아저씨를 찾아서 화청궁까지 갔었습니다."

신포 필재가 머리를 끄덕였다.

"가려고 했었다. 민천자의 머리를 내 손으로 베고 싶었지."

그동안 민천자에 대한 말투가 바뀌어 있었다. 필재는 민천자를 민역적이라고 부르곤 했었다. 지금처럼 민천자로 부르지 않았었다.

"않았다."

다시 신포 필재가 한숨을 쉬고 말했다.

"원래는 단숨에 서안을 쳐서 민천자와 그 자식들을 베고, 전선에서는 오번백의 목을 칠 생각이었다. 그렇게 하면 반란은 순식간에 제압될 것이라 봤어. 한데 내가 실수하고 말았다. 민천자를 죽이지 못했으니 모두 원점으로 돌아간 셈이었다. 다만 굴 속에 숨어서 이궁 대원수에게 연락해서 휴전을 해야 한다는 말을 전했다."

이궁이 그처럼 쉽게 휴전에 응한 배경에는 신포 필재가 있었다.

신포 필재가 말을 이었다.

"내 몸이 회복되는 대로 민천자를 암살할 생각이었지. 한데 실패했다."

신포 필재는 크게 낙담한 듯했다. 그의 계획대로 되었다면 지금쯤 전쟁은 수습 국면에 접어들었을 수도 있었다.

윤극사가 중얼거렸다.

"진정한 황제를 죽일 수 있는 자는 오직 그 형제뿐입니다."

"껄껄껄!"

신포 필재가 주위를 아랑곳하지 않고 웃었다. 그러나 아무도 달려오는 사람은 없었다.

"그 말이 옳을지도 모르겠다. 하여튼 나는 그를 죽이지 못했다. 그의 덫에 걸려서 떠나지도 못하고 죽이지도 못하고 있다."

윤극사는 신포 필재의 눈에서 그의 고뇌를 읽었다. 몸은 건강을 회복했지만 그의 정신은 크게 위축되어 있었다.

윤극사가 말했다.

"민천자를 만났군요."

신포 필재가 크게 머리를 끄덕였다.

"만났다. 죽이려면 죽일 수도 있었을 것 같은데 못 죽였다. 네 말대로 애시당초 죽일 수 없는 사람일 수도 있고."

신포 필재가 빙그레 웃었다. 모든 것을 체념한 사람의 웃음이거나 달관한 사람의 웃음이었다.

윤극사가 말했다.

"그를 해치려 하지 마십시오. 민천자 같은 사람을 해치려 하면 그전에 자기가 해침을 당합니다."

신포 필재가 또 빙그레 웃으며 말했다.

"뭘 알고 하는 말 같구나."

윤극사는 고개를 끄덕였지만 자세히 말하지는 않았다. 이 세상을 사유하는 존재가 귀하게 여기는 자는 함부로 죽일 수가 없다. 아무리 애를 쓴다고 해도 죽을 때라고 사유하는 존재가 생각하기 전에는 죽지 않는다.

민천자는 그가 귀하게 여기는 사람이다. 마치 석파리가 그러하듯이.

신포 필재의 재주로 봐서 그도 역시 사유하는 존재가 귀하게 여기는 사람이라는 생각은 들었지만 민천자와 석파리에 비할 정도는 아닌 듯했다.

"이미 나는 해침을 받았다."

신포 필재가 말했다.

"기개는 꺾이고 마음은 풀어진 실타래처럼 헝클어졌다. 참을성도 바닥났고 계획도 모두 소진했으니… 건곤일척(乾坤一擲)! 이제 내 목숨을 한번 던져 볼 일만 남았구나."

윤극사는 그를 빤히 보았다.

수염이 얼굴을 반 이상 덮고 있다. 강렬한 빛을 발하는 눈만 아니라면 벌써 폐인이라 말할 수 있을 정도였다.

"무공이 더 강해졌군요."

하고 윤극사가 말했다.

신포 필재가 설핏 웃었다.

"누워 쉬는 동안에 무료해서 몇 가지 무학상의 난제를 풀었다. 대단치는 않아."

그리곤 이내 입을 굳게 다물면서 말했다.

"오늘 밤에 다시 시도해 볼 생각이다. 그를 죽일 수 없다면 나라도 죽겠지."

윤극사가 말했다.

"민천자를 죽여도 제가 죽지 않으면 아무 소용 없습니다."

신포 필재가 말했다.

"알고 있다."

윤극사가 미간을 찌푸리고 물었다.

"그럼 왜 무의미한 살인을 하려고 합니까?"

신포 필재가 작은 목소리로 말했다.

"내 운명을 시험해 보려는 것이야."

윤극사는 섬뜩했다. 그와 비슷한 말을 자기도 했던 것 같았다.

신포 필재가 공허한 음성으로 말했다.

"이미 덫에 걸렸다. 맹세와 여자, 운명의 덫에."

제6장 건곤일척

건곤일척

기남자 신포 필재, 영기발랄하고 재주가 뛰어나며 기상이 빼어난 진정 남자 중의 남자라 할 만한 인물이었다.

건강을 회복한 후 몰래 법문사에 숨어들어 민천자를 죽이려 했을 때만 해도 그는 여전히 그런 사람이었다.

판단이 빠르고 과단하여 무슨 일을 하든지 거침없으면서도 치밀했다. 백 가지 일을 맡더라도 그중 하나를 실수하는 경우가 드물었다.

그런 신포 필재가 법문사에서 멀쩡한 폐인이 되어 있었다.

그는 민천자를 보기만 했을 뿐, 죽이기 위해 검을 뽑지도 못했다. 공사에 언제나 냉철했던 그가 그 순간에 왜 약해졌는지 자신도 알 수 없었다.

혼자서 탑을 돌고 있던 민천자를 공격할 수 있는 순간이었다. 그런

데 멀찌감치 떨어져서 민천자를 응시하고 있는 한 눈길 때문에 그렇게 하지 못했다.

얼핏 마주쳤던 얼굴이지만 필재는 그녀를 기억하고 있었다. 바로 민천자의 과년한 딸 영강 공주였다.

극히 짧은 순간에 머리 속을 스쳤던 생각, 그 생각은 지금도 애매했지만 그를 망설이게 했고 결국은 물러서게 만들었다.

신포 필재는 속으로 반문해 보곤 했다.

그녀에게 부친이 살해당하는 모습을 보여주어선 안 된다고 생각했던 것인지, 아니면 그녀 앞에서 그녀의 부친을 살해하는 자기의 모습을 보여주고 싶지 않다고 생각했던 것인지.

어느 경우든 신포 필재 자기답지 않은 생각이었다. 자기답지 않은 단 한 번의 그 생각이 그를 혼란스럽게 만들었다.

그날 이후 며칠 동안 민천자의 주위를 맴돌면서 기회를 노릴 때, 신포는 항상 그녀를 보았다. 그리고 민천자를 공격하지 못했다.

어떤 날은 일부러 그녀의 눈에 띄기를 바라며 부주의한 움직임을 보인 적도 있었다.

그러다가 마침내 필재는 자기를 빤히 바라보고 있는 그녀를 발견했다. 그도 홀린 듯이 그녀를 바라보다가 돌아갔다.

그녀를 보고 그녀에게 홀리면서 필재는 망가졌다. 그녀의 눈에 띌 수 있는 장소를 찾아서 몸을 은신했고, 그녀는 그를 발견할 수 있는 곳에 나와서 섰다. 그렇게 한 달이 지나고 두 달이 지나고 세 달이 지났다.

하지만 신포 필재도 그녀에게로 다가가지 않았고, 그녀도 마찬가지였다.

신포 필재가 윤극사에게 말했다.

"뜨거운 꿀을 먹고 지옥 속에 있는 기분이었다. 매 순간마다 죽고 싶은 마음이었다."

신포 필재가 잠시 입을 다물었다. 지금까지 한 이야기로 그의 뜻은 전부 전달되었다고 믿는 듯했다.

환히 보고 알 수 있으면서도 어쩔 수 없다는 것이 바로 이런 경우였다. 윤극사는 가슴에서 차갑고 맑은 물이 울렁거리는 것 같음을 느꼈다. 동정심(同情心) 또는 동병상련(同病相憐)과 같은 종류의 감정이었다.

위로할 수도 없다는 것을 너무 잘 알기에 위로의 말도 나오지 않았다. 함께 슬퍼하고 아파하기에는 자기의 슬픔과 아픔이 그보다 더 뚜렷했다.

윤극사는 자기 외에 상사로 고통받는 사람은 신포 필재 오직 그 한 명만 보았지만, 이 세상에는 정으로 슬픈 사람이 참 많구나 하고 생각했다.

신포 필재가 물었다.

"나를 막으려느냐?"

막아주기를 바라는 것처럼 느껴지는 음성이었다.

윤극사는 대답하지 않았다. 다만 빤히 바라보았다.

"백운교 밑으로 네가 나왔다면 나는 네 모습으로 변장하고 민천자를 죽이러 갔을 것이다."

신포 필재의 공허한 음성이 낮게 깔렸다.

윤극사는 묵묵히 그의 말을 들었다. 신포 필재가 어떤 계획을 세웠을지는 그 말 한마디로 이미 다 짐작할 수 있었다.

여기서 자기가 막지 않으면 신포 필재가 자기의 모습으로 민천자를 찾아갈 것임도 알았다.

윤극사는 머리를 저었고 신포 필재는 머리를 푹 숙였다가 드는 순간에 창문 밖으로 휙 날아갔다.

방 안에 적막이 감돌았다.

윤극사는 신포 필재가 민천자를 죽이러 갔지만 성공하지 못할 것이라고 생각했다. 광림 장군이 그들의 이야기를 모두 들었다. 광림 장군은 비록 윤극사의 사람이라고는 하지만 민천자가 위험에 처하도록 내버려 둘 사람이 아니었다.

아무런 기척이 없다는 사실은 그가 이미 민천자 곁으로 갔을 것이라는 반증이었다.

윤극사는 이상하고 답답하며 뭔가가 기울어지는 듯한 느낌 속에서 밤을 보냈다. 엉뚱한 곳으로 가는 마차에 앉아 있는 기분이었다.

새벽의 독경 소리가 들리고 날이 밝았지만 신포 필재가 민천자를 암살했다는 소리는 들려오지 않았다.

딱히 알고 싶은 마음도 없었다. 광림 장군도 보이지 않았다. 모래가 들어간 것처럼 입 안이 서걱거렸다.

해가 뜨기 전에 우물가로 가서 머리에 물을 끼얹었다. 정신이 맑아지지 않았다. 무거운 얼굴로 해를 맞았다.

머리 단장을 하고 민천자를 보러 가는 길에, 어사 당연생을 마주쳤다.

당연생은 허리를 숙여 인사하며 꽉꽉한 투로 말했다.

"왕야! 안녕하시었소?"

윤극사는 고개를 끄덕였다.

당연생이 지나치면서 약간은 경멸 어린 어조로 말했다.

"폐하께서는 모든 것을 알고 계시오. 지난밤의 자객 일까지."

놀랄 일이 아닌데도 정신이 번쩍 들었다.

절로 입이 떼어졌다.

"무사하시오?"

당연생은 그답지 않은 천진성이 어이없다는 듯 껄껄 웃고 말했다.

"직접 뵙고 확인해 보시오. 폐하께서는 백수 하고도 남으실 것이오."

당연생은 무슨 바쁜 일인지 총총 사라졌지만 윤극사는 그 순간에 머리 속이 환하게 맑아오고 있었다.

큰 짐을 벗어놓은 기분이었고, 안개 속에서 걸어나온 듯한 기분이었다.

큰 걸음으로 민천자에게 갔다.

민천자는 송죽헌에서 승상 우문태와 마치 친구처럼 마주 앉아 차를 마시는 중이었다.

"화왕 전하 납셨습니다!"

늙은 내관이 민천자에게 기별했다.

민천자가 마당으로 들어서는 윤극사를 보며 물었다.

"이른 아침부터 무슨 일이신가?"

윤극사는 걸어가면서 밝고 기쁜 표정으로 말했다.

"제가 폐하를 속였습니다."

민천자의 얼굴에 근엄한 빛이 흘렀다.

우문태가 일어서서 윤극사를 맞다가 굳어졌다.

"왕야! 무슨 말씀이시오?"

우문태가 염려 가득한 얼굴로 말했다.

윤극사는 허리를 숙이며 말했다.

"이제 폐하께서도 모든 것을 아셨으니 제게 주신 것들을 거두어가십시오."

"아아!"

우문태가 탄식했다.

"지난밤은 아직도 끝난 것이 아니었구나."

윤극사가 민천자를 응시하며 말했다.

"제가 선 자리는 폐하께서 빌려주신 자리입니다. 폐하를 속이고 섰던 자리입니다."

민천자가 윤극사를 노려보며 느릿하게 말했다.

"그래서?"

윤극사는 밝고 상쾌하게 웃으며 말했다.

"저는 제 자리로 돌아가고자 합니다. 폐하께서는 폐하의 백성들에게로 돌아가십시오."

"그래서!"

민천자가 준엄하게 말했다. 전신에서 형용하지 못할 위엄이 피어올랐다. 우문태가 굳어진 얼굴로 물러섰다.

산천초목을 진동시키는 민천자의 진노가 송죽헌에서 구름처럼 피어오르고 있었다. 그의 눈이 모든 것을 활활 태워 버릴 듯이 빛을 발하고 있었다.

마교의 수련으로 광인(光因)을 찾아낸 민천자의 내면에 있던 빛이었다.

그러나 윤극사는 그의 시선을 피하지 않았다.

광인은 그에게도 있었다. 윤극사도 정통마교와 천년마교의 비전을 모두 숙지하고 익힌 바였다.

윤극사는 약간 들뜬 음성으로 말했다.

"저는 제 백성을 이끌고 떠나려 합니다."

민천자가 엄숙하게 물었다.

"네 마음에 감싸지는 모든 이가 너의 백성이지 않느냐? 마음에 경계가 없는데 천하 백성에 어찌 주인이 있단 말이냐?"

"아닙니다."

윤극사는 고개를 흔들지 않고 말했다.

"지금 대위국의 백성들은 거짓과 망령의 백성이며 폐하의 백성입니다."

우문태가 소리쳤다.

"화왕아! 언사가 과하오!"

"과하지 않습니다. 민천자 폐하!"

윤극사가 말했다.

"폐하는 폐하의 백성들을 거짓과 망령의 백성으로 버려두시겠습니까? 저들의 번영 아래에 깊은 악의 뿌리를 묻어놓은 채 모른 척하시며 폐하의 시대가 지나기를 기다리시겠습니까?"

그때 뜻하지 않은 변고가 생겼다는 내관의 기별을 듣고 사대능신을 비롯한 여러 신하가 의관도 다 갖추지 못하고 달려오기 시작했다. 어떤 신하는 통곡이라도 할 기세였다.

민천자는 벌떡 일어나서 추상같은 위엄을 발하고 있었으며 윤극사는 그를 올려다보며 오히려 압박하는 듯하고 있었다.

"전하! 그만 하소서!"

상홍과 시적이 뛰어들며 윤극사의 양쪽 팔을 잡았다.

윤극사는 두 팔을 떨치며 호통 쳤다.

"물러서라!"

새파란 청광이 하늘로 솟아오르는 듯 서슬 퍼런 음성이었다.

상홍과 시적이 두려움에 떨면서 물러났다. 윤극사의 음성은 맑았지만 그 음성에 닿는 것만으로도 무엇이든 베어질 듯 날카로웠다.

그만 예부시랑 설대녕이 바닥에 엎드려 머리를 땅에 찧으며 통곡했다.

"폐하! 전하! 만백성을 생각하소서, 이 무슨 일이옵니까?"

의관도 다 갖추지 못한 신하들이 함께 엎드려 흐느끼며 외쳤다.

"폐하! 전하! 통촉하소서."

"승상! 어찌해 보십시오."

민천자와 윤극사를 호위하는 위사들마저 달려와 엎드려 울었다.

윤극사와 민천자는 한 치도 물러서지 않고 대치했다. 그들 사이에서 보이지 않는 폭풍과 회오리가 휘몰아치는 듯했다.

하늘이 흐려지며 해가 구름 속에 숨었다. 스산한 바람이 일며 흙먼지가 땅을 쓸었다.

"아아!"

승상 우문태가 절망적인 음성으로 말했다.

"경들은 그만 하라! 고정하라!"

호부시랑 무수영이 말했다.

"폐하! 전하! 두 분께서는 이 나라의 해와 같사옵니다. 만백성의 어버이십니다. 저희 만조백관들의 심장이십니다. 두 분이 일으키고 가꾸신 거룩한 문화와 업적이 손상될까 두렵습니다. 천만 백성이 다시 고해 속에 떨어지지 않도록 하소서."

민천자와 윤극사는 아무 소리도 귀에 들어오지 않은 듯했다. 승상 우문태가 고통스러운 듯 말했다.

"그만 하라! 제발 경들은 그만 하라. 그만 하라. 그만 하라!"

우문태가 눈물을 흘렸다.

크게 터져 나온 통곡 소리가 송죽헌을 흔들었다. 폐하를 부르짖고 전하를 부르짖었으며 승상을 외쳐 불렀다.

우문태가 말했다.

"저 두 분은 하늘이 내신 분들. 숙정하고 두 분의 결정을 기다려라!"

울음소리가 줄어들었으나 그치지 않았다. 누군가 '천지신명이시여 우리 나라를 보우하소서' 하고 말했다. 돌아보니 어쩔 줄 모르고 이마를 바닥에 댄 어사 당연생이었다. 상하 내외를 막론하고 충심이 없는 신하가 대위국의 조정에는 없었다.

우문태도 마음이 울려서 속으로 따라 했다.

'천지신명이시여 우리 나라를 보우하소서!'

민천자는 손으로 윤극사를 가리켰다. 용포 자락이 바람에 흔들렸다.

윤극사는 속에서 어떤 희열을 느끼는 것처럼 표정과 음성이 들떠 있었다.

"폐하! 말씀하십시오."

민천자가 말했다.

"어제 그대를 보았을 때 오늘을 짐작했다."

윤극사는 입가에 부드러운 미소를 지었다.

"저는 오늘 아침에야 알았습니다. 기미가 여러 번 있었음에도 미처 깨닫지 못했습니다."

"말해 보라!"

민천자가 말했다.

윤극사의 음성은 여전히 밝았다. 소년이 새로 사귄 친구 이야기를 하는 것 같았다.

"어젯밤 지인을 만났습니다. 폐하께서도 만나보셨을 그 사람입니다."

민천자가 머리를 끄덕였다.

윤극사가 말을 이었다.

"그는 주 황실을 섬기는 충신으로 당대의 기남자(奇男子)라 부를 수 있는 인물입니다. 저는 그와 같은 인물이 여자로 말미암아 맹세와 운명의 틈에서 갈등하리라고 생각해 본 적이 없습니다."

"나도 그리 생각했다."

민천자가 말했다.

윤극사가 말을 이었다.

"진퇴유곡(進退維谷)의 운명에서 그는 건곤일척(乾坤一擲)으로 운명을 시험하리란 말을 하였습니다. 그런 후 검을 품고 폐하를 찾아갔습니다."

"그러하다."

"저는 그가 어찌 되었는지 알지 못합니다. 하지만 오늘 아침에 저는 마침내 그가 말한 건곤일척이 바로 제가 찾던 말이라는 것을 알았습니다."

윤극사는 두 팔을 양 옆으로 활짝 펴면서 말했다.

"이것이 바로 저의 건곤일척입니다."

팔을 벌린 윤극사는 모든 것을 비워 버린 듯하면서도 모든 것을 감싸 안는 듯도 하였다.

"저 또한 그와 같은 상황에 있으면서도 그처럼 선명하게 운명을 보지 않았기에 쉽게 깨닫지 못했던 것입니다."

윤극사가 말했다.

"폐하! 환궁하시어 폐하의 백성들을 구하십시오."

민천자가 옆으로 손을 뻗었다.

차앙!

엎드려 우는 위사의 허리에 꽂혀 있던 검이 빠져나와 민천자의 손으로 날아갔다.

"폐하!"

위사가 기절할 듯이 크게 외치며 일어섰다.

신하들이 일제히 외쳤다.

"폐하! 아니 됩니다!"

위사들은 모두 땅을 박차고 일어나 갑자기 발생할 수 있는 변고에 대비했다.

윤극사는 당당하게 민천자를 바라보고 있었다.

민천자가 검을 살펴보고 윤극사에게 말했다.

"나를 쳐라!"

모든 사람들의 심장에서 싸늘한 한기가 피어올랐다.

민천자가 다시 나직한 음성으로 말했다.

"나를 쳐서 거짓과 망령의 뿌리를 잘라라."

"그럴 수 없습니다."

윤극사가 말했다.

민천자가 승상 우문태에게 물었다.

"승상은 내 죄를 얼마나 알고 있소?"

승상 우문태가 입을 다물고 있다가 이윽고 말했다.

"열에 셋은 알고 있습니다."

민천자가 말했다.

"열에 일곱은 너의 광림 장군이 알고 있다. 내 죄는 목이 쳐지기에 부족함이 없다."

승상 우문태가 말했다.

"천자의 죄는 오직 하늘이 물을 수 있을 뿐입니다."

민천자는 그의 말을 듣지 않고 윤극사에게 검을 던졌다.

"나를 치고 천자가 되어라. 그리하여 명분을 얻으라. 너만이 그럴 자격이 있다."

윤극사는 검을 받아서 땅에 놓았다.

"자리를 물려받거나 빼앗아서 황제가 될 수는 있지만 참된 천자가 되지는 못하는 줄 압니다."

"배움에 부족함이 없구나."

민천자가 웃었다.

"하지만 나는 네가 자리에 앉지 않은 참된 천자라고는 아직 믿지 못하겠구나."

법문사에 있었지만 민천자 자신이 천하를 마음으로 경영하고 있었음을 시인하는 말이었다. 윤극사는 그를 느끼지 못하고 자기가 다 하고 있다고 생각했지만 그의 뒤에는 민천자가 있었던 것이다.

민천자는 전날 화청궁에서 윤극사에게 했던 말처럼, 윤극사가 천자가 될 만한 인물이긴 하지만 적합하다고는 생각하지 않고 있음이 분명했다.

어쩌면 윤극사가 그의 친구였던 이청무와 마찬가지로 의원이기 때문에 그런 생각을 가졌을 수도 있었다.

윤극사가 웃으며 말했다.

"그게 무슨 상관이 있습니까? 폐하께서도 거짓을 알게 되셨듯이 저도 제가 있을 곳에 있지 않음을 알았습니다. 저는 제 백성과 더불어 제가 서야 할 곳으로 가고자 합니다."

민천자가 물었다.

"네 백성이 따로 있느냐?"

윤극사가 대답했다.

"스스로 저의 백성이라고 생각하는 이들이 지금은 제 백성입니다."

"그들을 보고 싶구나."

민천자가 걸음을 옮겨 계단을 밟았다.

물러난 상황으로서가 아니라 돌아온 천자로서의 첫걸음이었다.

윤극사는 허리를 숙여 연장자이며 또한 스승의 벗인 자에 대한 예를 표했다.

민천자가 걸어서 단하로 내려옴에 따라서 신하들과 위사들이 분분히 벌려 서며 정열했다.

승상 우문태가 탄식 섞인 음성으로 말했다.

"어가를 준비하라."

결국 환궁이 시작되었다.

급하게 출발한 어가는 법문사의 승려들마저 동원되어 호위했다.

윤극사는 민천자의 어가 옆에서 말을 타고 함께 했다. 연도에 나왔을 때 백성들이 황제 폐하 만세와 화왕야 천세를 외쳤다.

그들은 자기들이 외치는 화왕야가 일태자 민융인지 윤극사인지도 모르고 있었다.

윤극사는 희망으로 넘쳐 나는 듯했다. 말을 탄 자태가 너무 당당하여 마치 빛이 뿜어지는 듯했다.

백성들은 어가가 지나치고 나면 화왕에 대해서 찬탄을 금치 못했다.

점심때가 되어서 어가가 멈추었다.

민천자는 윤극사를 불러서 함께 식탁에 앉게 했다. 그러한 법도도 없고 예도 없기에 신하들과 내관들이 놀랐지만 아무도 뭐라 하지 못했다.

민천자는 음식을 조금만 먹었다. 윤극사는 접시 하나를 다 비웠다.

민천자가 물었다.

"어디로 가려는가?"

"제 자리로 돌아가려 합니다."

하고 윤극사가 대답했다.

민천자가 또 물었다.

"너의 백성들에게도 그 자리는 옳은 자리냐?"

윤극사가 대답했다.

"제 백성들은 그들의 자리와 집을 갖게 될 것입니다."

민천자가 잠시 입을 다물었다가 말했다.

"너는 내가 생각지 못한 일을 하려고 하는구나."

윤극사는 부정하지 않았다.

어가는 다시 움직였다.

민천자의 환궁 소식은 이미 도성에까지 알려졌다. 연도로 백성들이 온갖 기진(奇珍)을 가지고 나와 바쳤으며, 지방관들이 백성들 사이에서 머리를 숙였고, 도성에서 기별을 듣고 환대하기 위해서 달려오는 사람들의 숫자도 이루 헤아릴 수 없었다.

황제 민천자의 환궁이라는 사실 하나만으로 온 나라가 들끓는 듯했다.

서안의 서문에는 서안의 백성들이 몰려나와 민천자를 맞았다. 민천자는 노인들의 영접을 받으며 성문으로 들어섰고, 마침내 궁으로 들어가 환궁을 마쳤다.

길에는 민천자를 위해서 뿌려진 꽃과 색종이들이 연극 무대 위의 그것처럼 흩날리고 있었다.

저녁이 되어서 민천자는 용상에 앉아 만조백관들의 절을 받고 그들의 공을 치하했다. 윤극사는 그 자리에 나아가지 않았다.

자기의 침전으로 가서 민천자에게 건네줘야 할 것들을 정리하고 자기가 가져가야 할 것을 챙겼다.

한데 자기가 궁궐에서 가져가야 할 것은 단 한 가지를 제외하고는 모두 자기 몸에 다 있었다.

바로 석파리라는 인질이었다. 광림 장군은 자기가 챙길 사람이 아니었다. 그는 자기의 처신을 자기의 의지로 하는 사람이었다.

석파리는 윤극사의 인질이 된 후에 항상 그의 근처에 있었다. 그가 하는 모든 것을 볼 수는 없었더라도 가까이 있었기에 느끼고는 있었다. 법문사로 가는 길에서 자객을 단숨에 제압하는 놀라운 모습도 봤고, 법문사에서 이상한 상태에 들어서 기뻐하다 슬퍼하는 모습도 보았으며, 신포 필재라는 인물과 똑같은 고민 속에 있으면서도 서로 겉도는 이야기만 주고받는 것도 들었다.

윤극사의 이영에 대한 정의 깊음과 두터움은 더할 수가 없는 정도였다. 그것을 느낄 때마다 석파리는 자기의 가슴에 찬바람이 회오리치는 것을 느꼈다. 자기가 간직할 수 없는 것에 대한 부러움이었다.

윤극사가 석파리를 돌아보며 말했다.

"한동안 고생을 하셔야겠어요. 미안해요."

석파리가 하얀 얼굴에 살며시 미소를 지었다. 고통 속에서 살아온 그녀에게는 그 무엇도 고통일 수 없었다. 하물며 고생이야.

석파리가 말했다.

"왕야, 저는 괘념치 마셔요."

윤극사가 말했다.

"나는 여기를 떠날 거예요."

석파리가 대답했다.

"소녀는 왕야의 명을 따르겠습니다."

윤극사가 말했다.

"석 소저를 괴롭힌 죄는 후에 보상하겠습니다."

석파리가 물러서며 정색을 했다.

"천자의 방에 드셨던 분이 하실 말씀 같지 않습니다."

윤극사가 미소를 지었다. 그는 마치 소풍을 가는 아이처럼 들떠 있는 모습이었다.

석파리가 나직한 음성으로 말했다.

"내일 왕야께 기쁜 일이 있을 것입니다."

윤극사가 갑작스런 그녀의 말에 의아해하며 반문했다.

"육선문의 비술로 점을 쳤습니까?"

석파리가 가볍게 머리를 흔들었다.

"그냥 알게 된 것입니다."

윤극사는 웃고 말았다.

내관이 윤극사를 부르기 위해서 두 번이나 왔다. 민천자의 명이라 했다. 윤극사는 가지 않았다.

석파리는 단정하게 앉아서 윤극사가 움직이기를 기다렸다.

윤극사는 들뜨고 기뻐했지만 밖으로 나가지는 않았다.

밤이 되고 시녀들이 음식을 내왔다. 윤극사는 먹는 둥 마는 둥 했다.

식사가 끝날 무렵에 광림 장군이 들어왔다.

윤극사가 반갑게 맞았다. 시녀들에게 음식을 더 가져와 차리게 했다.

광림 장군은 탁자에 앉으며 입을 열었다.

"신포 필재는 죽었네."

윤극사의 웃음 띤 얼굴이 경직되었다. 얼굴이 꿈틀거리며 웃음이 부서졌다.

광림 장군의 말이 이어졌다.

"총명한 자는 절개가 굳기 어려운데, 그는 곧더군. 미인을 뿌리치고 자기의 의(義)를 택했어."

신포 필재의 건곤일척은 그렇게 끝났다.

제7장 윤천자

윤천자

밤은 깊은데 폭죽 소리가 끊이지 않았다. 색색의 불꽃들이 물감처럼 번지면서 암천을 수놓고 명멸했다.

기남자며 대장부인 신포 필재도 그들처럼 한 번 밝게 빛나고 사라진 존재가 되었다.

윤극사는 짙은 고독을 느꼈다. 그가 어떻게 죽었는지 묻고 싶은 마음이 없었다. 죽음은 돌이킬 수 없는 것이다.

광림 장군이 말했다.

"지난밤, 그는 자네의 모습을 하고 음성까지 꾸미고 민천자에게 왔었네. 내가 그를 방에 들게 했으니 자네가 그와 주고받는 말을 내가 다 듣고 있다는 것을 알았을 텐데도 그렇게 했네."

운명을 시험해 보기 위해서였다. 윤극사는 알 수 없는 자신의 운명

을 뻔한 결과에 부딪쳐서 확인하려 했던 그의 심정을 절절이 이해하고
있었다.

"휴……."

광림 장군이 한숨을 쉬고 말했다.

"참으로 안타까웠어. 노부가 공주를 그곳에 데려다 놓았지만 아무
소용이 없었네."

소용없었던 것이 아니라 그에게 고통을 더해주고, 운명을 시험해 보
고자 하는 마음을 더 강하게 해주었을 것이라고 윤극사는 생각했다.

자기 운명의 틈바구니에서도 시름하던 신포 필재가 부딪치려 했던
상대는 천하의 민천자였으며, 승상 우문태였으며, 또한 민천자와 윤극
사의 스승이랄 수 있는 광림 장군 소후 노인이었다.

신포 필재가 무림의 절대고수 심 노인의 아끼는 제자라 할지라도 그
들을 어쩔 수 있을 가능성은 애시당초 없었다.

이미 스스로 무너졌던 신포 필재였다.

광림 장군이 말했다.

"승상이 그를 설득하려 했네. 그는 공주를 보고 한 번 웃은 후에 표
정을 바꾸지 않았네. 뜻도 꺾이지 않았어. 승상이 직접 나서서 그를 상
대했지만 적수가 되질 못했네. 신포 필재는 그 나이에 이미 내가 만난
사람들 중에서도 손꼽을 수 있는 고수가 되어 있었어. 지난번 사가장
의 지하에서 만났을 때와는 크게 달라진 모습이었네. 가급적 나는 손
을 쓰고 싶지 않았지만 어쩔 수가 없었어."

광림 장군이 말끝을 흐렸다.

천하에서 무공만으로 광림 장군을 이길 수 있는 사람이 과연 몇이나

될까 싶은 생각이 들었다.

마등곡 회합에 참석하는 절대고수들조차도 함부로 승리를 장담할 수 없을 것이었다. 이영에게 목이 잘렸던 것은 광림 장군과 함께 몸을 나누어 가졌던 대상 노인이지 광림 장군이 아니었다.

광림 장군의 무공의 끝은 윤극사도 모르고 있었다.

신포 필재가 제아무리 강해졌다고 해도 수십 년 내에는 광림 장군을 상대할 수 없을 것이라는 생각이 들었다.

윤극사는 신포 필재가 민천자를 죽이러 갔을 때의 모습을 광림 장군의 말만 듣고도 그림을 보듯이 머리에 떠올릴 수 있었다.

신포 필재는 민천자를 죽이기 위해서가 아니라 자기를 죽음에 몰아넣고 운명을 시험하기 위해서 싸웠고, 광림 장군은 윤극사와 그의 관계를 알면서도 죽일 수밖에 없는 상황이 되었음이 틀림없다.

광림 장군이 말했다.

"승상이 애를 많이 썼네. 헛수고였지만. 인재를 아끼는 사람이라 진심으로 가슴 아파했지만 하는 수 없었지. 백 가지 말로도 그의 마음을 돌리지 못했어."

'마음이라……'

윤극사는 가슴속에서 말을 매만졌다. 신포 필재의 마음이 돌아서지 않은 것은 굳었기 때문이 아니었을 것이다. 어찌할 수 없음이었을 것이다. 운명이나 사건에 휘말리면 종종 원치 않아도 어떤 길을 갈 수밖에 없다.

신포 필재는 자신이 다루었던 죄인들이 갔던 그런 길을 가면서 죽음으로부터 자기를 돌이키지 못했다. 죄인들이 죄에서 자신을 돌이키지 못했던 것처럼.

광림 장군은 한빙장(寒氷掌)으로 신포 필재의 심맥을 끊었다고 했다. 신포 필재의 시신은 영강 공주가 거두었다고 했다.

광림 장군이 말했다.

"공주도 떠났네. 영원히 돌아오지 않겠다고 말하고 갔네. 나는 공주를 서쪽으로 데려다 주고 오는 길이네."

그의 음성이 쓸쓸하다.

"이제 민천자 곁에 그의 피붙이는 하나도 남지 않았어."

그리고는 입을 다문다.

윤극사가 중얼거리듯이 말했다.

"우리 모두 외로운 사람들입니다."

광림 장군은 대꾸하지 않았다. 음식도 손대지 않았다. 윤극사에 대한 무언의 항의였다. 소후 노인도 정이 그립고 많은 사람인 때문이었다.

윤극사가 말했다.

"내일 떠날 것입니다."

광림 장군이 고개를 번쩍 들었다. 서쪽에서 막 돌아와 윤극사가 떠날 것이라는 소식을 아무에게서도 듣지 못한 모양이었다.

윤극사가 말했다.

"민천자가 돌아왔습니다."

"그게 무슨 상관인가?"

광림 장군이 약간 화난 듯한 음성으로 물었다.

윤극사가 단호한 음성으로 대답했다.

"제가 제 백성들을 데리고 떠날 때라는 말입니다."

광림 장군은 멍한 표정을 지었다. 자기가 가르쳤지만 그가 가르친 민천자와 윤극사는 모두 어느 순간에 그가 알지 못하는 경계에 있었다. 그것을 알기에 그는 민천자와 윤극사에게 모든 것을 다 헌신하는지도 몰랐다. 더구나 윤극사는 자기를 내세워 하늘과 대적하는 자였다. 세상이 한 바퀴 빙글 하며 돈 것 같았다.

신을 닮고자 하는 자들이 하는 일이었다. 이런 순간에는 탁자를 사이에 두고 마주 앉아 있을 수가 없다.

광림 장군은 일어나서 허리를 숙이며 신중한 음성으로 물었다.

"소장이 해야 할 일이 무엇입니까? 명을 내려주십시오."

윤극사가 천자의 위엄으로 말했다.

"내 백성이라고 생각하는 이들에게 알리시오. 내가 내일 떠난다고. 나와 함께할 자는 남문 밖에 모이라고 하시오."

광림 장군은 예를 취하며 말했다.

"명을 받듭니다."

궁궐 밖에는 아직도 시이잉! 소리를 내며 폭죽이 날고 펑! 소리와 함께 하늘을 물들이고 있었다.

광림 장군은 성큼성큼 큰 걸음으로 걸어서 나갔다. 윤극사의 백성들에게 전갈하기 위해서였다.

윤극사는 뒷짐을 지고 방 안을 거닐었다. 신포 필재의 죽음이 그의 들뜬 마음을 가라앉혔지만 그 외에 변한 것은 없었다.

윤극사는 건곤일척의 승부를 거는 도박꾼과 같은 심정이었다. 그리고 신포 필재는 어떻게 하든 질 수밖에 없는 패를 든 형국이었지만 윤극사는 자기가 이길 도박에 모든 것을 걸었다고 확신한 상태였다.

그에게는 죽는 것도 이기는 것이었다.

석파리가 물었다.

"전하, 광림 장군이 부리는 사람들이 있습니까?"

윤극사가 머리를 저었다.

"그를 따를 사람들은 있지만 그가 부리는 사람은 없습니다."

석파리가 말했다.

"전하의 명을 그가 하룻밤 사이에 어찌 전할까 염려되는군요."

윤극사가 웃음을 지으며 말했다.

"그에게는 그의 방법이 있습니다. 오직 그만이 할 수 있는 방법이지요."

석파리가 말했다.

"그는 타인의 마음속에 들어가는 방법이라도 있는 모양이군요."

윤극사가 머리를 끄덕였다. 석파리가 광림 장군을 보고 그런 느낌을 가지는 것도 이상한 일은 아니었다.

석파리는 살아온 날이 스스로 지옥도였다고 말할 정도의 고통을 감내하고 이십여 년의 세월을 벙어리로 살면서 닦게 된 지순한 마음이 있었다. 그것만으로도 수십 년을 참수한 고승에 못지않았다.

또한 육선문의 비술에 더하여 천자의 방에서 벽곡을 하며 기운의 신비를 깊이 체득하여 이미 반신(半神)에 가까운 경지에 있음을 윤극사는 알고 있었다.

그것을 알기에 그녀를 인질로 잡은 것이었다.

"가서 쉬세요."

하고 윤극사가 말했다.

석파리는 인사를 한 후에 방을 나갔다. 하지만 그녀의 방은 윤극사의 방에서 불과 스무 걸음도 떨어지지 않은 곳이었다.

쉬이이잉! 펑!

쉬이이잉! 펑! 펑!

폭죽 소리를 들으면서, 윤극사는 시녀들이 치워놓은 빈방에서 소요하며 하늘과 땅을 향해 마음을 열고 기운을 읽었다.

그의 의지가 닿는 범위를 벗어난 곳에서 기운들이 그를 중심으로 소용돌이치고 있었다.

윤극사는 속으로 때가 멀지 않았다고 중얼거렸다.

건곤일척의 주사위는 던져졌고, 그 결과가 드러날 때가 가까웠다.

그날 밤도 잠들지 않았다. 윤극사는 이미 읽어보았던 유리광국에 대한 두루마리를 다시 읽었고, 사씨일가에게서 건네받은 양피지도 읽었다.

민천자에게 받은 두루마리는 다섯 가지 내용으로 구분이 되었다.

一. 역사 이전의 역사에 대하여

二. 동방정유리의왕(東方淨留璃醫王) 약사유리광여래(藥師琉璃光如來)에 대하여

三. 유리광국(琉璃光國), 동방정유리세계(東方淨留璃世界) 건국기(建國記)

四. 유리광국의 문물에 대하여

五. 유리광국의 멸망

그 다음에 사씨가 얻은 천서(天書)라고 말해지는 양피지는 윤극사가 아는 글자로 씌여 있지 않았다.

그 글자에 대해서 소후 노인은 페타(吠陀:베다)와 마찬가지인 범어(梵語)로 씌어졌다고 말했었다. 고대 천축어(天竺語)라는 말이었다.

윤극사는 읽을 수 없지만 소후 노인이 말해 준 내용을 모두 기억하고 있었다. 신기하게도 그 내용은 민천자가 준 두루마리의 일부와 비슷했으며 또한 새로운 것을 담고 있었는데, 그중의 일부는 무공이었다.

서로 다른 경로를 통해서 같은 것을 보게 되면서 윤극사는 두 개의 말고삐를 한 손에 움켜쥔 듯 확신을 가졌다.

밤을 하얗게 지새우고 두레박의 찬물을 머리에 끼얹으며 새날을 맞았다. 검을 수련한 후에 평복으로 갈아입었다. 관을 쓰지도 않았다. 윤극사는 그 모습으로 자기의 백성들을 만날 생각이었다.

일찍부터 사대능신이 찾아왔다. 문관인 그들도 밤을 새운 듯 눈이 빨갰다.

"전하!"

상홍이 윤극사를 불렀다.

"소신들은 전하께서 다시 한 번 생각해 주기를 청하나이다."

윤극사는 손을 번쩍 들었다. 그만 하라는 의미였다.

상홍과 설대녕, 시적, 그리고 무수영이 탄식을 했다. 짧은 기간 동안에 대위국은 천지개벽한 듯이 변모했다. 전부터 꿈꾸었던 새로운 문명, 새로운 천하였지만 현실로 그것이 나타났을 때 그들은 진실로 감개무량했었다.

백성이 흥겨운 노래를 부르며 즐겁게 살 수 있는 새 세상을 연 것이었다. 한데 그 핵심에 있었으며 어쩌면 모든 것을 다 주재했을 수도 있는 윤극사가 떠나려 하기에 그들은 견딜 수 없는 불안을 느끼고 있었다.

윤극사가 문을 열고 나갔을 때는 만조백관이 다 몰려와서 조용히 엎드려 있었다. 늙은 대신들의 수염이 땅에 닿았다. 윤극사가 지나갈 길은 보이지 않았다.

대신들은 온몸으로 윤극사를 막을 작정을 하고 찾아온 듯했다.

윤극사는 석파리를 불렀다. 거미줄에 걸린 잠자리마냥 연한 몸짓으로 석파리가 다가왔다.

윤극사가 사대능신과 백관들을 둘러보며 말했다.

"공경들은 모두 일어서시오. 나는 이제 여기를 떠날 것이오. 그대들은 나의 신하가 아니라 민천자의 신하임을 명심하셔야 하오. 차후 민천자를 모시고 이 나라를 더욱 살기 좋은 곳으로 만드시오."

대신들은 아무도 대꾸하지 않았다. 아예 그대로 석상이라도 된 듯이 꿈쩍도 하지 않았다.

윤극사가 엄한 어조로 말했다.

"경들은 모르시는가? 나는 천자를 자칭하는 자임을. 그대들이 민천자의 신하이면서 나에게 숙인다면 그대들이 흔히 말하는 대로 두 임금을 모시는 것이 되지 않는가?"

무수영이 나직한 음성으로 말했다.

"전하! 신들은 황제 폐하께서 전하를 봉왕하셨음을 모두 잊지 않고 있습니다."

윤극사가 천자를 자칭하더라도 그들에게는 화왕이며 두 임금을 모시는 것이 아니라는 말이었다.

"하하하하!"

윤극사는 한바탕 웃음을 터뜨린 후에 석파리의 소매를 잡으며 큰 소리로 말했다.

"누가 내 앞을 막을 수 있단 말인가!"

상홍이 말했다.

"전하의 어지심이 전하를 붙잡아주시기 신들은 소원하나이다."

윤극사는 완고한 웃음을 머금었다.

설대녕이 안타까운 듯 울음을 터뜨리며 물었다.

"전하! 정녕 어디로 가려 하십니까?"

"내 아내와 내가 만들지 않은 내 운명을 찾아서."

윤극사가 나직하게 말했다.

"나는 가거니와."

뒷말은 이어지지 않았다. 윤극사는 공중에 흐르는 기운의 자락에 몸을 싣고 날아올랐다.

한줄기 바람이 그를 태워서 지붕을 넘어 남쪽으로 갔다.

백관이 망연히 고개를 들면서 '전하' 하고 외쳤다. 그러나 윤극사는 석파리를 이끈 채 모습을 감춰 버렸다.

백관들이 소리치며 그가 사라진 방향으로 앞을 다투어 달려갔다.

남문 밖에는 밤 사이에 성문보다 훨씬 높은 단이 하나 만들어져 있었다. 단 위에는 큰 깃발이 펄럭이는데 씌여진 글자는 '윤제(尹帝)' 두 자였다.

단은 책상과 의자와 온갖 가구들을 차곡차곡 쌓아서 만든 것이었다.

광림 장군은 그 단 위에서 윤극사를 상징하는 깃발을 한 손으로 붙잡고 우뚝 서 있었다.

동쪽에서 먼동이 터오고 있었다.

이른 아침부터 남문을 오가는 사람들이 무슨 일인가 궁금해하며 수군거렸다. 그때 바람을 타고서 윤극사가 남문으로 날아왔다.

윤극사가 날아오는 것을 보고 광림 장군은 뇌성벽력 같은 소리로 외쳤다.

"소장 광림 장군, 윤천자 폐하의 명을 완수하고 기다리는 중입니다!"

고함 소리가 사방팔방으로 퍼져 나갔다. 수백 명이 동시에 입을 모아 외친 것 같았다.

윤극사는 단 위에 내려섰다. 광림 장군이 깃발을 세워 안은 채 무릎을 꿇고 예를 취했다. 그 모습이 멀리서도 보였다.

큰 소동이 일어났다.

궁궐에서는 만조백관들이 남문으로 떼를 지어서 달려오다가 광림 장군이 세운 단을 보았고, 도성을 지키는 병사들은 윤천자라는 말에 놀라서 상급자를 찾아다니기에 바빴다.

더불어 곳곳에서 남문으로 사람들이 모여들고 있었다.

"일어서시오."

윤극사가 광림 장군에게 말했다.

광림 장군은 감사를 표하고 일어나서 다시 외쳤다.

"윤천자께서 왕림하셨다. 윤천자의 백성들은 모두 경배하라."

소리가 멀리까지 퍼져 나가는 중에 군졸들 중에서 떨림에 찬 말들이 터져 나왔다.

"반란… 반란이다."

황제가 환궁하고 하룻밤이 지났을 뿐인데 도성에서 반란이 일어난 것이었다. 군사들도 백성들도 모두 우왕좌왕했다.

윤천자가 누군지 순식간에 알려지면서 그들은 이러지도 저러지도 못했다. 군사들과 하급 관리들은 상급자만을 찾아서 발을 동동 굴렸고, 그들의 상급자는 눈물, 콧물을 쏟으며 남문으로 달려오는 중이었다.

"전하! 우리 대위국의 불쌍한 백성들을 저버리지 마소서."

그들의 울음 소리에 어린아이들까지 멋모르고 따라 울었다. 그런 와중에도 남문 밖에는 윤극사가 올라 있는 높은 단상을 향해서 엎드리고 있는 자들이 있었다.

일찍부터 그의 백성이라고 하던 자들은 지난밤 꿈에 광림 장군의 전갈을 생시처럼 전해 들은 후에 가재도구를 챙기고 식솔을 거느린 채 남문으로 달려온 것이었다. 윤극사에게 은혜를 받고 그를 섬기는 사람들은 윤극사에게 신선 같은 능력이 있음을 알기에 자신들의 꿈을 추호도 의심하지 않았던 것이다. 오히려 그들은 서로가 같은 꿈을 꾸었음을 알고 더한 확신으로 뭉쳐 있었다.

도성을 경비하던 군사들이 움직였다.

말과 전차들이 달려와서 남문 밖의 단을 멀리서 포위했다. 그들의 기민함은 도성이 신포 필재의 군사들에 의해 한 번 겁탈된 뒤에 철저히 정비한 결과였다.

그러나 그들도 포위만 했을 뿐, 그들 자신이 놀라고 동요하고 있었기에 추호의 흔들림도 없이 안으로 들어가는 백성들을 저지하지는 못했다.

백성들은 꾸역꾸역 몰려들고 있었다. 사대능신을 비롯한 백관들이 단하에 엎드려 윤극사에게 눈물로 애원했다.

"전하! 통촉하소서!"

"전하! 통촉하소서!"

통촉할 것이 없었다. 오히려 그들의 그런 태도가 흔들리던 백성들의 이지를 흩어버렸다.

윤극사의 백성은 아니었지만 갑작스런 소요에 몰려온 백성들이 울음을 터뜨리며 그들과 함께 외쳤다.

윤극사의 백성을 자처하는 사람들은 단을 향해 엎드린 채 조용히 그의 명이 떨어지기만을 기다리고 있었다.

해가 떴다.

군사들은 더 많이 몰려왔지만 아무런 행동도 취하지 못했고, 선 채로 콧물을 훌쩍거리는 자가 많았다.

윤극사는 신하들과 백성들에게 앵무새 같은 소리를 했다. 그대들은 민천자의 신하 어쩌고 하는 뻔한 소리였다.

백성들의 귀에 그런 말이 들릴 리 만무했다.

시간이 갈수록 남문 밖에 운집하는 백성의 숫자는 점점 늘어만 갔다.

윤극사는 사시(巳時) 정각에 단에서 내려왔다. 광림 장군이 깃발을 흔들며 그의 앞에 섰다. 윤극사의 백성들이 윤극사를 에워쌌다.

윤극사는 손으로 서남쪽을 가리켰다. 행렬이 움직이기 시작했다. 윤극사의 백성들이 먼저 나아갔고, 그 뒤로는 서안의 백성들 중에서 윤극사를 따라가기를 원하는 사람들이 줄을 이었다. 많은 백성이 윤극사의 뒤를 따라 서남쪽으로 움직였다.

사대능신은 윤극사를 볼 수조차 없었다. 군사들의 보호도 받지 못하는 피난민 같은 기다란 행렬이 끝없이 이어졌다.

민천자는 승상 우문태와 함께 말을 타고 나와서 그 행렬을 보았다. 윤극사에게 그의 백성을 보고 싶다고 하면서 환궁한 대로 그는 보고 있었다. 행렬은 대략적으로 셈을 해보아도 움직이는 중에 있는 자들만 사만 명은 되었다.

우문태가 말했다.

"그는 왕덕이 있는 사람인 모양이외다."

민천자가 껄껄 웃고 말했다.

"내가 어찌해야 되겠소, 승상?"

우문태는 나직한 어조로 말했다.

"화청궁에서 이미 천하는 그를 중심으로 돌고 있는 것 같았소이다."

윤극사가 스스로를 강하게 내세웠던 때가 바로 화청궁에 있을 때였다.

"내 고집이었는지도 모르겠소."

민천자가 고개를 끄덕였다.

"그를 부르시오. 대궐로 돌아갑시다."

우문태가 물었다.

"하오면……?"

민천자가 대답했다.

"삭막한 땅으로 백성을 몰고 가는 그에게 어찌 더 이상 천자의 자격이 없다고 할 수 있겠소? 그도 능히 인육을 씹고 선혈을 마실 수 있는 사람이 되었소.”

우문태의 얼굴에 눈물이 주루룩 흘렀다.

민천자가 다음에 할 말을 짐작한 까닭이었다.

민천자가 흔들리는 말 등에서 대수롭지 않은 듯 말했다.

“선양(禪讓)하겠소. 화왕이 아닌 윤천자에게.”

민천자는 우문태를 돌아보며 말했다.

“승상, 우리는 함께 법문사로 들어가서 마교와 불법, 그리고 성학(聖學:유교)을 연구해 보는 것이 어떻겠소? 아마 그간에 나를 희롱한 하늘의 이치가 다 들어 있지 않을까 싶소만.”

우문태가 굵은 눈물을 떨구며 고개를 끄덕였다.

“예. 그러합지요.”

윤극사는 도중에 전갈을 받고 길을 돌이켰다. 백성들이 만세를 불렀다. 서안으로 들어올 때 그의 등 뒤에서 노을이 붉었다.

한동안 계속되었던 그의 이상한 감정들은 이날을 예감했기 때문이었다.

칠월 초 여드렛날, 일관이 천기를 두루 살펴 택한 이날 민천자는 윤극사에게 면류관을 씌워주고 대위국의 옥새를 건넸다.

이로써 민천자의 백성들도 모두 윤극사의 백성들이 되었다.

화전을 한 주실에서도 사자가 와서 축하 선물을 건넸으며, 북방과 서방의 여러 변국에서도 새 천자를 알현하기 위해서 왕자와 사신을 보내왔으며 미녀와 보물을 바쳤다.

대위국의 천자는 윤극사였으며, 그 자리에 없었으나 이영이 황후였다. 민천자를 따라서 물러나는 대신들의 자리에 다른 신하들을 끌어올렸다. 사대능신을 축으로 하여 활기찬 기상이 조정을 가득하게 하였다.

이레 동안의 연회가 베풀어진 후에 민천자는 일태자의 유골을 법문사로 옮겨갔다. 민천자는 천자가 될 사람으로 태어나 천자가 되지 못하고 죽은 일태자 민융을 위하여 법문사 지하에 궁궐을 건설하여 그의 무덤으로 삼았다.

윤극사는 날마다 문무관료들의 접견을 받았고, 그들은 윤극사에게 충성 서약을 하였다. 전선에 있던 무관들도 번을 바꾸어가며 달려와서 새로운 황제 윤극사에게 충성을 맹세했다.

신하들의 충성 서약과 함께 윤극사는 자기가 더 커지고 강해지는 듯한 느낌을 받았다. 권좌의 위력이다.

이미 윤극사는 자기의 권력이 하늘과 땅을 넘어서는 듯한 기분마저 들었다. 그러나 그것은 모든 권력자가 다 맛보던 것에 지나지 않았다.

대위국은 새 황제로 인한 혼란은 없었다. 원래 그가 다스려 왔기 때문이었다. 오히려 더욱 기세가 강해졌다. 민천자가 물러나면서 그의 백성들이 거짓과 망령의 허울을 벗었기 때문일지도 몰랐다.

천하는 태평하고, 문명은 날이 다르게 일어났다. 인재들이 모여들었으며, 재화는 넘쳐흘렀다.

주실과 군사를 맞대고 대치하고 있는 상황이었지만 동쪽에서 국경을 넘어오는 백성들의 행렬은 끝이 없었다.

주실에서는 병사들을 돌려서 백성의 이탈을 막느라 주력했지만 복지를 찾아가는 백성들의 발길을 막을 수는 없었다. 주실에서 개혁의 소리가 높아지면서 대위국을 모방한 위민정책들이 쏟아져 나왔다. 그러나 주실에서는 그런 정책들을 시행할 만한 주도 세력이 없었다. 백성들은 절박했지만 권력을 가진 자들은 권력이 손에 있는 한 절박하지 않았다.

그런 중에 어디선지 몰라도 전쟁이 다시 일어날 것이라는 소문이 돌기 시작했다. 윤극사는 패관(稗官:소문을 듣고 정리하여 보고하는 벼슬아치)들과 어사들의 보고를 받았다.

군사들은 오번백 대원수가 살해당한 후에 복수심에 차 있었고, 장수들은 언제든지 명령이 떨어지기만을 학수고대하고 있었다. 전쟁이 다시 일어날 것이라는 소문이 돌 만한 상황이었다.

하지만 윤극사는 전쟁은 생각지도 않았다.

문물을 더욱 장려하고, 효자와 열녀를 찾아서 상을 내렸으며, 날마다 자신들의 재주로 뛰어난 업적을 이룬 사람들을 불러 치하했다. 좋은 정책을 헌상한 지방관을 포상하고 관등을 높여주었다.

패관의 이야기를 많이 듣고 화제가 된 인물들을 궁으로 불러서 나라의 정책과 혜택이 그들에게 어떻게 미치는지를 물었다.

정책의 시행상 제반 문제는 절차상의 문제를 포함하여 모두 그렇게 일일이 점검되었으며 보완되었다.

황제가 그렇게 솔선수범하는 것을 알게 된 신하들은 황제에 앞서서 자발적으로 그렇게 하기 시작했다.

"관리는 상관이나 임금을 두려워하기보다 백성을 두려워해야 한다. 임금은 백성을 자식처럼 여겨야 하지만 두려워하지는 않는다. 다만 임금은 하늘을 두려워해야 한다."

이 말은 민천자가 윤극사에게 면류관을 씌워주면서 한 말이었다. 윤극사도 깊이 공감했기에 관리들로 하여금 백성을 두려워하게 만들고 자신은 백성을 자식처럼 돌보는 중이었다.

한데, 윤극사가 황제가 된 지 두 달, 구월 열사흘에 전선에서 죽음을 무릅쓰고 탈출하여 온 전령들이 도성으로 들어왔고, 마침내 소문으로만 돌고 있던 전쟁이 확인되었다.

군란(軍亂)이었다.

윤극사에게 충성을 맹세하고 돌아갔던 전선의 장수들이 창을 거꾸로 돌린 것이었다. 그리고 그 뒤에는 민천자의 이태자 민성이 있었다.

대위국은 현존하는 인류 역사상 유래를 찾을 수 없는 대번영 속에서 다시금 거센 풍파를 만났다.

제8장 전쟁

백성들은 민감했다. 도성은 뒤숭숭한 가운데 전쟁에 대한 소문이 퍼져 나갔다. 황제 윤극사가 대원수 양을기의 밀서(密書)를 받을 즈음에는 이미 알 만한 사람은 다 알고 있었다.

양을기의 밀서는 거두절미하고 '황제 폐하, 장수들의 열에 아홉은 그자 민성에게 제압당했습니다' 하는 말로 시작했다.

급박한 중에 쓰여진 밀서는 글이 흘러서 알아보기 어려운 글자들도 있었다.

죽은 줄 알았던 이태자 민성이 살아 있었다. 윤극사는 자기의 검에 맞은 그가 살아 있다는 사실이 놀라웠다.

이태자 민성은 살아서 도망친 후에 전선으로 가서 숨어 있다가 오번백이 죽은 틈을 타 백초곡 의원들의 도움을 받아 장수들을 자기의 발밑에 끓게 만든 것인 듯했다.

민성은 아버지 민천자가 윤극사에게 황위를 물려주었다는 사실에 분노하여 양을기를 붙잡아 땅굴에 가두고 스스로 황제가 되었다고 했다.

"폐하! 그는 군사를 돌려서 우리 도성과 폐하를 치고자 합니다."

안색이 파랗게 질린 신하 한 명이 말했다.

민성은 군을 십중팔구 장악했다. 그러나 윤극사는 도성을 경비하는 군사들 외엔 믿을 수 있는 병력이 없었다.

북면후삼영과 남면후삼영, 그리고 서면후삼영의 군사들이 있기는 했지만 오히려 그들은 벌써 민성의 손에 장악되어 있을 가능성이 컸다.

사대능신조차 이런 상황을 짐작하고 있었기에 함부로 입을 떼지 못했다. 사태가 엄중했다.

더구나 도로가 잘 정비되어 있어서 군은 빠른 속도로 도성에 들이닥칠 것이었다.

윤극사가 말했다.

"도성부윤은 마련되어 있는 도성 수비 방책에 따라서 병사를 배치하고 결전에 임하라."

도성부윤이 대답하고 달려갔다. 전쟁은 장수와 군사들이 하는 것이지만 도성부윤은 그들의 보급을 책임지고 총괄해야 한다.

전시에서 백성을 동원하고 위무하는 것도 도성부윤의 책임이다. 민간의 물자를 징집하여 농성에 대비하는 한편 백성들에게 황제 폐하의 이름으로 포고를 내려 군사를 모은다.

윤극사의 한마디와 더불어서 결과는 생각지 않고 모두가 바쁘게 움직이기 시작했다.

사대능신의 지휘 하에 경기일원(도성에서 가까운 지방)에 병사를 징집하여 보내라는 명이 내려갔고, 남북서의 삼면 후삼영에서 왔던 그간의 보고를 다시 점고하며 그쪽의 동태를 짐작하고자 하였다. 삼면 후삼영 중에서 단 한 곳만 건질 수 있어도 이 전쟁을 승리로 이끌 가능성이 많았다. 전선에서 도성으로 이어지는 길목에 있는 모든 성시에 연락하여 관민을 도성으로 옮기게 했다. 식량과 우마도 남기지 말라는 명을 내렸다.

대위국은 물자가 풍부하고, 서안은 사람이 많았다. 시간을 잠시 끌 수만 있으면 보급이 없는 민성의 군사들은 백성의 빈집을 수탈하다가 자멸하고 말 것이었다.

잘 정비되어 있는 도로와 교통은 이 순간을 대비한 것처럼 큰 효과를 발휘했다.

상홍이 말했다.

"폐하! 전선에 나가 있던 병사들과 장수들은 국내가 크게 변했다는 것만 알 뿐 세세한 사정은 모릅니다. 우리는 이 점을 잘 이용할 수 있습니다. 우리가 아주 빠르게 반응할 수 있다는 사실을 그들은 짐작도 못할 것입니다."

막상 움직이기 시작하자 신하들은 효율적으로 조직된 국가의 국력이 얼마나 강한가를 절감할 수 있었다.

공장들은 무기와 방호구를 생산하는 체제로 전환되었으며, 전선에서 돌아와 쉬고 있던 병사들을 중심으로 장정들이 징집되어 군이 편성되기 시작했다.

전쟁 준비에 들어간 지 이튿날에 수십 명의 공인(工人)이 몰려와서 전쟁에 쓸 수 있는 기구를 고안했노라며 도면을 바쳤다.

윤극사는 시적에게 검토할 것을 명하고 타당한 것은 즉시 제작에 들어가라고 지시했다.

사흘째에는 한 노인이 와서 전술을 진상했다.

적들이 도성에 쳐들어올 때, 등에 짐을 지는 소들을 많이 준비하였다가 그들을 향해 내모는 방법이었다.

구체적으로는 소 등에 있는 짐틀들을 서로 묶어놓으면 마치 한 마리처럼 전부를 움직일 수 있으며 짐틀에 창검을 달아놓으면 적들을 찌르고 짓밟을 수 있다는 것이었다.

그 방법도 채택이 되었다.

시적은 준비가 되어가는 상황을 보면서 발을 동동 굴렸다.

"장수가 없다. 장수가! 양 대원수만 여기에 있어도……."

양을기는 생사가 불명이었다. 잡힌 상태에서 전령에게 밀서를 전해준 후에 아무런 연락도 없었다.

동쪽에서 오는 소식은 민성이 세를 과시하듯이 웅장하게, 빠르지도 느리지도 않게 진군해 오고 있다는 소리뿐이었다.

시적의 말대로 장수가 부족했다. 도성을 지키고 있는 자들의 재주는 전선에서 살아오는 장수들을 상대하기에 모자람이 많았다.

번을 돌며 싸우는 대위국의 군제에 따라 언제나 도성에는 장수들이 상당수 머물고 있었지만 주실과 화전한 후에는 그렇지를 못했다.

시적은 화전한 상태에서 오히려 더 힘을 키워야 한다고 주장하며 그들을 삼면 후삼영에 보내어 군사를 조련하게 한 때문이었다.

앞날에 대한 대비를 철저하게 한다는 것이 오히려 지나쳤던 것이다. 삼면 후삼영에 그들의 충성을 물어보는 서찰을 보냈지만 아직 아무도 답을 보내오지 않았다. 오히려 남면후삼영과 북면 후삼영이 움직인다는 연락을 받았다.

한데, 닷새째 되던 날, 서면후삼영에서 고대하던 연락이 왔다.

소장 정개화, 황제 폐하를 향한 충성 영원히 변치 않을 것입니다.

시적은 뛸 듯이 기뻤다.

"정개화가 온다! 정개화가 곧 온다!"

정개화는 서면후삼영에 가 있었다. 시적은 정개화를 비롯하여 신포 필재의 서안 공략 때 공을 세운 장수들을 하나둘 서면후삼영으로 보낸 바 있었다. 서면후삼영은 변방 부족을 대비하기 위한 곳으로 장수들에게는 좌천의 의미가 있었다.

그들은 황궁 내의 상황과 국가 기밀에 대해서 너무 많이 알게 된 면도 있었으며 어쨌든 이태자와 밀접한 관계에 있었던 자들이기에 시적이 꺼렸던 것이다.

눈물이 날 정도로 기뻤다. 또한 양을기를 뺀 그들에게 서운하게 했던 점을 미안해했다. 당시 양을기는 탁월한 능력을 보여서 전폭적으로 발탁되어 전군을 통솔하는 대원수가 되었다.

무수영이 물었다.

"정개화를 믿을 수 있겠소? 혹시 간계는 아니겠소?"

시적이 말했다.

"정개화는 남자지. 거친 남자. 대놓고 화를 내고 칼을 들이밀 수는 있어도 머리를 써서 남을 해치는 사람이 아니지. 이태자가 이 편지를 쓰라고 시켰어도 아마 정개화는 쓰지 않았을 거네. 그대로 치고 들어가면 승리할 텐데 무슨 잡스런 일이냐고 생각했을 걸세."

무수영이 말했다.

"정개화를 어떻게 쓸 것이오?"

시적이 즉시 대답했다.

"병사를 둘로 나누어 남면후삼영과 북면후삼영을 치라고 해야지."

시적은 지도에 손을 대고 선을 그리며 말했다.

"각기 후삼영을 치고 병력이 적어서 못 이기는 척하며 동쪽으로 퇴각해야지. 그런 후에 이태자의 군사가 그들을 요격하려고 하면 싸우면서 물러서 산중으로 들어가고……."

무수영이 말했다.

"요격하지 않으면 이태자의 뒤를 쳐서 발목을 잡아야겠구려."

"그렇지!"

시적이 큰 소리로 웃으며 말했다.

"후삼영의 병사들은 모두 정개화의 뒤를 따라가게 되었으니 누가 도성으로 오겠는가? 황제 폐하게 이 사실을 전하게."

무수영은 윤극사에게 가서 소식을 전했다.

그때 윤극사는 궁궐 밖, 병사들이 훈련하는 곳에서 한 무리의 검은색으로 무장한 병사들과 함께 있었다.

원래 신포 필재와 함께 왔던 이궁의 정예 부대였으나 패한 후에 포로가 되었던 자들이었다. 윤극사가 그들을 풀어주었고, 이후 윤극사의 백성이 된 자들이었다.

그들은 죽음을 각오한 듯 검은색 갑옷과 투구를 쓰고 윤극사 앞에 도열했다. 이미 한 번 죽었던 것이나 다름없는 목숨, 윤극사를 위해 싸우다 죽기로 작정한 것이었다.

그들의 우두머리가 윤극사에게 무릎을 꿇고 말했다.

"황제 폐하! 폐하의 백성인 저희가 이 전쟁에서 가장 먼저 죽는 영광을 가지고자 합니다. 허락하여 주십시오."

"허락한다."

윤극사는 그들을 둘러보며 말했다.

순간 검은 갑옷의 군사들이 큰 소리로 외쳤다.

"황제 폐하께 죽음으로 충성을!"

윤극사는 그 소리를 듣고 난 후에 단호하게 말했다.

"하나, 이 전쟁의 선봉은 짐이라는 사실을 잊지 마라."

무수영은 윤극사에게 다가가다 그 말을 들었다. 놀라서 걸음을 멈추었다. 마치 윤극사가 전혀 딴 사람처럼 보였다.

"짐의 군사들은 들어라!"

윤극사는 용포 자락을 헤치고 검을 뽑아 들었다. 군사들이 모두 무릎을 꿇었다.

"누가 우리의 부모와 형제자매, 처자와 이웃을 해치려 하는가? 누가 짐의 백성들을 두렵게 만들고 슬프게 만들려는가? 그자다! 그대들의 형제들을 억압하여 그대들을 해치려는 바로 그자다! 이 전쟁은 짐의 전쟁이고 만백성의 전쟁이다. 이제 누가 분연히 일어나서 그자의 목을 베겠는가?"

"와아아!"

군사들이 창검을 흔들며 소리쳤다.

"바로 그대들이고 짐이다!"

윤극사가 큰 소리로 외쳤다.

"짐이 선봉이 되어 그대들과 함께 그자를 베겠다. 우리 부모와 형제 자매, 처자와 이웃을 지키겠다!"

"황제 폐하 만세!"

무수영은 두 손을 번쩍 들면서 외쳤다.

"황제 폐하 만세! 황제 폐하 만세!"

함성 소리가 연병장을 떠나가게 터져 나왔다. 이태자 민성에 대한 적의가 하늘을 찌를 듯이 피어올랐다.

강했다. 윤극사는 불에 수없이 달군 강철보다 강해 보였다. 무수영이 볼 때 연병장에 있는 모든 군사의 전의가 불타고 있었지만 누구도 윤극사의 전의에 미치지는 못했다.

윤극사 스스로가 가장 강한 전의를 불태우고 있었다.

황제가 스스로 검을 들고 전장에 나가는 경우는 아주 드물었다. 윤극사는 등극하고 난 후의 첫 전쟁을 자기 손으로 치르려 하고 있었다.

무수영은 어쩌면 시적이 그토록 걱정했던 장수의 공백을 윤극사가 메우고도 남을지 모른다는 생각이 들었다.

윤극사가 국정을 운영하는 만큼 군사를 잘 움직일 수 있다면 누구와 대적하더라도 지지 않을 것 같았다. 이미 윤극사는 연병장마다 돌아보고 군사들과 징집된 백성들을 만나며 사기를 높이는 중이었다.

무수영은 윤극사에게 정개화의 충성심이 여전하다는 사실을 알렸다.

윤극사는 슬며시 웃었다.

무수영이 물었다.

"폐하, 알고 계셨습니까?"

"아니오."

윤극사가 대답했다.

"이제 그대들 사대능신과 내가 의논할 때가 된 듯하오."

무수영은 무슨 뜻인지 알아듣지 못했다.

윤극사가 말했다.

"이제 민성을 암살할 계획을 세워보자는 것이오."

무수영은 입을 딱 벌렸다.

처음부터 사대능신은 이태자 민성을 암살하는 것이 가장 좋은 방법이라고 생각했지만 감히 그 말을 하지 못했었다.

윤극사에게 알리지 않은 상태에서 상홍과 설대녕은 몰래 자객을 물색하는 등 민성을 암살할 방법을 모색하고 있었다.

한데 윤극사의 입에서 먼저 암살이라는 말이 나왔으니 놀라지 않을 수가 없었다.

"폐하!"

하고 무수영이 말했다.

윤극사가 대답했다.

"그자는 우리 나라의 병독(病毒)이니 제거하지 않을 수 없소."

윤극사는 힘찬 걸음으로 걸으면서 말했다.

"이제 우리 백성들은 그들이 할 바를 다 할 수 있을 것이오. 그자를 죽이지 못한다 해도 나라와 가족을 지킬 준비가 되었소."

"폐하께선 처음부터 암살을 염두에 두시면서도 그러하셨군요. 소신 무수영 놀라울 따름입니다."

무수영이 말했다.

윤극사가 슬며시 웃었다.

"큰 것을 준비하지 않고서 작은 수단에 의지해 큰 효과를 바란다면 요행에 나라의 운명을 맡기는 것과 무엇이 다르겠소?"

무수영이 허리를 깊이 숙이며 말했다.

"지당하신 말씀입니다."

지당한 말이긴 하지만, 무수영이 볼 때 윤극사는 눈 하나 깜짝하지 않고 적의 암살을 말할 정도로 변해 있었다. 이전의 윤극사는 결코 그럴 수 있는 사람이 아니었다. 무수영은 윤극사의 서슬 앞에서 두려움을 느꼈다.

제왕이 주는 두려움, 천자의 두려움을 처음으로 윤극사에게서 느꼈다.

늦은 밤, 상홍과 설대녕, 무수영과 광림 장군이 윤극사 앞에 모였다. 시적은 군무가 워낙 바빠서 몸을 빼지 못하여 참석하지 못했다.

상홍은 이태자 민성의 빠르지 않은 진군에 대해서 설명했다.

"첫째는 민심이 동요하기를 기다리는 때문입니다. 이렇게 다가오면 그가 군사를 이끌고 오기 전에 폐하께서 무너질 것으로 생각했을 것입니다. 둘째, 그는 싸우기를 원치 않고 있습니다. 군율이 엄격하여 군사들은 명을 어기지는 못할 것이나 그들이 싸워야 할 자, 죽여야 할 자는 바로 부모 형제입니다. 비록 이긴다고 할지라도 훗날 원망은 모두 이태자 민성에게 돌아갈 것입니다. 셋째, 그는 민천자를 흔들려고 했음이 틀림없습니다. 혈육인 자기에게 민천자의 마음이 기울어진다면 쉽게 대위국을 차지할 수 있을 것으로 봤을 것입니다. 마지막으로, 그는 폐하를 무서워합니다. 막무가내로 공격했을 경우에 폐하께서 직접 나서서 자기를 죽이지 않을까 싶어서 선뜻 달려오지 못합니다."

설대녕이 웃음 띤 얼굴로 말했다.

"군을 장악했다고는 하지만 그는 오히려 망설이고 두려워함이 틀림없습니다. 진군해 오는 중에도 폐하께서 물러나 주기를 학수고대할 것입니다."

광림 장군이 무거운 음성으로 말했다.

"그를 가볍게 봐선 안 돼. 그에겐 방수(傍手:협조자)가 있어."

이태자 민성의 사문은 벽우동이며 벽우동은 마등곡의 회합에 참가할 수 있을 정도로 무공이 뛰어난 곳이다.

상홍과 설대녕이 입을 다물었고, 광림 장군이 한마디를 더했다.

"자네들의 재주가 뛰어나지만 천하는 넓네. 황제 폐하의 사형이라는 자들의 재주도 범상치 않았어."

상홍이 말했다.

"신중에 신중을 기하겠습니다."

광림 장군이 나직하게 한숨을 쉬면서 말했다.

"폐하! 직접 민성을 치시겠습니까?"

"그것을 의논하고자 합니다."

윤극사가 말했다.

광림 장군이 말했다.

"소장이 그를 치기에는 어려움이 많습니다. 그의 두 스승은 소장도 자신할 수 없습니다. 또한……."

윤극사가 말했다.

"그가 민천자의 아들이니 직접 죽이고 싶지 않겠지요?"

광림 장군이 고개를 숙였다.

"그렇습니다."

무수영이 광림 장군에게 말했다.

"그럼 장군께서는 폐하께서 자객의 일을 맡아야 한다고 말씀하시는 것인지요?"

광림 장군이 말했다.

"폐하께서 나선다면 누구도 막지 못할 것은 당연지사. 하지만 이것은 신하들의 불충."

그때 설대녕이 입술을 지그시 깨물고 말했다.

"폐하, 소신이 그를 죽이고자 합니다. 윤허해 주십시오."

그의 말에 상홍과 무수영이 모두 놀랐다.

윤극사가 물었다.

"어떻게 죽이려 하오?"

설대녕이 말했다.

"소신은 수일 동안 오직 그를 어찌 죽일 것인지만 생각했습니다. 머리 속으로 고금의 일흔여섯 가지 수법을 더듬었고, 소신이 생각한 다섯 가지 책략을 더했습니다. 그리하여 얻은 결론은 그를 죽일 때 강함보다는 기책을 사용해야 한다는 것이었습니다."

윤극사는 하하하, 소리 내어 웃었다.

윤극사가 큰 소리로 웃는 경우는 아주 드문 일이라 다들 어리둥절했다. 윤극사는 웃음을 거두며 말했다.

"그만 돌아가시오. 아마도 이 논의는 필요가 없을 듯하오."

광림 장군과 상홍 등은 서로 얼굴을 바라보다가 물러났다. 광림 장군은 윤극사에게 남아서 물어볼 듯하다가 민성을 죽이지 못한다고 했던 자기가 염치없게 느껴져 고개를 떨구었다.

함께 나가다가 상홍이 광림 장군에게 속삭이듯 말했다.

"장군, 저들도 우리와 같은 생각을 하고 있을 것입니다. 황제 폐하를 해칠 수단을 강구할 것이란 말씀입니다."

광림 장군이 고개를 끄덕였다.

상홍이 말했다.

"누가 감히 황제 폐하를 해칠 수 있을까 싶지만 저들도 그것을 알기에 염려스럽습니다."

광림 장군이 나직하게 한숨을 쉬면서 말했다.

"백성을 염려하게. 황제 폐하께서는 스스로 우뚝하신 분이니 누구도 해칠 수가 없네."

복도를 걷다가 모퉁이를 돌았다.

갑자기 상홍과 설대녕, 무수영은 광림 장군의 손을 잡은 후에 절하며 말했다.

"우리는 나약한 문신들로 재주가 없습니다. 백성을 위해서 장군께서 조금만 독해져 주시길 바랍니다."

광림 장군은 묵묵히 그들을 바라보며 대답하지 못했다.

무수영이 말했다.

"장군께서는 만인과 싸워 이길 수 있는 힘과 용맹을 지니셨으며 하늘 땅의 이치를 볼 수 있는 지혜도 가지셨음을 저희는 알고 있습니다. 이 순간이 바로 장군께서 지니신 재주를 다 드러낼 때가 아닌가 합니다."

광림 장군은 대답하지 못했다. 민천자를 생각할 때 그의 자식을 죽이겠다는 말이 목에 걸려서 나올 수가 없는 것이었다.

상홍이 말했다.

"장군, 정(情)은 작은 것이고 의(義)는 큰 것입니다. 저희들도 생각은 하였으나 기꺼운 바는 아닙니다. 다만 문신들인고로 마음의 어려움과 욕됨은 모두 저희가 가져야겠기에 감히 결행을 주장하는 것입니다."

광림 장군이 한숨을 쉬면서 말했다.

"자네들도 나이가 들면 알게 될 걸세. 이렇게 살면 어떻고 저렇게 살면 어떤가 싶을 때가 간혹 있네. 그때는 아무리 큰 뜻도 보잘것없이 보이네. 다만 정이 그립고 클 뿐이지."

설대녕이 물었다.

"지금이 그런 때입니까?"

광림 장군이 머리를 저었다.

"모르겠네."

설대녕이 말했다.

"그렇다면 마음에 던져진 이 파문을 어떻게 주저앉히시겠습니까?"

광림 장군이 잠시 생각하다가 말했다.

"모르겠네."

무수영이 말했다.

"황제 폐하를 위하여 사정(私情)을 이길 수는 없겠습니까?"

"너무 몰아치지 말게."

광림 장군이 탄식하며 말했다.

"하지 못함이 도리가 부족해서가 아니지 않은가?"

상홍이 말했다.

"폐하께서 이 일을 논의하신 이상 이루는 것은 신하들의 몫입니다. 장군께서 마음에 걸리는 것이 있다면 기탄없이 말씀해 주십시오. 먼저 저는 이태자를 위해서 황금으로 만든 관과 상아로 짠 보의(寶依)를 준비해 놓았습니다. 국상(國喪)으로 그의 장례를 치를 수 있도록 황제 폐하께 주청드리겠습니다. 부디 그의 죽음이 나라를 위한 것이 될 수 있도록 해주십시오."

어둠이 짙었다. 별들이 처마 끝에 보였다.

광림 장군 앞에 상홍과 설대녕, 무수영은 세 번 절하고 물러갔다.

광림 장군은 다시 윤극사에게 돌아갔다. 결심이 서 있는 것은 아니었다. 윤극사는 그사이에 침전으로 가고 없었다.

잠시 망설였다. 침전으로 찾아갈 것인가, 아니 갈 것인가? 그것은 마치 민성을 죽일 것인가, 그냥 둘 것인가와 버금가는 무게인 듯했다.

현 대위국에서는 황제의 침전에 언제라도 찾아갈 수 있는 사람이 광림 장군뿐이다. 민성을 죽일 수 있는 능력을 가진 사람도 어찌 생각하면 윤극사 외엔 그뿐일 수도 있다.

신하들 중에서도 절기를 간직한 자들이 있지만 그들은 원래부터 간직할 절기를 익힌 것이기에 기대할 일은 아니었다.

"운명인가……."

하고 광림 장군은 나직하게 탄식을 내뱉었다.

"언제 죽을지 모르는 목숨인 내가 그와의 관계를 참혹하게 끝내야 하는가……."

맺은 것을 다 풀지도 못하고 가는 삶에서 광림 장군은 오히려 더욱 맺고 가는 자기의 행동을 두려워했다.

마교의 교리에 정통한 그는 마교의 교리를 따라서 황제가 된 두 사람을 보았고, 또한 그중에 한 사람은 신과 마주 서는 것을 보았기에 보이지 않는 것을 보이는 것보다 더 경배하는 마음을 가지고 있었다.

윤극사의 침실 앞에 왔을 때 내관이 윤극사에게 기별했다. 윤극사는 자지 않고 있었다.

"어쩐 일입니까?"

윤극사가 밝게 웃으면서 말했다. 면류관을 한쪽에 벗어놓은 채 상투를 다시 다듬는 중이었다.

광림 장군이 말했다.

"궁녀를 부르지 않으시고……."

윤극사가 비녀를 입에 물고 슬며시 웃으며 말했다.

"내 머리는 내가 만지는 게 편합니다."

말에서 조금 '크크' 하는 소리가 난다.

윤극사가 앉으라고 말하지 않았지만 광림 장군은 늘 앉곤 하던 자리를 찾아서 앉았다. 윤극사는 황제고 그는 신하의 신분이었지만 다른 한편으로 그는 윤극사의 친구이며, 스승이고, 가족과 마찬가지다.

윤극사가 물었다.

"상홍 등이 못살게 굴었습니까?"

광림 장군이 쓴웃음을 지었다.

"백성을 못살게 굴지 않는 관리가 어디 있다던가?"

윤극사가 하하하, 하고 웃었다.

광림 장군이 나직하게 말했다.

"태평하군."

윤극사는 또다시 웃었다.

"그 정도에 힘들어하실 분이 아니지 않습니까?"

광림 장군이 탄식을 하며 말했다.

"나는 여린 사람이네. 여린 사람이라 못하는 것인데 못한다고 닦달하니 여린 사람이 어찌 배기겠는가?"

"마음을 정하셨군요."

윤극사가 덤덤한 듯이 말했다.

광림 장군이 입을 다물었다.

한편으로 마음이 쓰라렸다. 황제가 신하의 마음을 일일이 헤아리는 것이 불가능하기도 하고 꼭 바람직한 것도 아니지만 혼자서 가슴이 아픈 것 같아서 좋지 않았다.

묵묵히 있는데 윤극사는 머리 단장을 마친 후 용포를 벗고 평복으로 갈아입었다. 잠옷이 아니었다. 먼 길을 떠나려는 듯한 행장이었다.

광림 장군은 윤극사가 함께 가려는가 보다 생각하며 마음이 많이 풀렸다. 하지만 머리를 저으며 말했다.

"그럴 필요 없네. 쉽진 않겠지만 노부가 처리할 수 있는 일이네. 혼자 가겠네."

윤극사가 광림 장군에게로 몸을 돌렸다.

광림 장군이 나직하게 한숨을 쉬며 말했다.

"그대로 가려다가 이 한마디가 하고 싶어서 자네한테 왔네."

"말씀하세요. 경청하겠습니다."

하고 윤극사가 말했다.

광림 장군이 손을 저었다.

"경청이라니 당치도 않는 말, 그냥 늙은이가 넋두리하고 싶어서네."

윤극사는 손을 모아서 그의 앞에 섰고, 광림 장군은 창으로 눈을 돌리면서 다시 한숨을 쉬었다.

"내가 자네처럼 큰 사람이 아니어서 그런지도 모르겠네만, 요사이 나는 두렵고 놀랍지 않은 것이 없네. 모든 것이 다……."

광림 장군은 잠시 말을 쉬었다. 윤극사는 가만히 그의 말이 이어지기를 기다렸다.

"경건해. 내 마음이 갈수록 조심스러워지고 경건해지네. 자네는 조물주와도 맞서지만 나는 풀 한 포기, 벌레 한 마리 앞에서도 머리를 숙이고 싶어져."

윤극사는 직감적으로 알았다. 그리고 광림 장군도 자각하고 있었다.

"내 삶의 남아 있는 날들이 곧 다할 모양일세."

광림 장군은 그 말을 한 후에 텅 비어버린 것 같은 표정을 지었다. 남아 있는 것은 그의 껍데기뿐인 듯했다.

윤극사는 그의 뒤로 걸어가서 두 팔로 의자와 함께 그의 어깨를 감싸 안았다. 이미 자각하고 있는 광림 장군에게 뭐라고 위로할 말이 없었다.

윤극사는 의원으로서 백초곡과 제세원의 모든 것을 이었다고 할 수 있지만 이것은 의술의 문제가 아니었다.

의원은 원래부터 환자의 생명을 연장해 주는 사람이 아니라 때에 맞춰 죽게 해주는 사람인 까닭이었다.

광림 장군이 몸을 웅크렸다. 크고 웅장해 보이던 몸이지만 실상은 늙고 오그라든 노인일뿐이었다.

광림 장군이 윤극사에게 희미하게 웃음 지었다. 윤극사는 가슴이 꽉 막히는 것을 느꼈다. 노인의 어깨를 힘주어 잡으며 작은 소리로 말했다.

"함께 갈 데가 있어요."

제9장 다른 나라

다른 나라

윤극사는 석파리를 광림 장군과 함께 성밖으로 데리고 나왔다.

석파리는 밤이 되어도 잠을 자지 않았지만 언제나 금방 깨어난 것처럼 눈빛이 맑고 평화로웠다.

성밖도 밤낮없이 전쟁을 준비하기는 성안이나 마찬가지였다. 병사들이 횃불 아래서 눈을 번득이고 있으며, 관리들이 도면을 들고 뛰어다녔다.

곳곳에서 방어를 위한 기물들이 세워지고, 이상한 형태의 장치들이 배치되었다. 하지만 그 모든 것 중에서 가장 특별한 장소는 곡당(哭堂)이었다. 그곳은 일을 하다가 울고 싶으면 들어가서 목을 놓아 통곡하는 장소였다.

곡당은 사람들이 많이 일하는 곳이면 어디에나 설치되어 있었다. 진

공해 오고 있는 적은 적이지만 적이라고 부를 수 없는 사람들이었다. 너나 할 것 없이 그들의 가족, 그들과 싸워야 할 것이기에 또한 피할 수도 피해서도 안 되기에 통곡한 후에 다시 전쟁을 준비하는 것이었다.

두터운 천들이 겹겹이 둘러쳐진 곡당이지만 울음소리가 전혀 흘러나오지 않을 수는 없다.

희미하게 흐르는 통곡 소리가 쿵쿵 하는 기구들 세우는 소리와 합쳐서는 밤을 비장하게 한다. 간혹 노동요 소리도 구성지게 들려왔다.

윤극사는 광림 장군과 석파리, 그리고 자신을 군사들과 백성들의 인식에서 제외시키고 걸었다.

바로 옆을 지나가는 군사들도 그들의 존재를 알지 못했다.

광림 장군이 깨닫고 윤극사에게 물었다.

"이것은 어떤 술법인가? 저들의 눈에는 우리가 보이지 않는 것인가?"

윤극사가 말했다.

"보입니다. 단지 보고도 본 줄을 모를 뿐입니다."

석파리가 말했다.

"은신술이군요."

윤극사는 약간 성가신 마음이 들어서 머리를 저었다. 은신술과 같은 것은 전혀 모른다. 다만 그들의 열린 마음을 일부 가렸을 뿐이었다. 하지만 이런 것들을 설명하기에는 말은 충분치가 않았다.

오로지 아는 자에게만 설명하는 것도 가능할 뿐이라는 사실을 윤극사는 일찍이 알고 있었다.

곡소리가 새어 나오는 곡당으로 들어갔다.

휘장을 젖히고 들어갔지만 아무도 개의치 않았다. 불이 희미한데 단에는 목상이 하나 놓여 있고, 그 앞에서 십여 명의 사람이 향을 피우고 통곡하는 중이었다. 목상이 면류관을 쓰고 있었다.

윤극사는 목상이 눈에 익어서 보았다. 바로 일태자 민융의 상이었다. 일태자 민융은 동생의 손에 죽었지만 백성들의 마음속에서 그렇게 살아 있었다.

곡당을 만들어야 한다는 말을 듣고 그렇게 하라고 지시했던 윤극사였지만 그 안에 민융이 모셔져 있을 줄은 알지 못했다.

새로 들어온 중늙은이 한 명이 향을 피우고 절을 하면서 제법 긴 기도문을 암송하듯 중얼거렸다.

민간에서 민융은 윤극사와 함께 대위국을 이승과 저승으로 나누어 다스리는 황제가 되어 있었다. 백성들에 대한 민융의 애정을 잊을 수가 없기에 그들은 그렇게 해서라도 민융을 황제로 모시는지도 몰랐다.

광림 장군이 물었다.

"올 곳이 여기였는가?"

윤극사가 말했다.

"잠시 들른 것입니다."

광림 장군이 한숨을 쉬며 말했다.

"나를 위로하기 위해서라면 이제 됐네. 형제, 자식들과 싸워야 하는 저들에 비하면 내 작은 마음쯤은 아무것도 아님을 알겠네."

윤극사가 나직하게 말했다.

"슬픔과 한도 인생을 이루는 한 축임을 두 분께 보여 드리고자 왔습니다."

광림 장군이 웃음을 지었다.

"내 인생에도 슬픔과 한은 넘치네. 아마 석 소저도 그러할 듯싶네."

윤극사가 두 사람에게 얼굴을 가까이 가져가며 말했다.

"그렇다면 이제 슬픔과 한(恨)의 길은 그만 밟으세요. 그만 밟겠다고 스스로 맹세하는 순간부터 밟지 않을 것입니다."

석파리와 광림 장군의 몸이 굳어졌다. 윤극사가 하는 말을 어렴풋하게 알 것 같으면서도 잡히지 않았다.

광림 장군인 소후 노인은 기구하게 이두체 쌍생아로 태어나 다른 사람은 상상할 수 없는 삶을 살아왔으며, 절세미녀인 석파리도 태어날 때부터 벙어리였고 죽음보다 큰 고통 속에서 살았던 사람이다.

그들의 슬픔과 한은 광림 장군의 말처럼 인생에서 차고 넘친다고 말할 수 있었다.

그들은 윤극사의 말을 듣고서야 과연 자신들이 그토록 슬프고 고통스럽게 지냈어야만 하는가 하고 생각했다. 어쩌면 다른 무엇이 있었을 텐데도 그렇게 했던 것 같아서 몸이 떨렸다.

그것이 무엇인지는 몰랐다. 하지만 항상 그들의 근처에 또는 그들 내부에 그것은 존재하고 있었던 것 같았다.

광림 장군은 머리가 깨어질 듯이 아팠다. '음!' 하고 소리를 냈다. 여전히 잡힐 듯 잡힐 듯하면서 그것은 손에 잡히지 않았다. 석파리도 식은땀을 흘리고 있었다.

윤극사가 말했다.

"지금은 그만 하세요. 제가 두 분에게 드리는 선물입니다."

석파리가 소매로 이마의 땀을 눌러 닦았다. 좀 더 생각하면 뭔가를 손에 잡을 수 있을 것 같은 상황이었지만 윤극사의 말을 듣고 그만두지 않을 수 없었다.

윤극사는 벌써 곡당을 나가고 있었다.

광림 장군이 나직하게 탄식했다.

"어떤 사람은 평생을 찾아도 볼 수 없고, 어떤 사람은 눈을 감고도 찾을 수 있는 것이 도리라 했던가."

윤극사는 바깥에서 기다리다가 두 사람이 나오자 그들의 소매를 잡고 걸었다. 대지를 흐르는 기운의 강을 밟은 것이었다.

산이 가까워지고 들판이 그들의 뒤로 달렸다.

이태자 민성의 군대는 산기슭에 주둔하고 야영하는 중이었다.

야습을 염려한 때문인지 횃불은 삼십 보 간격으로 밝혀져 있었다. 수천 개의 군막은 불야성을 방불케 했다.

윤극사는 광림 장군과 석파리를 데리고 진중으로 들어갔다.

초병들이 곳곳에 서 있었지만 아무렇지도 않게 걸어가는 그들을 발견하지는 못했다.

윤극사는 걸으면서도 어떤 생각에 잠겨 있는 듯했다.

광림 장군이 윤극사에게 나직하게 말했다.

"다 왔네."

윤극사가 고개를 끄덕였다. 하지만 여전히 생각에 몰두해 있었다. 광림 장군은 다시 말을 걸 수가 없었다.

황금과 비단으로 장식한 거대한 천막이 그들의 앞에 서 있었다.

윤극사가 황제가 된 데 반발하여 스스로 황제가 된 이태자 민성의 천막이었다.

큰 도끼를 든 군사들이 그의 천막을 빈틈없이 둘러싸고 있었다.

광림 장군은 자기 손에 들린 도끼를 한 번 흔들고 앞서 나갔다. 가슴 아픈 일이긴 하지만 민성의 목을 베지 않을 수가 없다. 황제가 직접 손을 쓰게 해서는 안 된다.

그때 윤극사가 말했다.

"기다려요."

광림 장군은 우뚝 멈췄다.

석파리가 말했다.

"저 안에는 그가 없어요."

광림 장군은 의아하여 석파리를 쳐다보았다.

"어떻게 아는가?"

석파리가 고개를 숙이고 말했다.

"몰향(沒香)이 나지 않습니다. 어머니께선 그가 어디에 있든지 찾아내기 위해서 몸에 지워지지 않는 몰향을 심어놓았습니다. 육선문의 비술이지요."

윤극사가 고개를 들어서 산골짜기 쪽을 응시하다가 황금천막 안으로 들어갔다.

천막 안은 몇 겹의 두터운 가죽 휘장과 비단 휘장에 의해서 여러 개의 칸으로 나뉘어져 있었다.

천막 안은 궁궐보다 더 화려했다. 하지만 아무도 천막 속에 없었다.

윤극사는 탁자를 찾아서 앉았다.

"아직 오지 않았군요. 여기서 기다리지요."

바로 그 순간, 갑자기 요란한 소리와 함께 천장이 무너지며 바닥이 꺼졌다.

광림 장군과 석파리가 놀라며 솟구쳐 올랐으나 무너지는 천장과 함께 바닥으로 떨어지고 말았다.

콰다다다당!

한 번도 맡은 적 없는 이상한 냄새가 아주 미약하게 났다.

*   *   *

몸이 허공 중에 부유했다.

윤극사의 몸은 먼 우주의 별빛 같은 광채를 발했다.

이태자 민성이 설치해 놓은 죽음의 함정 속에서 그는 땅에 떨어지지도 않은 채 구름처럼 공중에 머물렀다.

광림 장군과 석파리를 향해서 날아들었던 무수한 암기들도 윤극사의 손짓과 더불어서 힘을 잃고 추락했다.

윤극사는 공중에 선 채 나직하게 말했다.

"소용없습니다. 제가 있는 곳은 제가 주재합니다. 당신은 나에게 역사하려 하지 마십시오."

윤극사의 몸에서 빛이 사라졌다.

쇠로 만들어진 함정의 바닥에 내려서는 그를 보며 석파리가 두려운 듯이 물었다.

"폐하, 정말 노천(老天:조물주)과 맞서려 하시는가요?"

"예."

하고 윤극사가 대답했다.

석파리는 전신에 맥이 빠졌다. 뭐라 할 말이 있는 것은 아니었다. 단지 죽어가는 것처럼 몸에서 힘이 빠질 뿐이었다.

윤극사가 중얼거렸다.

"그전이 좋았어요. 알기 전, 아무것도 모를 때가 좋았어요. 아무것도 할 수 없을 때가 좋았어요. 지금은……."

윤극사가 말을 멈추고 머리를 흔들었다. 입속에서는 썩어버린 사과 같다는 말이 맴돌았다.

광림 장군이 윤극사의 어깨를 다독였다. 그가 볼 때 윤극사는 절대적인 힘을 가진 불쌍한 사람이었다. 절대적인 힘을 가졌다는 것은 머리를 둘 가진 것보다 더한 병신인 듯하였다.

윤극사는 희미하게 웃으며 닫혀진 함정의 덮개를 바라보았다.

위가 소란해지기 시작했다.

"자객이다!"

"자객이 함정에 빠졌다."

석파리가 입술을 떨면서 말했다.

"이태자는 폐하를 이런 함정으로 어찌할 수 없다는 것을 알았을 거예요."

윤극사가 어두운 음성으로 말했다.

"소인이 겁에 질리면 과도한 수단을 쓰거나 가당치 않은 것에 희망을 걸어요."

광림 장군이 쓸쓸한 어조로 말했다.

"전쟁이 시작되면 첫째로 진실이 죽는 법이다. 둘째로 겁쟁이에게서 용기가 달아난다. 셋째로 고결한 정신적 가치가 희생된다. 이로써 문명이 파괴되는 것이지. 이태자는 싸우기도 전에 겁에 질렸어. 그럴 정도의 인물은 아니지만 먼저 제위에 올랐기 때문에 겁이 생긴 걸 테지."

밖에서 누군가 소리쳤다.

"그놈이냐? 윤극사 그놈이냐?"

귀에 익은 음성이었다.

오래전, 제세원이 혈겁을 당하고 윤극사가 고향인 백초곡으로 잡혀갔을 때, 그때 그를 문초하던 바로 그 음성이었다.

'심중열!'

하고 윤극사는 속으로 그의 이름을 불렀다.

곡주의 측근 중에서도 최측근이며 백초곡의 어른 중에서도 어른인 심중열이었다. 그가 있다면 늘 그와 함께하는 민원규도 있을 가능성이 높았다. 어쩌면 곡주도 있을지 몰랐다.

과연 뒤이어 민원규의 음성이 들렸다.

"그놈이 아니고서야 누가 여길 들어올 수 있었겠나. 의심할 것도 없다."

심중열이 거칠게 소리쳤다.

"부어라! 빨리 독을 부어라! 놈이 빠져나오기 전에 독을 부어!"

"하하하하!"

윤극사는 어처구니가 없어서 분노를 담아 웃었다.

"그놈이다!"

민원규와 심중열이 동시에 놀라 외쳤다.

윤극사가 차갑게 말했다.

"두 분 사백! 정말 독으로 저를 죽일 수 있다고 생각합니까?"

"그렇다!"

심중열이 독하게 소리쳤다. 하지만 그의 음성은 윤극사와 이야기한다는 것만으로도 떨리고 있었다.

"네게 설사 뽕밭을 바다로 만드는 재주가 있다 해도 이번만은 살지 못할 것이다!"

윤극사는 싸늘한 음성으로 말했다.

"민 사백, 사백들이 저를 죽이려 하는 이유는 무엇입니까?"

민원규가 윤극사의 말을 듣고 흠칫했다.

윤극사는 함정 속에서 다그치듯 물었다.

"무엇입니까?"

윤극사는 예전의 윤극사가 아니었다. 만인의 지존인 황제가 되었으며, 그에 걸맞는 위엄을 갖추었고, 하늘과 땅을 오시할 정도가 되어 있었다. 그의 음성에는 무한한 위엄이 서려 있어서 민원규는 자기도 모르게 식은땀을 흘리며 말했다.

"너는… 너는… 잘못되었다."

무엇이 잘못되었는지는 그도 몰랐다. 당황하다 보니 마땅히 이을 말이 없어서 그렇게 내뱉고 말았다.

윤극사는 함정 속에서도 그가 보이는 듯 노려보며 말했다.

"의성자 조사님의 뜻을 저버린 자들이 누구입니까?"

"네놈이 잘못되었다!"

심중열이 버럭 소리쳤다.

"극사! 네가 죽어야만 사람들이 편안하다!"

"하하하하하!"

윤극사는 웃음을 터뜨렸다. 웃음 속에 분노와 함께 짙은 살기가 깔려 있었다.

광림 장군과 석파리가 두려움에 질렸다. 하늘과도 대적하는 윤극사가 분노하고 있는 것이었다.

심중열은 목 안이 타는 듯했다. 감당하지 못할 공포가 엄습했다. 민원규를 보니 민원규 역시 그와 마찬가지로 학질에 걸린 사람처럼 몸을 떨고 있었다.

윤극사가 웃음을 그치고 말했다.

"당신들은, 세상을 구할 큰 의원이 되고자 하지 않았는가? 새 문명으로 만백성을 질고에서 구해내는 것이 당신들의 뜻이 아니었는가?"

"그, 그렇다!"

심중열은 몸을 벌벌 떨면서도 크게 소리쳤다. 가슴이 욱죄였다.

윤극사가 물었다.

"그렇다면 내 나라가 바로 당신들이 만들려고 했던 나라가 아닌가? 문명은 크게 일어났고, 의술도 날로 발전하고 있다. 굶는 백성이 없으며 서로 헐뜯고 죽이는 일도 크게 줄었다. 겨울이 되어도 얼어 죽는 자가 없으며, 걸인과 무위도식하는 자들도 없다. 병든 자와 고아, 모실 자손이 없는 노인은 나라에서 보살핀다. 물류는 활발하고 백성들의 기상은 활달하며 국가의 기강은 바르다. 당신들은 이런 나라, 이런 세상을 꿈꾸지 않았는가?"

민원규는 말문이 막혔다. 윤극사의 말이 백 번 지당했다.

심원규가 쥐어짜는 음성으로 말했다.

"그렇다."

윤극사가 말했다.

"그렇다면 왜 당신들은 나를 죽이고 내 나라를 빼앗으려는가? 당신들이 내 나라의 백성이 되어서 의술을 편다면 이미 소원이 이루어진 것인데."

심원규가 거친 숨을 내쉬고 말했다.

"그런 의견이 없었던 것은 아니다. 특히 젊은것들 중에서. 하지만 너는 모른다. 우리는 곡주를 따르지 않을 수 없다."

"곡주!"

윤극사가 사납게 호통 쳤다.

함정 내부가 그의 음성으로 울렸다.

민원규가 말했다.

"극사, 너의 나라가 훌륭하기는 하지만 곡주의 나라보다 큰 것은 아니다."

윤극사는 눈을 부릅떴다.

"곡주의 나라?"

민원규가 말했다.

"그의 보이지 않는 나라는 이미 천하에 존재하지 않는 곳이 없다. 아직 너의 나라만큼 문명이 일어나지는 않았지만 그 기세는 왕성하다. 장차 곡주 나라의 문명이 너의 나라를 능가할 것이다."

광림 장군이 중얼거렸다.

"보이지 않는 나라……. 유리광국이군."

민원규가 말했다.

"이제 네가 나라를 바친다면 보이지 않는 나라는 온전해진다. 그것이 네가 죽어야 할 이유다."

윤극사가 물었다.

"내가 있어서 당신들에게 무슨 해가 되는가?"

민원규가 말했다.

"보이지 않는 나라를 다스리는 것은 지고한 위엄에 의존한다. 옥좌에 권위를 의존한 제왕들은 아무런 위엄이 없기에 염려할 바가 아니다. 그러나 너는 안 된다. 너는… 너는……."

심중열이 퉁명스럽게 말했다.

"곡주보다 뛰어나기 때문이다. 쓸데없이 뛰어나기 때문에."

갑자기 광림 장군이 쿵! 소리를 내면서 뒤로 쓰러졌다. 뒤이어 석파리가 쓰러졌다. 아무런 기척 없는 무형지독(無形之毒)으로 공격한 것이었다.

사람의 오감을 벗어난 무형지독도 윤극사의 눈을 벗어나지는 못했다. 무형지독은 살아 있는 것처럼 광림 장군과 석파리를 각각 공격한 후에 윤극사를 향해 덮쳐들고 있었다.

흡사 유령 같았다.

윤극사는 휘파람을 길게 불어서 십독십이약을 뿜어냈다.

광림 장군과 석파리를 구하기 위해서였다.

십독십이약이 그들을 보호하고 체내에 스며든 무형지독을 몰아냈다. 그러나 무형지독은 그 자체가 살아 있는 것과 같았다. 십독십이약에 중화되지 않기 위해서 피하며 윤극사의 빈틈을 뚫고 들어오려 하였다. 독성 또한 짐작할 수 없을 정도였다.

그들 두 사람이 윤극사의 영역에서 보호되지 않았더라면 무형지독에 닿는 순간 한 줌의 핏물로 변해 버렸을 것이었다.

심중열의 독기 서린 목소리가 들렸다.

"너는 살지 못한다. 절대로! 우린 무형절대독령(無形絶對毒靈)에 많은 공을 들였다. 그것은 오직 너를 죽이기 위해서 만들어졌다. 그건 살아 있는 독이야."

제10장 무형절대독령(無形絕對毒靈)

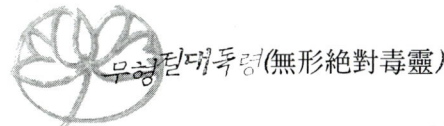

무형절대독령(無形絶對毒靈)

- 살아 있는 독

휘파람을 부는 입으로 대꾸할 수는 없다.

윤극사는 십독십이약으로 무형절대독령을 상대했다. 천 년을 이어 온 백초곡의 온갖 정화가 무형절대독령에 결집되어 있었다.

윤극사도 그 무형절대독령을 구성하고 있는 성분을 다 알 수 없었다. 그것은 십독십이약의 성분을 포함하고 있었으며 그가 전혀 알지 못하는 어떤 것들도 포함되어 있었다.

혼돈석유의 성질도 마찬가지였다.

그런 것들이 조합되어 무형절대독령은 생명을 지닌 것처럼 보였다. 살아 있는 것이 아니라고는 도저히 말할 수 없는 상태였다.

윤극사는 광림 장군이 서 있던 뒤쪽에 뚫어진 작은 구멍을 보았다. 눈 앞에서 그를 죽이려고 덮치는 무형절대독령이 뚫고 들어온 구멍이었다.

그것은 아무런 기척도 없이 손가락만한 구멍만 뚫고 함정 속으로 들어온 것이었다.

일반 사람의 눈에는 보이지도 않는 그 형체가 자유자재로 바뀌었다. 뱀처럼 변해서 십독십이약을 피해내는가 하면 순식간에 퍼져서 구름처럼 되어 윤극사를 삼키려고도 했다.

그것 스스로 천지간에서 생겨난 정(精)이나 마찬가지였다.

광림 장군과 석파리가 정신을 차렸다. 윤극사는 십독십이약으로 그들을 보호하여 무형절대독령이 공격하지 못하게 했다.

석파리가 무형절대독령을 감지하고 물었다.

"폐하, 무엇입니까?"

윤극사는 말을 할 수 없었다. 휘파람을 불고 있는 중이기 때문이었다. 석파리와 광림 장군은 공력을 끌어올리고 이상한 공격에 대비했다.

윤극사가 고전하고 있는 것이 그들의 눈에도 확연히 보였다. 윤극사의 이마에서 땀이 흐르고 있었다.

주위에는 그가 뿜어낸 십독십이약의 독기와 약기가 띠구름을 이루고 맴돌았다. 그러나 이따금 그 사이로 번갯불 같은 것이 지나가면서 독대(毒帶:독의 띠)를 뚫기도 했고 약대를 뚫기도 했다.

팟!

윤극사의 소맷자락에 구멍이 뚫렸다. 뜨거운 불덩어리가 지나간 것 같은 자국이 났다.

윤극사는 뿜어놓았던 십독십이약을 단숨에 들이켰다.

무형절대독령이 그의 입으로 날아왔다. 십독십이약을 따라서 그의 입으로 들어가려는 것이었다.

윤극사는 두 손을 확 뻗치며 소리쳤다.

"너는 정(精)이냐!"

윤극사의 전신에서 또 한 번 신비한 빛이 뿜어졌다. 천신 같은 서기가 그를 감쌌다.

무형절대독령은 그의 입에서 두 자 떨어진 공중에서 멈췄다. 거미줄에 걸린 파리처럼 꼼짝도 하지 못했다.

윤극사가 허공을 격하고 움켜쥔 때문이었다.

무형절대독령은 허공에서 꿈틀거렸지만 그곳을 벗어나지 못했다. 윤극사는 무형절대독령을 노려보며 마음을 열었다. 따라서 귀가 열렸다.

세상에 흐르는 온갖 기운들의 잡스런 소리를 다 듣지 않으려고 막아놓았던 귀였다. 그것들은 소리가 아니면서 소리처럼 들리고, 말이 아니면서 사람에게 말로 들리게 하는 잡스런 소리였다.

그들의 형체가 갖추어진 형체가 아니면서 보는 사람에게는 형체로 보이는 것과 마찬가지였다.

무형절대독령은 윤극사의 위세 앞에서 두려움을 느끼는 듯 도망치려 했다.

그것은 어렸으며 아는 것도 없고 경험한 것도 거의 없는 듯했다.

"오너라!"

윤극사는 한 손을 풀어주고 손바닥을 위로 폈다.

무형절대독령은 반쯤 풀려난 상태에서 그의 오른손 손바닥 위로 왔다. 그런 후에 모습을 드러냈다.

크기가 한 뼘 정도 되는 여자의 모습이었다.

윤극사는 어리둥절했다. 급히 입을 다물었다. 하마터면 '당당' 하고 부를 뻔했다.

윤극사의 손바닥 위에 올라선 무형절대독령은 크기가 작을 뿐 모습은 완전한 당당이었다.

윤극사는 눈을 부릅뜨고 분노했다.

"감히 네가 나를 훔쳐보느냐?"

무형절대독령이 겁에 질려 연신 절을 했다. 윤극사의 말이 무슨 의미인지도 모르는 듯했다.

윤극사는 이상한 마음을 지울 수가 없었다. 무형절대독령이 그의 마음을 훔쳐보고 당당의 모습으로 나타난 것은 아닌 듯했다.

광림 장군은 봐도 알 수 없는 일이라 가만히 서 있고 석파리는 윤극사의 손바닥 위에 엎드린 자그마한 여자를 보고 있었다.

그녀는 그 여자를 볼 수 있었다. 자기가 보고 있는 것이 다른 사람은 볼 수 없는 정(精)이라는 사실도 알지 못한 채 놀라운 눈으로 보고 있었다.

윤극사가 무형절대독령에게 물었다.

"네 이름이 무엇이냐?"

무형절대독령이 대답했다.

"제 이름은 도도(悼悼)입니다."

도도는 슬프고도 슬프다는 뜻이다.

윤극사가 물었다.

"누가 네 이름을 지었느냐?"

무형절대독령 도도가 말했다.

"저는 알지 못합니다. 다만 제 이름이 도도라는 것만 알 뿐입니다."

윤극사가 준엄하게 물었다.

"네 모습은 누가 지었느냐?"

"저는 모릅니다. 저는 이런 모습으로 생겨났습니다."

도도가 겁먹은 음성으로 말했다.

윤극사는 화가 치밀어 올라서 웃음을 터뜨렸다.

"하하하하하!"

분노로 웃어본 적이 오늘 이전에는 없었다. 오늘 짧은 순간에 두 번이나 분노로 웃었다. 또 그자다.

검을 뽑아서 함정의 벽을 후려쳤다.

콰당!

함정의 철벽이 갈라지며 그 뒤에서 기둥처럼 둔중한 뭔가가 쓰러진다.

도도는 윤극사의 손바닥에서 납죽 엎드렸다.

윤극사는 슬프고도 슬프다는 도도의 이름을 통해 깨달았다. 무형절대독령을 만든 자가 윤극사를 죽일 수밖에 없기에 그런 이름을 지었다는 것은 너무도 분명하다.

당당의 모습을 도도에게 준 것은 어떤 의미에서 조롱이었다. 자기 자신을 드러내 보이기 위해서 이루어놓은 작은 조롱이었다.

백초곡에서 아무리 노력해도 도도와 같은 것을 만들어낼 수는 없는 일이다. 천지간에 정이 생겨나게 할 수 있는 것은 오로지 '세상을 사유하는 자' 뿐이다.

그가 윤극사를 죽이기 위해서 백초곡에 힘을 준 것이다. 어쩌면 윤극사가 석파리를 빼앗아간 데 대한 보복일 수도 있다.

하지만 윤극사는 도도에게 죽지 않았다. 윤극사는 그 무엇도 자신을 죽일 수 없다고 스스로 다짐했다.

그것은 다짐하는 순간에 그의 영역에서 사실로 되었다. 그는 세상을 사유하는 자만큼 크지는 않았지만 그의 영역에서는 작은 신이었다. 그 안에서는 사유하는 자의 힘도 미치지 못했다.

윤극사는 도도를 노려보면서 말했다.

"너는 내게 속한다."

도도가 또 절을 한다. 나이 어린 정이라서 아는 것이 없다. 윤극사는 도도에게 그렇게 선언함으로써 다시 세상을 사유하는 자와 맞선 것이다.

십독십이약 중 십독의 냄새가 심하게 났다.

도도가 들어오며 뚫은 손가락만한 구멍으로 독액이 들어왔다. 제세원에서 훔쳐 간 십독십이약 중에서 십독을 모조리 섞어서 풀어놓은 듯했다.

윤극사가 준엄하게 말했다.

"길을 열어라."

도도가 한 마리의 백룡처럼 변해서 날아오르며 윤극사의 머리 위에 있는 함정의 덮개에 커다란 구멍을 냈다.

두터운 철판도 도도 앞에서는 불에 던져진 종잇장보다 약했다.

윤극사는 몸을 숫구쳐 도도를 따라 함정을 나갔다. 독연이 사방에서 피어오르고 있었다. 그들이 떨어진 함정은 네모난 상자 같은 것이었고,

그 주위에서는 병사들이 가죽 부대에 든 독을 붓고 있었다.

무형절대독령인 도도를 풀어놓고도 불안하여 그들은 함정을 통째로 녹여 버릴 작정을 한 것이었다.

"헉!"

심중열은 손에 향로처럼 생긴 병을 들고 있다가 윤극사를 보고 대경 실색했다. 손에서 자기도 모르게 병을 떨어뜨렸다.

하지만 병은 깨어지지 않았다.

민원규가 이미 상황이 틀렸음을 알고 심중열의 손을 잡아당겼다. 독을 풀던 병사들도 놀라서 도망쳤다.

광림 장군과 석파리가 뛰쳐나왔다.

광림 장군은 산천이 뒤흔들릴 정도의 큰 소리로 외쳤다.

"황제 폐하께서 납셨다! 제장(諸將)은 나와서 무릎을 꿇어라!"

광림 장군의 모든 공력이 깃들어 있어서 그 소리는 사자후나 다름없었다.

달아나던 병사들은 그대로 고꾸라지고 민원규와 심중열도 뼈마디가 시큰하여 움직일 수 없었다.

윤극사는 검을 든 손으로 바람을 일으켜 민성의 황금 천막을 돌풍 속에 휘말아 버렸다.

놀람에 찬 비명 소리가 터져 나오고 그를 향해 독을 뿌렸던 병사들이 천막과 함께 허공으로 날려갔다.

거대한 돌풍은 윤극사의 검끝에 매달려 있는 듯했다.

주변에도 바람이 거세게 불었다. 삼십 보 간격으로 밝혀져 있던 횃불들이 꺼지고 쓰러졌다.

윤극사는 천신처럼 돌풍을 거느리고 우뚝 섰다.

병사들이 두려움에 질려서 엎드렸다.

광림 장군이 호통 쳤다.

"민성은 어디에 있는가? 장수들은 그의 목을 가져와라!"

돌풍과 엄청난 호통 소리가 산기슭을 뒤흔들었다. 그러나 병사들의 모습은 보여도 장수들과 민성의 모습은 보이지 않았다.

민원규와 심중열은 윤극사의 무시무시한 모습을 처음 대하면서 이를 딱딱 부딪쳤다.

이청무의 신위에 놀랐을 때와는 비교조차 되지 않았다.

윤극사는 검끝에 붙잡아두었던 돌풍을 놓아버렸다. 돌풍에 휘말렸던 황금 천막과 병사들이 까마득한 허공으로 올라갔다.

"으아아아아아아악!"

수십 명이 지르는 긴 비명 소리가 허공에서 들리다가 사라졌다.

황제는, 아니, 윤극사는 실로 무서웠다.

의원으로서는 한 사람의 고통에도 함께 괴로워하던 그이지만 황제로서 그는 수십 명을 단 한 번에 죽이고도 눈썹 하나 깜짝하지 않았다.

윤극사는 알고 있었다.

환자가 의원을 믿지 않고는 병을 치료받을 수 없는 것처럼, 황제가 정치를 하기 위해서는 백성들이 사랑하면서도 무서워하지 않으면 안 된다는 것을. 더구나 절대적인 충성을 바쳐야 할 군사들은 말할 나위가 없다.

"저들을 데려와라!"

윤극사가 검으로 심중열과 민원규를 가리켰다.

병사들이 달려가서 그들을 끌고 와 윤극사 앞에 꿇렸다.

심중열과 민원규는 윤극사에게서 뻗쳐 나는 엄청난 위압감에 짓눌려 떨었다.

팔순이 넘어 구십을 바라보는 그들에게조차도 윤극사는 너무 무시무시한 모습이었다.

분노한 윤극사의 눈에서 번갯불이 쏟아지는 듯하여 감히 마주 볼 수도 없었다. 음성에 서려 있는 노기는 간과 심장을 오그라들게 하고도 남았다.

산천을 떨게 한다는 천자의 분노였다.

민원규는 눈을 감았다. 체념이었다. 심중열은 고집인지 미련인지 아직도 죽으려는 마음을 갖지 않은 듯했다.

민원규는 힘없이 말했다.

"할 말 없다. 우리를 죽여라."

윤극사가 물었다.

"곡주는 어디 있는가?"

심중열이 화난 음성으로 말했다.

"네놈은 어른도 모르느냐? 황제가 되었다고 우리를 하대할 작정이냐?"

윤극사가 싸늘하게 말했다.

"조사를 저버린 자가 어른을 말하는가?"

심중열은 침을 꿀꺽 삼켰다.

"너는, 너는 지난 정리는 다 잊었단 말이냐!"

민원규가 심중열에게 버럭 소리쳤다.

"쓸데없는 소리 마라. 무엇에 기대려 하는가!"

심중열은 민원규의 말을 듣지 않고 윤극사에게 말했다.

"너는 네 사형들은 다 살려주지 않았느냐? 그런데 배분이 더 높은 우리는 죽일 작정이냐?"

민원규가 탄식했다.

"극사, 그냥 우리를 죽여라. 중열이 더 추한 소리를 하기 전에."

윤극사가 차갑게 말했다.

"죽이겠소. 곡주는 어디 있는지 말하시오."

심중열은 놀란 듯 입을 다물었다.

민원규가 웃으며 말했다.

"죽이면 죽이는 거지 무슨 말이 그리 많으냐. 미련을 끊고 죽으려는 마당에 그런 것을 물으면 어찌 죽음을 쉽게 받아들일 수 있겠느냐? 네가 일찍 태어났거나 네 아비가 일찍 죽지 않았더라면 우리도 이런 꼴로 죽지 않았을 것이다."

심중열은 몸을 떨었다.

의원이었기에 죽는 것이 더 무섭고 겁이 난 것이다. 죽고 난 후에 몸이 어찌 되는지 너무 잘 알고 있는 그로서는 자기의 몸이 구더기의 밥이 되는 정경을 상상할 수가 없었다.

사람으로 태어난 이상 피할 수 없는 일임은 알고 있지만 지금 그렇게 죽고 싶지는 않았다. 조금이라도 더 살고 싶었다.

심중열은 진저리를 치고 말했다.

"곡주는 어디에 있는지 모른다. 십이원(十二院) 중 한 곳에 있을 것이다. 네가 높아졌듯이 그동안 곡주도 높아졌다. 곡주 옆에는 우리 말고도 많은 측근이 있다."

윤극사는 검을 거두고 그들에게 말했다.

"나는 스승의 가르침에 따라서 당신들을 베겠다. 조사야로부터 내려온 의술을 잘못 쓴 죄를 묻겠다. 그 후에 황제의 위엄을 거스르고 암살하려 한 죄를 묻겠다."

심중열은 피가 싸늘하게 식는 느낌이었다.

그도 황제의 한마디는 거둬들일 수 없다는 것을 알고 있었다. 윤극사는 변했다. 비록 그에게 잘못을 범했지만 윤극사가 자신을 죽일 것이라고까지 심중열은 생각해 본 적이 없었다.

윤극사는 그에게 아직까지도 순진무구한 어린아이였다. 하지만 그가 변했다. 너무도 다른 사람, 진짜 천자가 되어 있었다.

윤극사가 광림 장군을 보며 말했다.

"베시오."

번쩍!

광림 장군의 도끼가 허공을 가르고 두 개의 수급이 날아올랐다. 민원규와 심중열은 비명도 지르지 못했다.

그들의 노구가 피를 뿜어내며 쓰러졌다.

윤극사가 명령했다.

"저들의 목을 장대에 걸고 시체는 들판에 버려라. 들개의 먹이가 되게 하라."

병사 몇 명이 민원규와 심중열의 시신을 옮겨갔다.

윤극사가 준엄한 음성으로 군사들을 향해서 말했다.

"형제들에게 검을 겨눌 자가 누구냐? 나는 그자를 죽이기 위해서

왔다."

군사들이 두려움에 질려서 떨었다.

윤극사가 다시 말했다.

"내게 검을 겨눌 자 누구냐!"

군사들은 심장이 오그라들어 죽을 지경이었다.

윤극사가 말했다.

"나는 우리 대위국의 군령이 엄하다고 알고 있다. 패륜한 자를 따라서 자기 형제에게 검을 겨누고 자기 황제에게 등을 돌리는 자가 있으니 하는 그런 말은 믿지 못하겠다."

사방은 쥐 죽은 듯이 조용했다.

윤극사의 음성이 이어졌다.

"나는 나의 군사들 중에서 형제에게 검을 겨누는 자는 그 형제들을 죽여서 수고로움을 덜어주고 황제에게 등을 돌리는 자는 그 등을 찔러 다시는 황제를 보는 수고를 하지 않도록 하겠다."

어디선가 나직하게 우는 소리들이 났다. 군사들이 소리 죽여 우는 것이었다.

윤극사는 단호하게 말했다.

"구족을 멸하겠다는 것이다."

대위국의 군령이 엄했지만 천자의 위엄이 어느 정도인지를 아는 사람은 없었다. 천자 윤극사는 밝은 정치를 하면서 민생을 어루만질 뿐 사람을 죽이는 일을 하지 않았다. 누구나 천자 윤극사를 존경하고 사랑했지만 두려워하지는 않았다.

그러나 지금 보이는 윤극사의 행동과 말은 너무 무시무시한 것이었다. 자기에게 적대하는 군사들의 구족을 멸하겠다고 하는 것은 대위국 백성들을 모두 죽이겠다는 말이나 마찬가지였다.

천자가 단순한 엄포를 놓을 까닭이 없다. 천자의 한마디는 법과 같아서 말하면 말하여진 대로 이루어져야 하는 것이다.

감히 숨소리조차 내는 사람이 없었다.

윤극사는 그들을 본 척도 하지 않고 산골짜기 쪽으로 걸어갔다. 광림 장군과 석파리가 뒤를 따랐다.

군사들은 윤극사가 그 자리를 떴으나 일어날 생각을 하지 못했다. 일어나라는 천자의 명을 받지 못한 때문이었다.

도도가 윤극사 주변에서 날았다. 모습을 한 마리의 날개 달린 사자 모양으로 했다. 그 모습을 볼 수 있는 사람은 윤극사와 석파리뿐이었다.

도도는 모습을 세 번 바꾸어 윤극사의 주의를 끌려고 했지만 윤극사는 무신경했다. 윤극사는 걷기만 할 뿐이었다.

석파리는 도도가 불안해함을 알았다.

윤극사가 아무것도 시키지 않은 때문이기도 하고, 어디로 가야 할지 어떻게 해야 할지 모르기 때문에 안절부절못하는 것처럼 보였다.

마치 엄마가 버리고 간 갓난아기 같았다. 마치 석파리 자신의 신세와 비슷했다.

골짜기로 들어가는 곳곳에 매복하고 있던 자들이 윤극사와 광림 장군을 발견하고 달아났다. 그들은 골짜기 안으로 신호도 보내지 못했다.

윤극사는 동그스름한 계곡 안으로 들어왔다. 밤이지만 경치는 절묘

했다. 조그마한 연못가에 부호의 별장인 듯한 집이 서 있었다.

윤극사는 망설임없이 그 집으로 향했다. 문득 그 집 쪽에서 격렬하게 싸우는 소리가 들려왔다.

윤극사는 바람의 줄기를 잡아타고 날아올랐다. 석파리와 광림 장군이 뒤따라 몸을 날렸다.

윤극사가 먼저 지붕 위에 내려섰다.

'엇!'

잇달아 내려선 광림 장군은 하마터면 소리를 칠 뻔했다. 그들이 내려선 지붕 아래쪽에는 민천자가 있었기 때문이다.

제11장 승상 우문태의 소천성수

승상 우문태의 소천성수

"인수(印綬)를 다오."

민천자의 눈은 정기가 뿜어져 마주 바라볼 엄두가 나지 않았다.

이태자 민성은 스스로 칭제(稱帝)하여 황제가 되었지만 민천자 앞에
서 두렵기만 하였다.

민성은 뒤로 물러서서 스승인 청의노인과 흑의노인 뒤에 숨었다. 그
들은 벽우동의 주인들로 천하의 고수라 할 수 있는 인물들이라 민천자
를 대하고서도 물러서지 않았다.

민천자가 눈을 부릅뜨고 말했다.

"청의동주, 흑의동주! 내 자식을 감싸면서 나를 모른다 할 것이오?"

푸른 옷을 입은 청의동주가 말했다.

"민 황야, 우리가 어찌 민 황야 그대를 모른다 할 수 있겠소? 그대가

미천한 신분일 때 우리는 그대를 알아보고 친분을 맺었소. 그 세월이 적다고 하나 수십 년이니 우리만큼 그대를 잘 아는 사람도 없을 것이외다."

흑의동주가 탄식하며 말했다.

"틀렸어. 우리가 사람을 잘못 봤지. 우린 민 황야를 제대로 모르고 있네. 단지 민 황야가 보여주는 만큼만 알았던 걸세. 천하의 패업을 꿈꾸고 이루는 자가 살아 있는 동안에 훌쩍 남에게 제위(帝位)를 던져 버리는 멍청이일 줄 어찌 알았겠는가?"

청의동주가 말했다.

"민 황야, 그대가 둘째 아들을 우리에게 보낸다고 했을 때 몹시 기뻤소. 그대 큰 아들은 너무 머리가 굳었는 데다 고집이 세기 때문에 천하를 유연하게 경영하지 못할 것이라는 걸 알았기 때문이오. 과연 너무 뻣뻣한 성미 때문에 죽지 않았소?"

"허허허허!"

민천자가 허탈한 웃음을 웃었다. 그 속에 노기가 서려 있었다.

흑의동주가 말했다.

"민 황야! 그대는 우리 벽우동을 봐서라도 그러지 말아야 했소. 당신의 대위국이 자리를 잡을 때까지 들인 우리들의 공로를 생각해서라도 말이오. 한데 우리 제자가 황제 자리를 다시 빼앗고 윤극사 그놈을 죽이겠다고 하는 마당에 불쑥 나타나 방해하니! 민 황야 그대는 과연 염치란 게 있는 사람인지 묻고 싶소."

민천자가 말했다.

"그대들은 강호의 인물들이 아닌가? 나는 그대들이 강호의 패업을 이룰 수 있는 바탕을 그대들에게 충분히 제공했는데, 그대들이 아직 강호 패업에 나서지 않고 있음은 무슨 까닭인가?"

청의동주가 차갑게 말했다.

"내 제자가 아직 황제가 되지 못했기 때문이오."

흑의동주가 말했다.

"황제는 되었지만 빼앗긴 옥좌를 되찾지 못했기 때문이지."

"그대들의 야심이 대단하군."

민천자가 말했다. 그리곤 청의동주 뒤에 선 민성에게 벼락같이 호통쳤다.

"성! 천자는 하늘이 낼 수도 있고 욕심으로 차지할 수도 있다. 하늘이 내면 천명에 따라서 물러나고 욕심으로 차지하면 욕심으로 잃을 것이다. 너는 네게 천명이 이르렀다고 생각하느냐!"

민성이 얼굴이 파랗게 질려서 말했다.

"황제가 되었으면 천명이 이른 것 아닙니까."

민성의 뒤쪽에 있던 스무 명가량의 백초곡 의원이 민성을 에워쌌다.

민천자가 얼굴을 부드럽게 하고 말했다.

"네 죄를 묻지 않겠다. 인수를 가지고 오너라. 나와 함께 법문사로 가서 편안히 보내자. 너를 위해 하는 말이다. 천하는 이제 민씨의 천하가 아니다."

흑의동주가 말했다.

"저 말에 넘어가려는가?"

민성은 아버지의 회유에 잠시 마음이 흔들렸다가 그 말에 정신을 차렸다.

머리를 흔들며 말했다.

"아버님, 제게 천명이 있습니다. 확신합니다."

민천자가 무거운 음성으로 말했다.

"믿지 못한다."

민성이 말했다.

"모든 장수들이 저를 따릅니다."

"약물과 협박으로 강요한 충성이다."

민성이 다시 말했다.

"제게는 벽우동과 백초곡이 있습니다."

"그들은 너를 죽게 할 것이다."

하고 민천자가 말했다.

민성은 자기의 용포를 들추며 말했다.

"제가 용포 아래 입은 옷은 천하의 무엇으로도 찢지 못하는 천의(天衣)입니다. 이 천의를 입고 있으면 누구도 저를 해치지 못합니다. 이 천의가 바로 천의(天意) 아니겠습니까."

민천자의 얼굴에 다시 노기가 피어올랐다.

민성이 말했다.

"아버님께서 한마디 말씀만 내려주시면 싸울 것도 없이 윤가 놈은 항복하고 말 것입니다."

민천자가 노려보았다.

민성은 그의 시선을 피하며 말했다.

"어찌해도 그 윤가 놈은 죽습니다. 천하의 그 어떤 자라도 죽일 수 있는 수단이 제게 있습니다. 누구도 제게 복종하지 않을 수 없습니다."

민천자가 탄식을 했다.

"네가 너를 잘못 키웠다."

민성이 버럭 화를 내며 말했다.

"말씀 거두십시오."

민천자가 말했다.

"황제가 되려고 나를 죽이려 한 것은 아무것도 아니다. 고래로 그런 자가 어디 한둘이겠느냐. 너는 백성을 가볍게 보니 윤극사를 이긴다 해도 언젠가는 백성의 손에 죽을 것이다. 차라리 내 손으로 너를 거두니만 못하다."

민성은 안색이 파랗게 변해서 입을 다물었다.

청의동주가 말했다.

"민 황야께서 무공이 뛰어난 줄은 알고 있소. 하나 우리를 너무 가볍게 보시는구려. 우리가 서로 돕기로 한 맹약은 민 황야가 먼저 배신했다는 사실을 잊지 마시오."

민천자는 자기 뒤에 세워놓았던 창을 잡으며 말했다.

"그대들은 무림의 고인들인데 어찌 그리 무도한가? 옛날 처음 만났을 때의 인덕과 의기는 어디로 갔단 말인가?"

흑의동주가 차갑게 말했다.

"우리는 천하가 하나로 되어 평온한 것을 보고 싶을 뿐이오."

그때 껄껄 웃는 소리가 났다.

흑의동주와 청의동주가 동시에 소리난 쪽을 바라보았다.

승상 우문태가 그들에게 걸어오고 있었다.

흑의동주가 말했다.

"법문사의 주지 인통화상(因通和尙)도 그 무공으로도 내 손에 이십 초를 견디지 못하고 죽었다. 이제 귀하가 죽기 위해 나왔는가?"

우문태는 먼저 민천자를 보고 허리를 숙이며 말했다.

"소신이 늦었습니다."

민천자가 미소를 띠며 말했다.

"성공하셨구려."

우문태가 말했다.

"실수하지는 않았습니다."

두 사람의 대화에 흑의동주와 청의동주가 당황했다. 민천자가 법문사의 주지 인통화상만 데리고 나타났을 때부터 다른 흉계가 있지 않나 의심했어야 했다.

민성은 숫제 질려 버렸다.

아버지 민천자의 무공은 사부들인 흑의동주와 청의동주보다 못할 것이 분명했다. 그러나 민천자는 세상의 모든 사람이 인정하는 천하제일 병법가이며 용병술의 달인이었다.

황제라는 이름 뒤에 도사리고 있는 그의 모습을 까맣게 잊고 있었다.

청의동주가 물었다.

"민 황아! 무슨 흉계를 꾸민 것이오?"

그의 음성이 메말라 있었다.

우문태는 민천자에게 말했다.

"이들에게 제압당해 꼭두각시가 된 장수들은 모두 유인하여 먼 곳의 모처에 가두고 그들의 병부(兵符)는 빼앗아 윤천자에게 돌려보냈습니다. 이로써 군사들은 윤천자가 직접 오지 않는 한 움직이지 못할 것입니다."

"뭣!"

민성의 몸이 부들부들 떨렸다. 그러나 우문태는 그에게 시선조차 던지지 않았다.

"간사한 무리가 약물과 침으로 장수들의 이지를 빼앗아 조종할 수 있다 하나 전 군사를 그리할 수는 없을 것입니다."

민천자가 물었다.

"조금 전에 계곡 밖의 기운이 심상치가 않았소. 어떤 변고가 있지는 않았소?"

우문태가 대답했다.

"신은 산을 타고 내려와 곧장 왔기에 확인하지 못했습니다."

민천자가 고개를 끄덕였다.

흑의동주가 코웃음 치며 말했다.

"장수를 제압하여 군사를 빼앗았다고 좋아할 것 없소. 이미 어린 윤가 놈은 한 줌 핏물로 변했을 테니 군사가 무슨 의미가 있겠소?"

청의동주가 말했다.

"민천자와 승상이 이리로 왔으니 그곳에는 보나마나 철 모르는 아이가 갇혀 있을 것이오."

우문태가 천천히 그들을 돌아보며 준엄하게 말했다.

"벽우동의 소문은 내 일찍이 들은 바 있다."

청의동주와 흑의동주는 우문태의 묵직한 음성에 흠칫했다.

"그대들은 지금 돌아가면 목숨과 벽우동을 이을 것이고 거역하면 이 자리에서 죽을 것이다."

청의동주가 냉소하며 기막힌 듯이 말했다.

"귀하에게 그만한 능력이 있는가?"

우문태가 말했다.

"이 우문태 기꺼이 그대들과 백 합을 겨룰 수 있다."

예를 숭상한다는 우문태가 거칠고 무례하게 하대한다.

흑의동주가 말했다.

"믿기 어렵군."

우문태는 허공에 양손을 저어서 모양을 만들어 보이며 말했다.

"이것을 알아보느냐?"

청의동주가 떨떠름한 표정으로 말했다.

"소천성수……."

우문태가 손을 멈추고 차갑게 말했다.

"내가 누구에게 이 수법을 배웠는지 알겠는가?"

흑의동주가 말했다.

"정밀하고 교묘한 솜씨요. 훔쳐 배운 것은 아닌 듯싶소."

우문태가 말했다.

"소천성수를 몇 수까지 알고 있는가?"

흑의동주와 청의동주는 물론 민성까지 혼란에 빠지고 말았다.

벽우동의 소천성수는 모두 이십팔식이며 그것은 한 가지도 빠짐없이 전해오고 있었다. 그 사실은 굳이 벽우동 사람이 아니라도 알고 있는 것인데 승상 우문태가 묻는 의도를 짐작할 수가 없었다.

승상 우문태가 냉소했다.

"이십팔식까지 배운 거로군."

흑의동주가 버럭 소리쳤다.

"무슨 소릴 하시오? 원래 소천성수는 이십팔식이오."

승상 우문태가 자르듯이 말했다.

"네가 잘못 배웠다."

마치 어린 제자를 꾸짖는 듯한 어투였다. 그러나 늙은 흑의동주와 청의동주는 이마에서 식은땀을 흘리며 대꾸조차 못했다.

우문태가 말했다.

"소천성수는 삼십일식이다. 누구나 배우는 이십팔식에 더해서 벽우동의 동주가 배우는 삼초식이 있다."

청의동주가 수염을 떨면서 말했다.

"믿을 수 없소."

우문태가 말했다.

"스승에게 배우지 못했는가? 그렇다면 너는 벽우동의 동주가 아니다."

우문태는 흑의동주를 보며 물었다.

"너는 아는가?"

흑의동주는 입을 열지 못했다.

우문태가 말했다.

"너도 배우지 못했다. 벽우동의 동주가 아니다."

청의동주가 말했다.

"삼초식이 더 있다면 보여주시오. 그러면 믿겠소."

우문태가 차갑게 웃었다.

"보여주는 것은 어렵지 않다. 그러나 동주가 아닌 자가 본다면 죽어야 한다. 그래도 보겠느냐?"

흑의동주가 물었다.

"귀하는 누구에게 배웠소?"

우문태가 대답했다.

"네 스승에게 배웠다."

흑의동주가 코웃음을 치며 말했다.

"우리는 어릴 때부터 스승을 따라 배웠소. 결코 그대를 이전에 알지 못했는데 언제 배웠다는 말이오?"

우문태가 말했다.

"네 스승이 가르치지 않았다면 어찌 내가 알겠느냐?"

흑의동주는 버럭 소리쳤다.

"궤변이다!"

우문태가 단호하게 말했다.

"성인(聖人)께서 증인이시다."

성인이라는 말이 나오자 흑의동주와 청의동주는 물론 이태자 민성까지 놀랐다.

우문태가 말했다.

"내가 젊었을 때 천하에 학문을 구걸하러 다녔다. 그때 성인을 만나 뵙고 수년 동안 가르침을 받았다."

이 사실은 민천자도 모르고 있는 것이었다. 그러나 민천자도 무림인들 중 최고 기인인 검성인(劍聖人)에 대해서는 익히 알고 있었다.

민천자가 나직하게 말했다.

"승상께선 성인의 문하셨구려."

우문태가 말했다.

"폐하, 이 우문태, 성인께 배우지 않았으면 누구에게 배울 수 있었겠습니까?"

민천자가 고개를 끄덕였다.

송산선생 우문태는 특별히 배사한 사람도 없으면서 세상 선비의 우두머리가 되었던 사람이다. 또한 학문에서 타의 추종을 불허할 뿐 아니라 무공조차 신비했다.

우문태는 학문과 천하에 뜻을 두고 있지 않았더라면 성인의 가장 큰 제자로 그 뒤를 이었을 사람이다.

흑의동주와 청의동주는 옷깃을 여미며 말했다.

"성인께서는 여전히 건강하신지."

무림인으로서 성인을 가볍게 말할 수 있는 자는 아무도 없었다. 벽우동의 동주도 예외는 아니었다.

"수십 년 내에 뵙지 못했다."

우문태가 차갑게 말했다.

흑의동주가 겸연쩍은 표정을 지으며 말했다.

"귀하가 성인의 문하라면 다툴 수 없소. 하지만 성인께서는 귀하가 우리를 핍박하는 것을 좋아하지 않으실 거요."

청의동주가 말했다.

"우리가 귀하에게 양보하는 것은 벽우동이 서운장에 못해서가 아니라 성인을 존경하기 때문이라는 것을 알아주시오."

우문태가 말했다.

"네 스승이 내 스승님을 찾아뵙고 부탁드렸다. 두 제자가 있는데 재주도 뛰어나고 포부도 원대하여 걱정이라 하셨다. 성인께서 포부가 얼마나 큰가 하고 여쭤셨다. 네 스승은 이렇게 대답했다. '야망을 위해서라면 저를 죽일 만큼 포부가 큽니다' 라고."

청의동주와 흑의동주의 안색이 흑빛으로 변했다.

우문태가 계속 말했다.

"네 스승이 계속 말했다. '저는 죽을 날이 멀지 않았으니 어찌 죽으면 어떻겠습니까. 그들은 벌써 제 재주의 열에 일곱은 배웠으니 벽우동의 맥이 끊어지지도 않을 것입니다. 다만 그들 스스로 벽우동의 맥을 끊을까 염려됩니다'. 성인께서 여쭈셨다. '내가 어찌하면 좋은가?', 네 스승이 대답했다. '성인께서는 연로하시지만 천리(天理)에 통하시니 제가 죽은 후에도 이 세상에 계실 것으로 생각됩니다. 하여 저는 성인께 감히 부탁드리고자 합니다'. 성인께서 허락하셨다. 네 스승이 말했다. '우리 벽우동의 무공은 절기라고 하기 어렵사오나 각 무공마다 동주에게만 전해지는 몇 가지 초식이 있습니다. 성인께서 이 초식들을 지니셨다가 훗날 제 제자들이 잘못된 길로 들어 사문의 맥이 끊어질 지경이 이르면 그들을 징계하여 주십시오'. 성인께서 나를 가리키며 말씀하셨다. '저 아이에게 한번 가르쳐 보겠는가?'. 네 스승이 허락하였다. 그리하여 나는 네 스승에게 맹세하고 벽우동의 적전무공을 배울 수 있었다. 내 맹세는 너희들이 진정 잘못된 길로 가면 적전무공으로 죽일 것이며 바르게 간다면 절기를 돌려주겠다는 것이었다."

흑의동주가 말했다.

"귀하의 말이 사실이라 해도 귀하가 우리를 이기지는 못할 것이오.

승부는 몇 가지 초식을 아느냐에 달려 있지 않다는 것을 명심하시오."

우문태가 느리게 말했다.

"그렇지. 벽우동의 무공은 얼마나 속으로 힘을 숨기는가에 달렸지. 내가중수법인 소천성수 하나만 봐도 그렇지."

청의동주가 몸을 돌리고 산봉을 보며 탄식했다.

"스승께서 미리 안배를 해놓으셨으니 우린 어쩔 수가 없군. 돌아가겠소. 다시는 세상에 발을 들여놓지 않겠소."

이태자 민성이 그의 옷깃을 잡으며 말했다.

"사부! 안 됩니다."

그러나 우문태가 무거운 음성으로 말했다.

"맹세하느냐?"

청의동주가 머리를 끄덕였다.

"맹세하오."

흑의동주도 마지못해 머리를 끄덕였다.

"맹세하오."

우문태가 말했다.

"절기를 돌려주겠다. 하나 맹세를 어겼을 때는 살아남지 못할 것이다. 성인께서 약속하신 일이니 천하에 숨어 있는 제자들이 모두 들고일어나 너희들을 칠 것이다."

청의동주와 흑의동주의 얼굴이 미미하게 떨렸다.

성인의 제자는 드러난 사람보다 드러나지 않은 사람이 더 많다. 그들 중에는 검술을 각고참수하여 경지가 아주 높은 자가 적지 않다. 더구나 성인의 제자들은 검술 외에도 신기한 재주를 하나씩 가지고 있으니 여간 무서운 존재가 아니다. 자신들이 진다고 할 수는 없어도 무서운 자들임에는 틀림없다.

청의동주가 말했다.

"누가 거역할 수 있겠소."

우문태는 품에서 책 한 권을 꺼내 던져 주며 소리쳤다.

"가거라!"

흑의동주와 청의동주는 거의 동시에 책을 받아 들면서 허공으로 솟구쳤다. 하지만 그 순간에 우문태의 전신으로 손 그림자가 몰려왔다.

흑의동주와 청의동주가 함께 소천성수를 펼친 것이다. 눈 깜짝할 사이보다 짧은 순간이었다.

우문태는 두 손을 어깨보다 넓게 벌리고 벽을 밀 듯 하였다. 동시에 그의 몸은 격류에 휘말린 것처럼 소천성수의 손바닥 사이로 파고들어 갔다.

벽우동의 두 노인이 펼친 것처럼 그가 펼친 것도 소천성수였다.

그러나 우문태의 몸과 손이 나아감에 따라서 흑의동주와 청의동주의 소천성수는 물에 비친 산 그림자처럼 붕괴되어 버렸다. 무시무시한 기세였다.

우문태의 손이 그들의 가슴을 짚을 듯했다. 하지만 벽우동의 두 노인은 허공으로 솟구쳤던 기세를 더욱 돋우어 높이 날아가 버렸다.

간발의 차이로 우문태의 손이 그들을 놓쳤다.

"거짓이 아니었군."

청의동주가 허공에서 말했다.

"귀하의 재주를 한번 시험해 봤을 뿐이오. 우리도 전력을 다하진 않왔으니 탓하지 마시오."

말이 끝났을 때 그들의 모습은 이미 사라지고 없었다.

하지만 우문태의 손끝에서 일어난 소천성수의 기운은 그가 멈추고 난 후에도 보이지 않는 비단천처럼 주위의 대기를 흔들었다.

소천성수 중에서 벽우동의 동주에게만 전해진다는 삼초식 중 한 가지였다.

이태자 민성은 다리가 후들거려서 서 있을 수가 없을 지경이었다. 백초곡의 의원 두 사람이 그를 부축했다.

우문태가 민성에게 호통 쳤다.

"이래도 부황을 거역할 것이오?"

그때 의원들 중에서 한 사람이 나서며 말했다.

"용서하십시오. 하지만 그분께서는 민천자의 아들만이 아니라 신동 방정유리광국 국왕 폐하의 양왕자이기도 하십니다. 의부를 모심도 친부와 같은 법이니 의부의 명을 어길 도리가 없지 않겠습니까."

우문태가 고함쳤다.

"누가 그런 도리를 만들었단 말이냐? 부모에게 창칼을 겨누는 자에게 지킬 도리가 아직도 남아 있단 말이냐!"

그 의원이 우문태를 마주 보며 당돌하게 말했다.

"그렇습니다."

제12장 나는 준비가 다 되었습니다

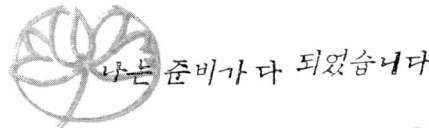

나는 준비가 다 되었습니다

— 천자의 방에서

우문태가 그를 노려보았다.

그 의원은 화청궁에서 이태자를 구해갔던 은자린이었다.

은자린이 말했다.

"나라는 가정에 우선하고, 법은 예의 위에 있습니다. 이분은 대위국의 제위에 올랐을 뿐 아니라 유리광국의 신하이니 사사로이 국왕 폐하의 명을 거역하지 못합니다. 명이 있으면 부모 형제와 처자도 베는 이를 일컬어 충성스럽다 하지 않습니까."

그때 민천자가 말했다.

"방철군의 교만이 하늘에 다다랐구나."

은자린이 말했다.

"천하를 다스리기에 부족함이 없으신 분입니다."

우문태가 말했다.

"그대들은 물러가라. 민천자께선 오직 불효하고 대역무도한 이태자만을 데려가고자 하신다."

은자린이 말했다.

"승상께서는 스스로 학문과 덕이 높으심만 생각하고 사리를 따지지 않으시니 어리석은 저희가 놀랍습니다."

우문태가 눈을 번쩍이며 은자린을 노려보았다.

은자린은 슬쩍 눈을 깔아 시선을 피하며 말했다.

"벽우동의 두 분이 말씀하신 것처럼 산 아래에는 변고가 있었습니다. 우리 폐하를 해치려는 자객이 들어왔습니다. 여기에는 두 가지 틀림없는 사실이 있습니다. 첫째, 함정까지 들어갈 수 있는 자는 오직 윤극사뿐이라는 것이고, 둘째는 그가 반드시 죽었으리라는 것입니다."

민천자가 손을 내저었다. 더 들을 것이 없다는 태도였다.

민천자는 왼손에 창을 옮겨지고 오른손으로 은자린을 가리키며 말했다.

"그대는 현명한 듯하니 내 말을 들으라!"

은자린이 말했다.

"경청하겠습니다."

사방을 압도하는 민천자의 음성이 천천히 흘러나왔다.

"나는 원래 윤천자에게 왕위를 주어 나라를 다스리게 했으나 그에게 제위를 물려줄 뜻은 없었다."

은자린이 말했다.

"그렇다면 지금이라도 저희 황제를 승인해 주십시오."

민성을 황제로 인정해 달라는 뜻이었다.

민천자는 눈썹을 꿈틀거렸다. 순간 눈에서 광채가 쏟아지고 은자린은 정신이 아득해져 털썩 주저앉고 말았다.

입술이 파랗게 질리고 호흡이 거칠어지며 말을 할 수가 없었다. 말로는 설명할 수 없는 민천자의 천자로서의 위엄이었다.

은자린을 원영춘이 부축했으나 은자린은 일어나지 못했다.

민천자의 음성이 이어졌다.

"내가 일태자의 죽음을 안 후에도 그렇게 할 수밖에 없었던 이유가 바로 너희들이 국왕이라 일컫는 방철군 때문이었다."

"민천자 폐하! 우리는 원래 한가족이나 다름없지 않습니까? 이제 와서 이렇게 구분하고 박정하게 대하는 까닭이 무엇입니까?"

원영춘이 입술을 깨물면서 말했다.

민천자가 싸늘하게 말했다.

"일태자 융을 죽이고 저 어리석은 놈을 세우려 했던 까닭은 무엇이냐? 네놈들의 도리는 언제나 한가족을 죽이는 데서 시작하느냐?"

원영춘은 말문이 막혔다.

민천자가 하는 말은 백초곡이 한가족이었던 제세원을 멸망시켰던 사실을 포함하고 있었다.

"방철군은 어리석은 저놈과 똑같은 자다!"

민천자가 민성을 가리키며 말했다.

"제 하는 짓이 하늘이 이끌지 않으면 죽음으로 가는 길인 줄도 모르는 어리석은 놈이다. 가까운 자에게 우쭐하려 하고 백성 위에 군림하려는 자가 어찌 그로 인해 벗을 잃고 백성을 도탄에 빠뜨린다는 사실을 알겠는가? 나라가 태평한데 군을 돌이켜 도성을 치는 것이 고작 제 한 몸의 영달을 위한 것이라면 금과 돌의 경중도 가리지 못하는 어리석은 자라고 하지 않을 수 있겠는가? 나는 그 어리석은 방철군의 경거망동이 드러날 때 그를 치기 위해서 천자의 자리를 놓지 않았다."

민성이 하얗게 질린 채 물었다.

"그럼 왜 그자에게 제위를 넘겼습니까?"

민천자의 음성이 냉혹했다.

"그는 진정으로 천자가 무엇인지를 깨달았기 때문이다. 그는 자기의 재주로 능히 백만 대군을 짓밟고 칠백 개 성을 불사를 수 있는 인물이 되었는데 내가 무엇을 걱정한단 말이냐? 너희는 오늘 내가 너를 치러 온 줄 알겠지만 사실은 그의 손에서 구해가려고 왔음을 모른단 말이냐?"

민성이 말을 더듬었다.

"그, 그자는 그럴 위인이 못 됩니다."

민천자가 냉혹하게 말했다.

"너는 그 정도의 인간이다. 네가 말하는 것은 윤천자가 아니라 너에 대한 평이다. 그가 그럴 위인이 되지 않기를 바라는 너의 심보다."

민성은 충격을 받은 듯 입을 다물지 못했다.

백초곡 의원들도 머리를 저었다. 도저히 민천자의 말이 받아들여지지 않는다는 태도였다.

민천자가 말했다.

"그가 온다면 너희들 중에 살아서 돌아갈 자는 딱 한 명뿐이다."

민성은 떨리는 음성으로 물었다.

"그건 누구입니까?"

가까스로 정신을 수습한 은자린이 그의 옷자락을 당겼지만 말을 막지는 못했다.

다급해진 원영춘이 급하게 말했다.

"대답하실 것 없습니다."

그러나 민천자는 또렷한 어조로 말하고 있었다.

"가장 겁이 많은 자다."

은자린이 한숨을 내쉬었다.

민성도 자기의 실책을 깨달았다. 민천자의 한마디가 전체 의원의 용기 중 열에 아홉을 빼앗아 버렸다.

은자린이 말했다.

"폐하, 소생은 윤극사가 죽었으리라 확신합니다. 그렇기에 폐하의 말씀은 옳지 않습니다. 또한 폐하께서도 여기를 떠날 수 없습니다."

은자린의 말이 끝나기 무섭게 의원들이 민천자와 우문태를 에워쌌다.

민천자가 무거운 음성으로 민성에게 말했다.

"나와 함께 가지 않으면 그의 손에 죽는다. 나는 네가 가지 않을 때는 그가 죽이게 하느니 내 손으로 네 목을 베겠다. 가겠느냐, 말겠느냐?"

민성은 어찌할 바를 몰라서 은자린와 원영춘을 번갈아 보았다.

"황. 제. 폐하!"

은자린이 유독 '황제'라는 단어를 힘주어 말했다.

"흔들리면 안 됩니다. 이제 시작입니다. 황제가 되자마자 그만두시겠습니까? 윤극사는 죽었습니다. 천하에 황제 폐하를 대적할 자는 없습니다."

원영춘이 말했다.

"결단을 내리십시오. 저희는 황제 폐하를 지켜 드릴 수 있습니다. 상대가 누구든 간에."

민천자와 우문태를 죽이자는 말이었다. 민성은 그 뜻을 알았지만 쉽게 결정을 내리지 못했다.

민성은 한 번 민천자에게 손을 쓴 적이 있었다. 그때는 독한 마음으로 손을 썼지만 밤마다 손과 가슴이 떨렸다.

아버지 민천자의 무시무시한 얼굴이 그를 내리눌렀다.

한 번은 민천자를 죽이는 꿈을 꾸었다. 그때 꿈에서 깨어났을 때 자기도 모르게 소리쳤다.

"나는 형에 이어 아버지까지 죽이는 자가 되었구나!"

다행히 그 소리를 들은 사람은 없었다. 더구나 아버지를 죽이려 했던 적은 있지만 죽지 않았고, 죽였던 것은 꿈속에서의 일이었다.

민성은 거칠고 호방했지만 이런 문제에 부딪쳐서는 과단성을 발휘하지 못하고 흔들렸다. 우발적으로 불쑥 저지른다 해도 후회하기 일쑤였다.

크게 살았지만 그의 본심이 작기 때문이었다.

은자린과 원영춘은 민성이 바람 부는 대로 흔들릴 것임을 직감했다. 함께 큰일을 도모할 만한 인물도 아니고 이룬 것을 지키고 향유할 수는 있어도 큰 것을 이룰 수 있는 인물도 아니었다.

은자린이 작은 소리로 말했다.

"빼앗긴 병부는 언제든지 다시 찾을 수 있습니다. 저희들을 믿으십시오. 윤극시는 죽었습니다. 그만 죽으면 천하는 폐하의 것이 아닙니까. 지금 결단하십시오. 때를 놓쳐선 안 됩니다, 황제 폐하!"

그때 우문태가 머리를 저으며 말했다.

"너희들은 실패했다. 이태자, 윤천자는 죽지 않았소. 그가 죽었다면 벌써 급보가 여기까지 왔을 텐데 아직 아무도 와서 보고하는 자가 없소. 윤천자가 왔다면 이미 군사들을 다 장악했기 때문에 보고하는 자가 없을 것이오. 마음을 돌리시오. 여기서 그에게 죽임을 당하기 위해 기다리고 있을 것이오? 어디로 도망친다 해도 윤천자는 이태자를 용서하지 않을 것이오. 오직 부황이신 민천자만이 이태자 전하를 지켜 드릴 수 있소. 윤천자의 능력은 천지를 움직일 정도가 되었는데 어찌 저들이 지킬 수 있단 말이오."

민성의 호흡이 급해졌다.

민천자가 그를 빤히 바라보면서 말했다.

"마음속에 번뇌가 가득하구나. 황제가 되고 난 후 그 번뇌가 가신 적이 있느냐?"

민성이 묵묵히 있었다.

민천자가 말했다.

"네가 지고 가기에 너무 무겁지는 않더냐? 황제는 끝없이 번민해야 하는 사람이다. 번뇌를 외면하고 후궁을 찾는다면 그때부터 백성들 사이에서는 너를 죽이기 위해 칼을 가는 자가 나온다."

민천자는 달래듯이 자상하게 말했다.

"한번 해보지 않았느냐. 황제란 번거로운 자리다. 난세에 대장부가 자신을 확인해 볼 목표는 되지만 머물기에는 좋지 않다. 마음을 돌이켜 생각해 봐라. 황제가 되어 천하를 주무르는 것이나 도공(陶工)이 되어 진흙을 주무르는 것이나 무엇이 다르겠느냐? 기뻐하고 흡족해한다면 마찬가지다."

민성은 마음이 크게 움직였다.

민천자가 부드럽게 말했다.

"얘야! 나와 함께 가자. 나도 이제 너를 의지하고 손자를 안아보고 싶구나. 번거로움을 모두 떨쳐 버리고 가자꾸나. 황제 따위가 대체 무엇이건대 즐거움을 버리고 취할 것이냐?"

민성은 고개를 떨구고 있다가 천천히 검을 뽑았다.

은자린은 탄식하면서 말했다.

"아! 폐하! 결심하셨으면 굳이 우리를 벨 필요는 없소. 폐하는 참으로 작은 사람이오. 작은 사람만이 그런 설득에 넘어가는 것이오."

우문태가 말했다.

"분수를 알아 큰 것도 버릴 수 있는 점이야말로 작은 사람의 큰 점이다. 그대는 교활한 자로 이태자를 죽을 자리에 놓지 못해서 안달하는구나."

민성은 무너졌다.

검을 손에 든 채로 기우뚱하며 장작이 쓰러지듯 땅으로 넘어졌다.

그의 머리에서 하얀 김이 피어올랐다.

민천자가 성큼 걸어가서 그를 안아 옆구리에 끼었다. 원영춘과 은자린은 저지하지 못했다. 씁쓸한 표정을 지우지 못하고 민성을 보다가 천천히 뒤로 물러났다.

대위국 제위를 찬탈하려는 시도는 완전히 실패로 끝난 것이다. 백초곡 의원들은 어둠 속으로 사라져 버렸다.

민천자가 지붕을 보면서 말했다.

"기다려 주어 고맙네."

윤극사는 지붕에서 광림 장군과 석파리를 데리고 내려갔다.

윤극사가 허리를 숙여 인사하며 물었다.

"제가 온 줄 어찌 아셨습니까?"

민천자가 마주 허리를 숙여 예를 표하며 말했다.

"천자의 머리 위에 상스러운 기운이 감도는데 어찌 모를 리가 있겠는가."

윤극사가 미소를 지었다.

민천자가 부탁했다.

"허락해 주겠는가?"

윤극사가 말했다.

"그리하십시오."

민천자가 윤극사를 보며 말했다.

"고맙네. 이제 다시는 보지 못할 듯하군. 유리광국을 조심하게. 그들은 주실보다 강하네. 어쩌면 주실은 그들 손에 장악당했을 걸세."

"명심하겠습니다."

우문태가 말했다.

"윤천자께선 마땅히 소인을 두려워해야 할 것이오. 대인은 대인을 해치지 않으나 항상 눈이 없는 소인의 수작질이 대인을 상하게 하는 법이오."

윤극사는 그에게도 감사를 표했다.

민천자와 우문태가 돌아가려는데 문득 광림 장군이 윤극사에게 말했다.

"폐하! 소신은 늙었으니 지금 사직하고자 합니다."

윤극사는 '예' 하고 대답했다.

광림 장군이 윤극사에게 신하로서의 예를 올렸다. 윤극사는 광림 장군을 앉게 하고 스승을 보는 예를 취했다.

윤극사는 궁을 떠날 때 이미 광림 장군과 헤어질 것을 예감하고 있었던 것이다.

광림 장군은 민천자와 더불어 떠났다.

골짜기에 남아 있는 사람은 윤극사와 석파리, 그리고 무형절대독령인 도도뿐이었다. 큰일이 끝났지만 쓸쓸했다.

윤극사는 계곡을 나와서 군사들에게로 돌아갔다. 점차로 날이 새려고 하는데 그때까지 일어난 자가 아무도 없었다.

땅에 엎드린 채 그가 돌아와 죄를 용서해 줄 것을 기다리고 있었다. 윤극사는 그들을 내려다보면서 새로이 시작되는 아침을 맞게 되었다.

전쟁은 끝났다.

황제 윤극사는 대부분의 군사들을 돌려보내고 일백여 명의 군사만 거느린 채 마차를 타고 서안으로 돌아왔다.

정개화 등의 장군들이 와서 윤극사에게 거듭 충성을 맹세하고 돌아갔다. 하지만 대원수 양을기의 행적은 알 수가 없었다.

나라 안은 골육상쟁의 전투 없이 전쟁이 끝난 것을 기뻐하는 백성들이 보름 동안 잔치를 벌였다.

그러나 윤극사는 잔치가 끝나자마자 전쟁을 대비해서 백성들이 준비했던 것들을 모두 창고에서 꺼내 다시 전쟁을 대하는 것처럼 훈련하게 했다.

백성들은 영문을 몰랐지만 윤극사의 명령을 천명처럼 여기고 따랐다. 상홍과 시적이 윤극사에게 무슨 일이냐고 물었지만 윤극사는 미소만 짓고 대답하지 않았다.

훈련은 실전인 것처럼 하여 한 달 동안에 무려 일곱 번 반복되었다. 그러자 백성들도 잘 훈련된 정예병처럼 움직이게 되었다.

윤극사는 그 후에도 한 달에 두 번 훈련을 시켰다. 훈련 중에는 백성들에게도 엄격한 군율이 적용되었기 때문에 날이 갈수록 백성들은 능숙해졌다. 그렇게 여섯 달이 지났을 때는 천하의 어떤 군대도 서안을 공략할 수 없을 정도가 되었다.

서안은 철옹성이 되었다.

윤극사는 서안 이외의 다른 성들에 그렇게 훈련할 것을 지시했다. 서안에서 훈련했던 방법들과 장비들이 더 만들어져 여러 성읍으로 보내졌다.

감독관들이 파견되어 백성들의 훈련을 감독했다.

백성들 사이에는 드디어 황제 폐하가 천하를 일통하기 위한 대대적 준비에 들어갔다는 말이 돌았다.

전선에 있는 장군들은 황제가 백성들마저 강하게 훈련시킨다는 말을 들은지라 군사들을 더욱 강하게 훈련시켜 출정에 대비했다.

그렇게 해가 바뀌고 봄여름이 가고 가을이 되어 윤극사와 이영이 헤어진 지 삼 년째 되는 날이 왔다.

새벽의 수련을 마치고 윤극사는 석파리를 불렀다.

석파리는 특이한 신분이었다. 황제의 여자도 아니고 궁녀도 아니었지만 항상 황제의 가까이에 있었고, 가까이에 있으면서도 그 같은 이유에 의해 높은 대접을 받지 못했다. 다만 궁궐 안의 내관들과 궁녀들은 모두 그녀를 경원시하고 있었다.

오랫동안 그녀는 윤극사를 보지도 못한 터였다. 혼자서 정원을 거닐며 꽃과 새와 나무를 완상하며 맑고 푸른 하늘과 이따금 떨어지는 빗방울들을 보면서 자연의 아름다움, 경이를 온몸에 느끼며 지내왔다.

그녀가 윤극사를 보지 못했던 만큼 윤극사도 그녀를 보지 못했다.

석파리는 그녀의 이름처럼 그사이에 더욱 아름다워졌으며 자기를 자각하고 자신 속의 선기(仙氣)를 키워내고 씻어내어서 물방울 같은 사람이 되어 있었다.

그녀의 아름다움은 이 땅 위의 아름다움이 아니었으며 그녀의 거동은 산을 넘어가는 엷은 구름과 다를 바 없었다.

마음은 하늘을 닮아서 담박(淡泊)하였으며 형체는 한줄기의 향연이 피어오르는 것처럼 가냘프고도 선명하였으나 흩어질 듯 아련하였다.

말할 수 있으나 전처럼 말하지 않고 지냈으며 언제나 하늘과 땅의 변화와 생명을 보고 느끼면서 하루하루를 보냈다.

그렇게 사는 동안에 그녀의 몸에는 알 수 없는 영기가 찾아와서 스며들었다. 그녀에게서 신령스런 기운들이 꽃처럼 피어나고 있었다.

황제가 부른다는 말에 찾아갔을 때, 황제 윤극사는 용포를 입고 면류관을 썼으며 큰 의식에 나갈 때처럼 황금옥대를 두르고 한 손에는 천자의 홀(笏)을 들고 있었다.

더구나 왼쪽 옆구리에는 그의 청동검이 걸려 있고 오른 손목에는 방울을 달고 있었다.

전신에서 강력한 기운이 줄기줄기 뿜어졌다. 석파리는 다가설 수가 없었다. 문밖에서 고개를 숙이고 섰다.

윤극사는 그녀의 앞으로 와서 작은 소리로 말했다.

"따라오세요."

석파리는 윤극사가 천천히 걸어가는 뒤로 따라갔다. 윤극사가 어떤 명령을 내렸는지 궁녀들과 내관들은 근처에 보이지도 않았다.

윤극사는 뜰로 나왔다. 그가 평소에 물을 길어서 머리에 뒤집어쓰는 우물 옆으로 갈 때 석파리는 그가 천자의 방으로 가려 한다는 것을 알았다.

윤극사는 그녀의 짐작대로 천자의 방으로 가는 문 앞으로 갔다. 석문에 왼손을 얹었다.

싸늘하고 차가운 감촉, 그때 느낌 그대로 손이 돌에 찰싹 달라붙었다. 석문은 그냥 미는 대로 밀리면서 부드럽게 열렸다.

아래로 나 있는 하얀 대리석 계단 양쪽에 횃불이 밝혀져 있어서 어둡지는 않았다. 아무도 들어가지 않았지만 조금도 더러워지지 않고 그때와 다름없었다.

다섯 길 정도 땅 밑으로 내려갔고 그런 후에 수평으로 뚫린 복도를 따라서 북쪽으로 걸었다. 석파리는 아무런 장식 없는 하얀 대리석 벽에서 예전에 느끼지 못했던 신비로움을 느꼈다.

텅 빈 대리석 벽은 비어 있는 것이 아니라 기운들이 모여드는 것처럼 느껴졌다. 복도가 끝나고 윤극사는 마침내 둥근 방에 들어섰다.

검은빛이 감도는 대리석은 망망한 우주와도 같은데 천장의 십이천궁도(十二天宮圖)는 여전히 바닥의 찰랑이는 검은빛 물을 내려다보고 있었다.

천궁도 속의 별들은 보석을 박아놓은 것처럼 빛을 발했다. 다시 보아도 아름답고 신비했다.

윤극사는 석파리와 함께 그곳으로 걸어갔다. 발목이 물이 잠겼고 물에 비친 별들이 너울거리며 춤을 추었다.

맑고 깨끗한 기운들이 별에서 뿜어져 나와 석실을 가득 채우고 있었다. 윤극사는 손으로 그것을 만졌다. 미인의 머릿결을 쓰다듬는 듯이 부드럽다. 샘에서 뿜어지는 물줄기를 만지는 것도 같다. 천천히, 그리고 깊숙이 숨을 들이마시고 내쉬었다.

몸과 마음이 상쾌해졌다. 몸으로 그 물줄기들이 뿌려졌다. 두 손바닥을 펴서 천장을 향하게 하고 비를 받는 것처럼 한 채 이리저리 걸었다. 걸을수록 기뻤다.

천자의 방에 들어서는 순간부터 전에 그랬듯이 다시 매료되었다. 별들에게서 뿜어져 나오는 기운들은 윤극사에게 맑은 물줄기였으며 감미로운 음악이었고 아름다운 회화였다.

윤극사는 천자의 방을 두 바퀴 돌았다. 그동안 석파리는 한곳에 가만히 서 있었다. 두 팔을 벌리고 천자의 방을 걷는 윤극사가 마치 별들 사이의 우주를 노니는 천신처럼 보였다.

윤극사의 머리 위에도 별들이 있었고 발 아래도 별이 있었으며 검은 색 대리석 벽에도 별들이 가득했다.

그가 별을 끌고 다니는 듯했고 별들이 그에 끌리는 것처럼 느껴졌다.

윤극사는 방 한가운데에 멈추더니 나직하게 말했다.

"석 소저, 당신은 저 안쪽의 네모난 방에 들어가서 기다려요."

"분부에 따르겠습니다."

석파리는 허리를 숙여 절한 후에 북두칠성의 두 번째 별 뒤로 들어갔다.

천자의 방에는 하늘을 본떠서 만든 둥근 방과 땅을 본떠서 만든 네모난 방이 있었다. 석파리가 들어간 곳은 땅을 본떠 만든 곳이었다.

윤극사는 그녀의 댕기머리가 그 안으로 사라지는 것을 가만히 보고 있다가 중얼거렸다.

"이제 우리는 시작해야 하지 않겠습니까? 나는 준비가 되었습니다."

석파리는 석문으로 들어가려다가 그 소리를 듣고 정신이 아찔함을 느꼈다. 붓끝 같은 그녀의 손이 가늘게 떨렸다.

윤극사의 음성에는 수많은 감정과 회한, 그리고 의지가 내포되어 있었다. 용암처럼 들끓는 사랑이 있었다.

윤극사의 아내 이영에 대한 한결같으며 가이없는 사랑이었다.

석파리는 윤극사의 그 사랑에 자기의 몸이 녹아버릴 것 같은 느낌을 받았다. 여자로 태어나서 그런 사랑을 받을 수만 있다면 그녀가 살면서 겪어왔던 고통들을 백 번 더 겪는다고 해도 참을 수 있을 것이란 생각이 들었다.

석파리는 가슴속에서 나이와 더불어 사랑의 감정이 싹텄지만 누구를 사랑한 적은 없었다. 윤극사가 좋은 사람이라고 생각했으나 그를 사랑하지 않았다.

하지만 그의 지극한 사랑이 부러웠다. 사람보다 그 사람이 베푸는 사랑이 가슴속에 있는 사랑을 불러옴을 알았다.

몸과 마음이 함께 윤극사에게 끌리어가는 것 같았다. 보이지 않는 인력이 작용하여 빨려들 것 같았다.

윤극사를 돌아보았다.

윤극사의 전신에서 장엄하고 황홀한 빛이 뿜어져 나오고 있었다. 몇 번 그 빛을 본 적 있었다. 윤극사가 천신 같은 능력을 가졌으며 그 능력을 발휘할 때 이따금 그렇게 장엄한 빛에 휩싸인다는 것을 석파리는 알고 있었다.

그러나 석파리는 그런 윤극사보다, 한 여자를 죽을 듯이 사랑할 수 있는 그 윤극사의 사람이 되고 싶은 간절한 마음이 일었다.

하지만 가능할 수 없는 일이기에 마음만 허허로웠다. 윤극사는 다른 사람을 사랑할 수 있는 사람이 아니었다. 그래서 더욱 간절한 마음이 들게 만드는 것이었다.

석파리의 마음 한 자락이 멍든 채 접혔다. 이 세상의 모든 인연과 상처를 다 씻어낸 자리에 그렇게 새로운 상처가 간직되었다.

감정은 모두 마음속에 흐르는 구름에 실어서 산을 넘겨 보냈으나 묻혀 버린 상처는 그녀가 어찌할 수 있는 것이 아니다. 여자로 살아 있는 한은 영원히 지울 수 없을 것이다.

한때 그녀가 죽을 줄 알고 그녀의 어머니는 그녀를 이태자 민성과

맺어주려고 했던 적이 있었다.

그녀는 이태자 민성을 좋아하지도 않았지만 어머니가 하는 대로 내버려 두었다. 그녀만큼, 또는 그보다 더 많은 고통 속에 살아온 어머니의 뜻대로 따르는 것이 그녀가 할 수 있는 효도의 전부라고 생각했기 때문이었다.

어머니는 이태자 민성이 황제가 되고 잠시나마 그녀가 황후로 살아보기를 바랐다. 어차피 죽을 것이면 황후라도 되어보고 죽게 하려는 그녀 어머니의 마음이었다.

그때 석파리는 이태자 민성과 혼인하는 것은 대수롭지 않게 여겼다.

남녀의 일을 몰라서가 아니었다.

다만 고통만 가득한 육체에 아무런 미련이 없었기 때문이다. 그 육체가 그녀의 가슴속에 자라난 사랑의 감정마저 묶어버려 움직이지 못하게 했다. 그렇지 않았더라면 아미산에서 윤극사를 처음 만났을 때, 그를 사랑할 수도 있었을 것이다.

아미산에서 만났을 때 윤극사는 이영과 함께 있기는 했지만 두 사람이 부부는 아니었다. 서로 사랑한다고 해도 그것은 정이 깊었을 뿐 지금처럼 하늘 같고 바다 같은 애정이 아니었다.

민감한 석파리는 당시에도 두 사람의 관계를 보는 즉시 알았던 것이다.

그때 윤극사를 사랑할 수도 있었다. 그와 사랑하고, 그 후에 죽게 되었다 해도 그것이 좋았을 것이다.

석파리는 윤극사를 사랑하는 것은 아니지만 그와 사랑했기를, 그의 사랑을 받았기를 소망했다. 그리고 그 소망도 다시 마음속의 흰 구름에 실어서 언덕 너머로 날려 보냈다.

인간사 부질없음을 아는데 하물며 세정(世情)은 말할 까닭도 없다.

열린 문으로 밝은 빛이 쏟아지고, 빛 가득한 네모난 방 한가운데 있는 검고 큰 비석이 보였다.

거울처럼 매끄러운 검은색 비석이다.

천자의 방임을 알리는 네 글자가 쓰여 있는 비석 앞에서 그녀도 세상의 선악을 관념 속에서 모두 경험한 바 있었다.

고통으로 살았던 세월이 없었더라면 그때 견디지 못하고 미쳤거나 죽었을 것이다. 그러나 그녀는 살았고, 오히려 죽을 목숨을 건질 수 있는 계기가 되었다.

석파리는 비석에 손을 대지 않았다. 다시 한 번 세상의 악을 경험하는 것이 두려워서가 아니었다. 이미 받아들인 그것들은 당연한 것이었다. 그것들이 당연하지 못했다면 석파리는 살아 있지 못했다.

손대지 않는 까닭은 손댈 필요가 없기 때문이다.

석파리는 윤극사가 하늘을 닮은 어두운 방에서 두 팔을 벌리고 서 있는 것처럼 땅을 닮은 빛의 방에서 두 팔을 벌리고 섰다. 고개를 들어 이마를 높이고 천장을 보았다.

어떤 이유가 있었던 것은 아니었다. 다만 그렇게 하고 싶었다.

한데, 그 순간에 그녀의 척추 아래쪽에서 무엇인가가 척추를 통과해서 이마 한가운데를 뚫고 쑤욱 뽑혀 나갔다.

빛으로 가득하던 천장에 검은 우물이 생기더니 그것을 빨아들여 버렸다. 석파리는 정신이 아득하였다.

자기 몸을 뚫고 나온 것이 바로 자기 자신임을 알았다. 자기 자신의 몸 그대로였으나 그녀가 일찍이 알지 못했던 그녀의 몸이었다.

몸을 뚫고 자신이 선 곳은 아주 캄캄한 곳이었다.

아무것도 보이지 않았다. 그런데 문득 나지막한 말소리가 그녀의 귀에 들려오기 시작했다.

"나는 준비가 다 되었습니다."

윤극사의 음성이었다. 조금 전에 들었던 윤극사의 말이었다.

제13장 자신을 줄여서 여의를 토해버다

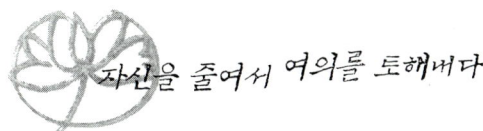
자신을 줄여서 여의를 토해버다

윤극사는 자유 의지로 하늘을 닮은 방에서 벗어나 암흑 속에서 시간과 공간을 떠돌았다.

억겁의 시간과 무한의 공간을 거슬러가면서 윤극사는 자기의 시간과 공간을 두 손바닥 사이에서 비벼 없애 버렸다.

한 번 간 적 있는 길을 그렇게 더듬어 찾아갔다.

이윽고 전 우주에 존재하는 시간과 공간이 뭉쳐들며 점점 작아졌다.

커다란 바위만하다가 수레바퀴만해지고, 다시 약사발만큼 되었다가 구슬처럼 작아졌다.

그리고는 마침내 바늘 끝보다 작아지며 윤극사의 눈을 가리고 있던 어둠이 온전하게 사라졌다.

윤극사는 암흑의 시공이 뭉쳐진 곳에서 자기의 순수한 의식을 열었다. 육체와 감정과 욕망이 배제되어 그로부터 자유로운 순수 의식이었다.

어둠이 사라진 자리에 별처럼 빛나는 다른 의식들의 존재가 느껴지기 시작했다. 한때 사람으로 살았으나 사람의 껍질을 벗은 이들이었다.

그들은 우화등선했다고 말해지는 사람들과 죽어서 별이 되었다고 말해지는 사람들, 그리고 고통과 고난 속에서 스스로 희생을 택하여 성스럽게 된 사람들이다.

그러나 그들이 윤극사가 찾는 대상은 아니었다.

윤극사는 그들이 소곤거리는 말들을 흘려버리고 그를 기다렸다.

그는 태초 이전부터 그곳에 있었고, 한 번도 그곳을 떠난 적이 없었지만 윤극사는 그가 말로 다가올 때까지 기다렸다.

하지만 '세상을 사유하는 자'이며 '존재의 근원'인 이는 그에게 아무런 말도 걸지 않았다.

"너는 내게서 나왔으나 나는 너의 일부가 되었다. 너와 나를 구분 지을 수는 있지만 누구냐고 한다면 너는 나고 나는 너다."

이렇게 말했던 그는 윤극사를 외면하고 있었다.

혼돈을 옛 순차에 따르던 이 세상의 이름이라고 말했던 그, 삼라만상을 살피며 사유하는 그가 윤극사에게 문을 닫고 있었다.

윤극사가 그에 맞섰기 때문일 수도 있었다. 그에게도 분노가 있음을 윤극사는 보았었다. 그를 통해서 윤극사는 분노와 감정이 인간만의 것이 아님을 알았다.

기다리는 중에 문득 별처럼 보였던 존재들이 빛을 잃으며 어디론가 사라졌다.

공간이 천천히 소용돌이를 이루고 맴돌기 시작했다.

윤극사는 그 중심을 향해 귀를 기울였다.

그의 음성인지 그 자체인지 알 수 없는 소리가 들려왔다.

"왜 왔느냐? 돌아가라. 네가 만든 너의 세계로 돌아가라."

윤극사가 천천히 말했다.

"의심하지 않고 믿는 믿음은 참된 믿음이 아닙니다. 나는 당신을 의심하고 의심하여 끝없이 의심하기를 계속하였습니다. 그리하여 더 이상 의심할 수 없게 되어 그 끝에서 당신의 존재를 확신하게 되었습니다."

소리가 들려왔다.

"너는 너의 세상을 창조한 사람이다. 내 세상에 머물지 말라. 지금 너의 세상과 나의 세상이 서로 나뉘어가고 있음을 너는 알지 못하느냐?"

윤극사가 말했다.

"알고 있습니다. 알고 있기에 나누지 않았습니다."

그 소리가 말했다.

"너는 내 의지를 벗어나서 스스로 사유하는 자다. 이후로도 내 세상에서 너와 같은 자는 나타나지 않을 것이다. 너는 내게서 나왔으나 내가 아니라 나와 같이 되었다."

―나와 같이 되었다.

소리는 잠시 끊어졌다. 그 말의 의미는 그와 같이 하라는 의미였다.
소리가 이어졌다.

"여기서 나가라. 네 세계를 나의 세계 밖으로 가져가고 내 세계에
간섭하지 마라."

윤극사가 말했다.

"나는 아내를 돌려받기 위해서 왔습니다."

소리가 말했다.

"그녀는 내 세계의 사람이다."

돌려주지 않겠다는 말이었다.

윤극사가 말했다.

"나는 당신의 세계를 간섭할 수 있습니다. 이는 아직도 내 세계가
작기 때문이며 당신의 세계 속에 있기 때문입니다. 하지만 당신은 내
세계에 간섭할 수 없다는 사실도 알고 있습니다. 당신이 도도를 시켜
나를 죽이려 했을 때 당신도 알았을 것입니다."

소리가 말했다.

"그러하다. 하나 나를 비난하는 듯한 네 말은 온당치 못하다. 내가
사유하는 일은 모두가 옳다. 그렇게 해서 세상은 존재한다."

윤극사가 말했다.

"나는 지금 이전의 문명이 존재했음을 알고 있습니다. 동방정유리의
왕 약사여래의 나라가 있다가 사라진 사실을 알고 있습니다."

"잘 들어라. 사유하는 내 속에서 사유하는 자야. 내 말을 이어서 사

유와 존재의 시작과 끝이 무엇인지 생각해 보아라."

소리가 말했다.

"지금의 너희 이전에 존재했던 문명은 유리광국뿐만 아니다. 그 외에도 이 세상에는 다섯 개의 선문명이 존재했고, 모두 멸망했다. 너는 그들이 멸망한 이유를 알고 있느냐?"

윤극사가 말했다.

"유리광국이 멸망한 이유는 알고 있습니다."

그 소리가 말했다.

"민소동이 네게 준 이유는 진짜 이유가 아니다."

윤극사가 말했다.

"진짜 이유를 알고 있습니다."

소리가 잠시 침묵을 지켰다.

윤극사가 말했다.

"첫째 이유는 멸망했던 선문명의 발자국을 되밟았기 때문이고, 둘째이며 보다 근본적인 이유는 당신이 더 이상 사유할 수 없게 되었기 때문입니다."

소리가 말했다.

"옳다. 나는 더 이상 사유할 수 없는 때를 여러 번 만났다. 그럴 때마다 나는 분노했고 인간과 문명은 멸망했다. 때로는 그 정도가 심하여 문명과 인간의 멸망으로 그치지 아니하고 세상이 인간이 살 수 없을 정도로 파괴되었을 때, 나는 천지를 새로 창조해야 했다."

윤극사는 잠자코 들었다.

세상을 사유하는 자의 말이 생각했던 것보다 더 거대했지만 놀라지는 않았다. 그도 직접 사유를 통하여 세상을 통제하는 일을 할 수 있게 된 후부터 그렇게 해왔기 때문이다. 그리하여 사유에 의지하여 존재하는 세상의 연약함을 알고 있었다.

언젠가 사유가 그치는 때, 세상은 어떤 형태로든 멸망할 수밖에 없는 것이었다.

경험하여 짐작했고 민천자에게 받았던 유리광국의 유산과 문명에 대한 연구를 읽은 후에 확신을 가졌다.

또한 일찍이 윤극사는 의술이 너무 발달하면 병도 따라서 발달한다는 사실에서 그런 이치를 추론할 수 있었다.

만물의 이치는 어느 것이나 같은 맥락을 가지기 마련이다. 이것은 신과 인간에게 공통되는 것이 분명했다.

소리의 말이 이어졌다.

"이전에 다섯 개의 선문명이 있었다. 네가 말했듯이, 하나의 문명이 멸망하는 것은 선문명의 발자국을 되밟았을 때부터였다. 예외는 없었다. 이로 인해 나는 내가 창조한 인간과 세계는 멸망하려는 의지를 내면에 가지고 있는 것이 아닌가를 깊이 생각하기도 했다. 여하튼, 문명을 가속시키는 특출한 사람들이 나오거나, 선문명을 찾아서 발굴하게 되면 일반적으로 그 문명의 속도가 빨라진다. 그리고…… 종말을 앞당기게 된다."

윤극사가 말했다.

"그럴 것이라 생각했습니다."

"문명의 종말은 끔직한 형태로 나타나게 된다."

소리는 잠시 멈췄다가 다시 계속되었다.

"앞서 말했듯이, 더 이상 내가 사유할 수 없는 단계에 이르면 문명은 종말을 고한다. 그리고 처음으로 돌아가서 시작해야 한다. 그것은 참으로 힘들면서도 뭐라 할 수 없는 슬픔이다. 여러 번, 반복하면 반복할수록 더하다. 그리고 그 결과로 얻은 지식으로 나는 가장 안전한 세상을 사유해 나가는 것이다. 전쟁도 나의 그런 수단 중에 하나다. 뛰어난 자들의 숫자를 줄이지 않으면 안 된다. 문명의 속도를 조절하기 위해서. 문명의 위기에는 누군가에게 큰 힘을 부여하여 침체되지 않도록, 전락하지 않도록 만든다. 그때 내가 힘을 부여하는 자들은 대체로 하늘의 뜻을 받았다고 여긴다."

이러한 것들은 윤극사가 모르는 것이다. 특별히 알고 싶은 것도 아니었다.

왜 세상을 사유하는 존재가 그런 일을 하는가 하는 것도 윤극사에게는 문제가 아니었다. 그것은 인간이 왜 사는가와 비슷한 질문이기 때문이었다. 다만 윤극사는 그가 설명하는 이유를 알고 있었다.

그는 윤극사에게, 자기와 같게 되어버린 윤극사에게 무엇을 해야 할 것인지를 가르쳐 주는 중이었다. 자기 속에서 자리 잡고 있는 그에게 분리하여 나가기를 원하고 있는 것이었다.

그 소리가 말했다.

"나의 사유에 따라 인간을 포함한 삼라만상이 행동하고 인간과 삼라만상의 행동 결과를 보고 나는 또 사유를 이어간다."

윤극사가 말했다.

"나는 사유의 한계를 알고 있습니다."

소용돌이가 멈추었다. 윤극사는 소용돌이 한가운데에 존재하는 멈

취진 어떤 것을 보았다. 붉은 빛과 푸른 빛이 둥글게 뒤엉켜 있는 이상한 모습이었다.

처음 보는 것인데도 낯설지가 않았다. 뒤숭숭한 꿈에서 깨어났을 때 머리 속에 남은 잔상 같았다.

소리가 말했다.

"너의 본신(本神)이다. 여기에 들어온 너의 모습을 내가 비춘 것이다."

윤극사는 그곳에서 자기의 모습이 어떤지를 생각해 본 적이 없었다. 그 말을 듣는 순간에 자신을 보려 하였다. 그러나 자신을 볼 수가 없었다.

자신의 존재만 느낄 수 있을 뿐 보이지는 않았다. 거울 같은 매개체가 없이는 자기의 눈으로 그 눈을 볼 수 없는 것과 마찬가지였다.

소리가 말했다.

"이러한 너의 본신을 생각해 보라. 너는 인간이되 인간을 넘었다. 내 사유에서 생겼으나 내 사유의 그물을 뚫고 나가 너를 세웠다. 그리하여 너는 나와 마찬가지로 사유하는 자가 되었다. 이 모습은 사유하는 자의 모습이다. 삼라만상이 제 모습을 가졌다고 하나 모두가 한갓 사유에 지나지 않은 것, 거창하게 생사로 나누고 가르고 보아도, 삶이라는 것은 결국 자기가 꿈꾸지 않으면 누군가의 꿈속에서 잠시 살다 가는 것에 불과하다. 너도 알지 않는가? 사유하는 자여. 사유에서 생겨난 것들의 부질없음을 주목하여라."

윤극사가 말했다.

"나는 내 아내를 되찾기를 원합니다."

"그녀는 내게 속한다."

소리가 화난 듯이 말했다.

"내 사유의 영역을 침범하려 마라."

윤극사가 말했다.

"나는 황제가 되었습니다. 당신은 원하지 않았겠지만 황제가 되었습니다."

"그래서?"

하고 소리가 말했다.

윤극사가 말했다.

"내가 운명과 존재의 주재자인 당신께 의존하지 않고 내 운명을 바꾸었듯이, 내게는 세상을 바꿀 힘이 있습니다."

소리가 엄하게 말했다.

"나를 협박지 마라. 네가 계속하여 어지럽힌다면 나는 이 세상을 모두 쓸어버리고 새로 창조할 것이다."

윤극사가 말했다.

"그것이 번거롭고 고통스럽다는 것을 알고 있습니다. 당신이 원치 않는다는 사실도 알고 있습니다."

소리가 말했다.

"나는 분노를 칼로 쓴다. 파괴를 붓으로 쓴다. 칼로 세상을 새기고 붓으로 삼라만상을 그려낸다."

윤극사가 말했다.

"내가 할 수 있는 것을 내가 말했듯이, 당신께서 할 수 있는 것을 말하는 것은 당연합니다."

소리가 어이없는 듯이 대꾸하지 않았다.

윤극사가 말했다.

"나는 당신에게 묻고 싶습니다."

여전히 소리는 말하지 않았다. 마치 그곳에 존재하지 않는 것처럼 느껴졌다.

윤극사는 천천히 말했다.

"나에게 이전의 나로 돌아갈 수 있는 방법이 있습니까?"

"뭣?"

소리가 놀란 듯한 음성으로 말했다.

윤극사는 또박또박 끊어서 말했다.

"이전의 나로 돌아갈 방법이 있습니까?"

소리는 잠시 있다가 대답했다.

"있다."

윤극사가 물었다.

"당신이 나를 이전으로 돌아가게 할 수 있습니까?"

소리가 대답했다.

"불가능하다. 오직 너 자신만이 할 수 있다."

윤극사는 기쁜 얼굴로 말했다.

"그렇다면 영을 돌려주십시오. 영을 돌려준다면 나는 당신의 영역을 침입하여 사유하지 않겠습니다."

소리가 말했다.

"황제의 자리를 버려라."

윤극사는 황제라는 그 자리에 사유하는 자신의 권능이 나뉘어 있다는 것을 알고 있었다. 하지만 그에게 그런 것, 황제의 위(位) 따위는 아무런 미련도 없었다.

"버리겠습니다."

소리가 말했다.

"다시는 나와 같은 방법으로 사유하지 마라."

윤극사가 말했다.

"그렇게 하겠습니다."

소리가 말했다.

"네가 만든 너의 세상, 내 사유 안에 있는 너의 세상을 나에게 돌려다오. 그들은 내 세계에서 불씨와 같다."

윤극사가 물었다.

"그들을 멸망시킬 것입니까?"

소리가 대답했다.

"그들을 죽이지 않겠다. 나에게 생각이 있다."

윤극사가 말했다.

"최소한 한 세기 동안은 그들이 존속하기를 바랍니다."

소리가 말했다.

"허락한다. 염려할 것 없다."

윤극사가 말했다.

"그렇다면 뜻대로 하십시오."

소리가 말했다.

"나는 너에게 두 가지를 주겠다. 그리고 한 가지를 주지 않겠다."

윤극사가 말했다.

"나는 아내만 돌려받으면 족합니다."

소리가 말했다.

"이제 나는 네가 근자에 해왔던 행위의 이유를 알았다. 나와 담판을 짓기 위해서 네가 힘을 기르고 상황을 만들었음을."

윤극사가 순순히 대답했다.

"그렇습니다. 나는 나의 세계로 당신의 세계를 파괴할 준비를 갖추고 있었습니다."

소리가 말했다.

"한 가지를 주지 않겠다는 것은 네가 저지른 그 일 때문이다."

윤극사는 미소를 지었다.

세상을 사유하는 존재는 언제나 심판하고 대가를 치르게 하며 보상한다. 윤극사가 그와 같은 방법으로 사유하기를 그만두겠다고 하자마자 심판하는 것이다.

하지만 윤극사는 모든 것을 각오하고 있었다.

소리가 말했다.

"너와 네 처는 세월에 지쳐 쓰러지지 않을 것이다. 그러나 타인의 해침을 입으면 죽을 수 있다. 그때 너는 내게로 돌아와서 나와 하나가 되지 못한다."

윤극사가 물었다.

"그러면 나는 어떻게 됩니까?"

소리가 말했다.

"나도 알지 못한다. 지금의 너와 마찬가지로 돌아갈 수 있게 될지, 아니면 영원히 소멸할지. 혹은 너와 내가 알지 못하는 다른 무엇이 일어날지."

"알겠습니다."

윤극사는 수긍했다.

소리가 말했다.

"너에게 네 아내를 돌려주겠다. 이것은 내가 너에게 주겠다는 첫째의 것이다. 내가 주려는 두 번째 것은 가공하지 않은 네 운명이다. 나는 이후로 너와 네 처를 사유하지 않겠다. 결단코, 너희들은 내 사유에서 잊혀진 존재가 될 것이다. 너희들의 운명만은 너희 스스로 가공하라."

"감사합니다."

윤극사는 터질 듯한 기쁨을 느꼈다. 다시 이영을 만날 수 있다는 사실이 그를 흥분하게 만들었다.

소리가 물었다.

"이후 너는 어떻게 살기를 원하느냐?"

윤극사가 말했다.

"내게는 내 길이라고 생각했던 삶이 있습니다. 이제 운명이 안내했던 길을 끝낼 수 있게 되었으니 나는 그 길로 돌아가겠습니다."

소리가 말했다.

"그 길에서 시작하게 될 것이다. 어디로 가는가는 네게 달렸다. 이제 너의 여의(如意)를 다오."

윤극사가 말했다.

"어떻게 드릴 수 있습니까?"

소리가 말했다.

"너의 본신을 줄임으로써."

윤극사는 그 순간 문득 자신이 아주 크다는 사실을 알았다. 얼마나 거대한지 짐작조차 하기 힘들 정도로 컸다.

그 자신이 하나의 거대한 세계인 듯 느껴졌다. 어쩌면 커다란 우주인지도 모른다는 생각이 들었다.

놀람 속에서 윤극사는 자기의 본신을 줄였다.

줄어들기 시작한 본신은 그 크기에 비례하는 엄청난 속도로 작아졌다.

윤극사는 잠시 후에 자기가 생각하는 정도의 크기로 줄어들었다. 그리고 줄어든 만큼의 여의를 토해냈다.

여의는 은하수 같았다. 밝게 빛났으며 짙은 연기로 이루어진 강물 같았다.

윤극사가 토한 여의의 대부분은 소용돌이로 빨려들어 갔다. 그 나머지 부분은 구름처럼 휘익 날아서 어디론가를 향했다.

바로 석파리가 있는 곳이었다.

석파리는 거대한 바위에 머리를 부딪친 것 같은 충격을 받으며 혼절했다.

"아악!"

그녀는 자기도 모르게 비명을 질렀다.

동시에 윤극사는 내동댕이쳐지듯이 순수 의식의 공간에서 튕겨 나왔다.

천자의 방이었다.

십이천궁도의 별들은 여전히 줄기줄기 기운을 내뿜고 있었다. 발 아래의 물과 검은 벽에도 별들이 비쳐서 윤극사를 우주 속에 선 것처럼 해주었다.

기운들은 전과 다름없이 보였으며 만질 수도 있었다. 그러나 보이지 않는 어떤 벽을 윤극사는 느꼈다.

모든 것이 다 보이고 아무런 지장도 없는데 불구하고 갑자기 눈이 멀어버린 사람처럼 갑갑하고 숨이 막혔다. 막연한 불안까지 피어올랐다.

윤극사는 자기가 작아졌다는 사실을 절감할 수 있었다. 하지만 기쁨으로 가슴이 두근거렸다.

수병곡에서 운명과 싸우고 하늘과 싸워서라도 그녀를 지켜야 한다고 맹세했던 대로 그녀를 지키지는 못했지만, 그녀를 되찾기 위해서 절대자와 맞섰고 결국 그녀를 되찾았다.

사유하는 자의 말은 현실과 다름없다. 아직 이영이 자기 앞에 나타나지는 않았지만 사유하는 자가 말한 이상 이미 그리될 것은 의심의 여지가 눈곱만큼도 없다.

윤극사는 이영이 금방이라도 불쑥 자기 앞에 뛰쳐나올 것만 같았다.

주먹을 쥘락 펼락 하면서 이영이 나타나지 않는가 싶어서 사방을 살폈다. 귀를 곧추세우고 들었다.

그러나 이영은 금방 나타나지 않았다.

한동안 기다리다가 윤극사는 체념하고 땅을 닮은 네모난 방으로 들어갔다. 이제는 기다림이 남았다. 행복한 기다림이다.

빛으로 가득한 방 한가운데서 석파리가 비석에 기대어 몸을 떨고 있었다. 그녀는 전보다 훨씬 커져 있었다.

허무하여 텅 비어 있던 그녀가 크면서도 꽉 채워져 있었고 단단하게 짜여져 있었다.

그녀가 눈을 뜨고 윤극사를 보았다.

윤극사가 말했다.

"다 들었어요?"

석파리가 고개를 두 번 흔들고 떨구었다. 눈물이 보석처럼 빛났다.

윤극사가 말했다.

"이제 석 소저는 자유롭습니다. 원하는 곳으로 떠나세요."

석파리는 아무 말 하지 않고 자신의 발끝을 내려다보았다.

윤극사가 말했다.

"나는 오늘 일이 잘못되면 석 소저 당신을 죽이려 했어요. 당신부터 시작해서 그가 공을 들인 모든 것을 파괴할 생각이었어요."

"알고 있어요."

하고 석파리가 작은 소리로 말했다.

윤극사가 말했다.

"미안해요."

석파리는 쓸쓸하게 웃었다. 죽고 사는 것이 사람에게는 의미가 있겠지만 죽고 사는 것을 넘어선 사람에게는 아무것도 아님을 그녀도 들어서 알고 있었다.

처량했다. 석파리는 윤극사를 따라서 천자의 방을 나오면서도 눈물을 멈추지 못했다.

절대자에게는 자신이 소중한지 몰라도 최소한 윤극사에게 있어서 그녀 자신은 단지 죽어도 그만인 사람이라는 사실이 가슴 아팠다.

마음은 더욱 커졌는데 석파리는 오히려 정에 더욱 집착하고 있었다.
윤극사가 그처럼 거대했으면서도 아내에 대한 정을 가장 강하게 붙잡
고 있었던 심정이 이해될 성싶었다. 슬펐다.

걸핏하면 사람을 죽이기만 했던 어머니가 그 순간에 애타게 그리웠
다.

석파리는 마음속으로 중얼거렸다.

'나는 내 인생에서 원하는 것은 아무것도 얻지 못한단 말인가? 이
사람만을 얻을 수는 없을까?

바로 그때, 어디선가 호각 소리와 함께 외침이 들렸다.

"자객이다!"

"황제 폐하를 보호하라!"

뒤이어 긴 비명 소리가 이어졌다.

"으아아악!"

궁궐을 수비하는 위사들의 외침 소리, 그리고 지붕 위를 치달리며
윤극사를 보호하기 위해 달려오는 궁수들의 고함 소리와 활시위들이
퉁겨지는 소리가 동시에 터져 나왔다.

지붕 너머에서 회색 그림자 하나가 둥실 떠올랐다.

화살이 새까맣게 날아갔다. 그러나 회색 그림자는 한줄기 연기처럼
화살들 사이로 스며들어 윤극사가 있는 곳으로 날아왔다.

"막아라!"

급해진 위사들과 궁수들이 몸을 던져서 윤극사의 앞을 막았다.

회색 그림자에서 푸른 빛이 일었다가 사라졌다.

"으아아악!"

그의 앞을 막았던 자들은 동시에 비명을 지르며 모조리 나무토막처럼 나뒹굴었다.

윤극사의 몸이 막 움직이려는 찰나였다.

회색 그림자는 윤극사의 앞에서 갑자기 거대해지면서 검을 겨누었다. 그 순간에 일체의 움직임이 동시에 멎었다.

제14장 성검령(聖劍令)

성검령(聖劍令)

그 사람은 머리가 하얗게 셌다.

그러나 나이가 육십을 넘은 것 같지는 않았다. 얼굴은 빛이라고는 본 적 없는 사람처럼 하얀색이었다.

머리는 봉두난발이었으며 어둡고 우수에 잠긴 표정에서는 오랜 풍상을 겪은 바위처럼 흔들림이라고는 전혀 느껴지지 않는다. 젊었을 때는 아주 미남자였음을 알 수 있는 얼굴이다.

그는 윤극사를 향해서 한 자루의 검을 겨누고 있었지만 윤극사는 마치 아주 넓은 그물 속에 빠진 듯한 느낌을 받았다.

윤극사는 제압당한 듯이 보였다. 실제로도 아찔함을 느꼈다. 검술로는 그러한 검술을 경험한 적이 없었다.

이영이 장난 삼아서 꼭두를 시켜 펼쳐 보게 했던 검법들도 그 사람의 기이하고 강렬한 검법에는 비할 수가 없었다.

주위에 있는 위사들이 꼼짝도 하지 못하고 멈춰 있었다.

회색 옷을 입은 검객에게 마치 사방이 굴복당하고 있는 것 같았다. 윤극사는 진정으로 감탄하지 않을 수 없었다.

그 사람의 몸에서 흘러나오는 기운은 커다란 강물처럼 도도했다.

그 노검객이 말했다.

"당당한 자로군!"

윤극사가 말했다.

"그대 같은 인물도 남의 조종을 받는가?"

노검객이 표정없이 말했다.

"벼슬아치의 과장된 말투는 좋아하지 않는다. 나는 황제를 찾아왔다. 그는 어디에 있는가?"

그때 시적이 뛰쳐나오면서 외쳤다.

"황제 폐하께서는 감히 당신이 뛰쳐들 엄두도 내지 못하는 곳에 계신다. 나와 함께 가볼 용기가 있는가?"

노검객은 그를 힐끗 보고 난 후에 윤극사에게 말했다.

"재주를 과신하는 자의 말은 믿을 바가 못 된다. 황제가 어디에 있는지 자네가 말하라."

윤극사가 물었다.

"황제의 목을 가지러 왔는가?"

노검객이 말했다.

"그를 죽이고 찾아가야 할 것이 있다."

시적이 소리쳤다.

"귀하는 황제 폐하께서 어떤 분이신 줄 아는가? 대명천지에 그분께 복종하지 않는 자가 없다. 그런 분을 해치러 왔단 말이냐!"

위사들이 몰려들고 있었다. 말발굽 소리도 들려왔다. 궁궐은 벌써 바깥으로부터 철통처럼 몇 겹이나 에워싸인 형세였다.

윤극사는 노검객의 검을 향해 다가서며 말했다.

"그대는 나를 죽일 수 없다."

노검객이 눈썹을 꿈틀거렸다.

"네가 황제냐?"

윤극사가 말했다.

"그렇다."

노검객이 나직하게 탄식했다.

"악연(惡緣)이다. 악연."

노검객은 나직하게 외치면서 검을 윤극사의 목으로 밀었다. 번쩍! 하고 검광이 솟구쳤다. 산이라도 밀어버릴 것 같은 기세였다. 그러나 윤극사는 이미 그 자리에 없었다.

검광이 걷혔을 때 그는 오 장 밖에서 석파리의 손을 잡고 서 있었다. 시위들이 뛰어들어 노검객의 앞을 막았다.

노검객이 어리둥절하며 의외라는 표정을 지었다. 그도 윤극사가 움직이는 모습을 볼 수 없었기 때문이다.

"고수였는가?"

노검객이 중얼거렸다.

"하지만 무슨 소용이 있겠는가?"

노검객이 장검을 칼집에 넣었다. 그러나 위사들은 그의 일거수일투

족에서 산악 같은 압력을 느꼈다. 검을 거둬들이는 것을 보면서도 감히 다가가지 못했다.

일평생 검만 수련하며 쌓아온 세월의 무게가 그의 작은 몸짓 하나하나에 묻어 있었다. 그의 무겁고 차분한 평화를 깨뜨리는 순간에 폭포수처럼 거력(巨力)이 쏟아져 나올 것만 같았다.

시적이 윤극사 앞에 버텨 서며 작은 소리로 말했다.

"폐하! 피하십시오. 저자는 예사 무림인이 아닙니다. 일대종사(一代宗師), 아니, 그 이상입니다. 저런 자들은 무공보다도 그들이 절차탁마한 세월과 정성이 무섭습니다."

시적의 손은 말을 하면서도 위사들을 은밀히 지휘하고 있었다.

"나는……."

윤극사가 입을 열었다.

그때 갑자기 눈앞에 회색 그림자가 번쩍 하며 나타났다. 눈빛을 끊은 동작이라 흐름을 볼 수가 없었다.

윤극사는 검을 잡을 틈도 없었다. 허공으로 몸이 던져진 것처럼 높이 날아올랐다.

"멈춰라!"

시적이 고함쳤다.

윤극사는 마치 솔개에 채인 병아리처럼 회색 옷을 입은 노검객의 손에 붙잡혀서 까마득히 날아올랐다.

그 속도가 철환(鐵丸)보다 빨랐다.

석파리가 노검객을 뒤쫓아서 몸을 날렸으나 노검객이 도약한 높이의 칠 분지 일도 솟구치지 못했다.

남쪽으로 날아가는 노검객의 뒤를 바람처럼 따라갔다. 그녀의 재주도 범상치 않아 노검객을 시야에서 놓치지는 않았다.

윤극사는 놀랍고 기뻤다. 노검객이 그의 목덜미를 잡고 날아가는데도 정신만 흐릿해질 뿐 통증조차 느껴지지 않았다.

절묘하다 못해 신기하기까지 한 제맥술(制脈術:혈도를 제압하는 기술)이었다. 이런 제맥술을 백초곡 의원이 아닌 무림인이 지니고 있다는 사실이 놀라웠다.

무림인은 기운이 강성하고 거칠어서 그 같은 재주를 깊이 터득하기란 거의 불가능하다고 할 수 있었다.

노검객의 제맥술은 부드러우면서도 혈을 놓치지 않기 때문에 깃털로 천 근의 황소를 누르는 것이나 마찬가지였다. 그래서 금강불괴라 할지라도 이러한 제맥술을 쉽게 벗어나지 못하는 것이었다.

윤극사는 기운을 조금 쓰려고 하면 혈에서 부딪치고 막히고 빼앗기고 흩어져 버리기 때문에 송장처럼 늘어져서 아무 짓도 할 수 없었다.

흐릿하여 앞도 잘 보이지 않았다. 본신의 기운이 제한을 받으니 외부의 기운조차 다룰 수가 없었다.

한데 이상했다.

윤극사는 자기가 아무것도 할 수 없는데도 마음이 편안했다.

'내가 이제야 정말 이치에 순응하는 것을 배운 것일까?'

순의라는 별명을 얻을 정도로 윤극사는 어떤 것이든 무리가 없도록 했었다. 그러다가 행복을 위협받으면서 거스르고 도전하고 다투었다.

세상을 사유하는 자의 허락을 받아서 이영을 되찾게 된 지금 윤극사는 다시 그 이전의 그로 돌아가고 있었다.

바람이 얼굴을 거세게 때렸다. 물 냄새와 숲 냄새가 났다. 소나무 냄새도 났다. 바람에 가을 냄새가 짙었다.

윤극사는 땅에 툭 떨어졌다.

어느새 몸은 진령에 와 있었다. 익숙하고 정겨운 기운이 몸에 확 스며들었다. 윤극사는 몸을 부르르 떨었다.

"아!"

자기도 모르게 눈물을 글썽이며 탄성을 질렀다. 소선동부 앞이었다.

노검객이 한숨을 쉬면서 말했다.

"황제, 노부는 무고한 자들을 죽이고 싶지 않다. 너는 내가 묻는 대로 대답해라."

윤극사는 기꺼운 마음으로 대답했다.

"무엇이 알고 싶은가?"

노검객이 미간을 찌푸렸다.

"황제, 여기까지 따라올 수 있는 자는 네 부하들 중엔 없다."

윤극사가 말했다.

"나는 그대에게 무엇이 알고 싶은가 하고 물었다."

노검객이 눈을 부릅떴다. 살기가 번쩍 하고 스쳤다. 그는 손가락 하나 까딱하지 않았지만 윤극사는 목덜미가 선연함을 느꼈다.

노검객은 이미 자기의 기운을 검처럼 쓸 수 있는 경지에 달해 있었던 것이다.

노검객은 안색을 풀고 다시 탄식하며 말했다.

"너는 교활한 자다. 내 딸의 시신을 어디에 묻었는지 말해라. 그러면 너만 죽이고 네 부하들과 네 기업은 그냥 두겠다."

윤극사가 물었다.

"그대의 딸은 궁녀인가?"

노검객이 수염을 떨었다.

윤극사가 말했다.

"어떤 여인이기에 내게 그대 딸의 시신을 요구하는가?"

"황제, 너는 정녕 좋고 나쁨을 구분할 줄 모르는구나. 일국의 지존으로서 기어코 욕을 당하고 싶은가?"

노검객이 어쩔 수 없다는 듯이 말했다.

윤극사는 큰 소리로 호통 쳤다.

"어떤 여인인지를 말해야 할 것 아닌가!"

노검객이 움찔하고 놀랐다.

윤극사에게는 황제로서의 위엄이 있었다. 만인을 호령하던 기개가 있어 우뚝 서서 노려보며 호통 치자 노검객조차 놀라지 않을 수가 없었다.

노검객의 안색은 조금 누그러지는 듯하다가 무섭게 변했다.

노검객이 토하듯이 말했다.

"네가 데려간 여인이 내 딸 외에 또 있느냐? 내 아내는 지은 죄가 많으니 나도 할 말이 없다. 그러나… 너는, 너는……."

노검객은 격앙되어 말을 잇지 못했다.

윤극사는 차분한 음성으로 말했다.

"당신은 성인의 문하 사람이었군요."

노검객이 흠칫하다가 말했다.

"나를 알고 있구나. 한데 너는 내 딸을 왜 죽였단 말이냐? 그냥 두어도 죽을 아이를. 무슨 죄를 지었다고."

윤극사는 슬며시 웃었다.

노검객은 비웃음을 받은 듯이 얼굴이 굳어졌다.

윤극사가 말했다.

"석심청 대협, 저는 석 대협의 사제인 불출검 유원종 대협을 알고 있습니다. 그분은 제 처의 의백이 되십니다."

노검객 석심청은 기쁨과 슬픔이 교차하는 표정을 짓고 말했다.

"네가 그를 알고 있다니 기쁘다. 그는 잘 있는가? 하지만 너는 처가 있는 자면서 왜 내 딸을 괴롭혀 죽게 했느냐?"

윤극사는 석심청이 마치 소년처럼 정이 깊고 풍부함을 느꼈다. 아무런 세상 물정도 모르는 사람 같았다.

윤극사가 말했다.

"제게 석 소저를 인질로 잡아두고 위협한 일은 있습니다. 하지만 그녀를 다르게 괴롭히거나 죽게 하지는 않았습니다. 아마도 그녀는 지금쯤 궁궐을 떠나 다른 곳으로 갔을 것입니다."

석심청이 말했다.

"교활하구나. 황제, 너는 그 애가 살아 있으며 궁에 없다는 것을 말하느냐?"

윤극사가 말했다.

"그렇습니다. 그녀는 살아 있습니다. 오히려 고질을 모두 치료하고 훨씬 건강해졌습니다."

"하하하하하!"

석심청이 큰 소리로 웃었다.

"황제, 네가 나를 너무 우습게 보는구나. 나는 네가 의술을 아는 자라고 들었다. 의술을 아는 자라면 누구도 그 아이가 치료되었다고 말하지 못할 것이다. 나를 속이려느냐?"

석심청의 전신에서 살기가 피어올랐다.

윤극사가 말했다.

"의술이 무슨 대수로운 것입니까? 법이 서 있는 것은 모두 마찬가지인데. 이 세상에서 변치 않을 것은 없습니다. 따님 석 소저도 마찬가지입니다. 조만간에 만나게 되면 확인해 보십시오."

석심청이 소리쳤다.

"내 딸이 언제 궁을 나갔단 말이냐?"

"우리가 나온 후일 것입니다."

하고 윤극사가 대답했다.

석심청의 살기가 윤극사를 옥죄었다.

윤극사는 태연히 그를 대했다. 도검이 불침하는 몸을 석심청 앞에서도 자신할 수는 없었지만 이미 죽고 사는 문제에 연연하지 않았다.

윤극사는 자기에게 어떤 일이 일어나더라도 나쁘지 않다는 희미한 확신이 있었다. 어쩌면 그 일을 통해서 이영을 만나게 될지도 모를 일이었다.

사유는 항상 양극을 오가며 사건과 감정의 틈 사이를 지나가며 새로운 결과를 만들어낸다는 것을 윤극사는 아주 잘 알고 있었다.

세상에 간혹 전하는 전화위복 또는 위험할 때 기회도 함께 온다는 등의 말도 사유의 그런 측면이 있기 때문에 가능한 것이다.

윤극사는 이제 모든 것을 마음대로 조종할 수는 없거나 하지 않겠지만 자기 자신을 움직이는 것은 여전히 가능했고 쉬웠다.

석심청은 분노하면서도 선뜻 윤극사를 죽이지 못했다. 감정으로 욱할 수는 있어도 마음이 여린 사람인 때문이었다.

윤극사가 말했다.

"석 대협도 그녀를 보셨습니다."

석심청이 얼떨떨한 표정을 지었다.

윤극사가 말했다.

"대협께서 저를 붙잡았을 때, 제 곁에 있던 그녀가 따님 석 소저였습니다."

석심청은 정신이 나간 듯했다. 눈이 멍하게 되어서 허공을 더듬었다. 윤극사의 말을 들은 후에 그녀를 생각해 보니 아내의 모습이 어딘지 모르게 남아 있는 듯도 하였다. 그러나 황제의 곁에 있는 절세가인의 모습이라 당연히 황제의 여자로 생각했지 자신의 딸이 그런 절세가인이 되어 있을 줄은 꿈에도 생각지 못했다.

윤극사가 말했다.

"따님을 얼마 만에 만났습니까?"

석심청이 중얼거리며 말했다.

"십 년, 십오 년, 아니, 이십 년이 넘었군."

갓난아기 때 보고 보지 못했다는 이야기였다. 만난다 해도 알아볼 수 없는 것이 당연했다.

윤극사가 물었다.

"당신들은 왜 헤어져 있었습니까?"

석심청이 말했다.

"나는…… 그동안 땅 밑에 갇혀 있었다."

윤극사가 물었다.

"석 대협을 가둘 수 있는 곳이 무림에 있습니까?"

석심청이 옛 기억을 더듬으며 말했다.

"그들은… 무림인이 아니었다. 나는 그들의 이상한 수법에 당해서 갇혀 있었다. 그들을 죽일 수 없었던 것은 아니지만… 그들은 내 딸과 아내를 해치겠다고 협박했다."

윤극사가 말했다.

"백초곡에 잡혔군요."

석심청이 고개를 끄덕였다.

"백초곡이라는 것을 알게 된 것은 후의 일이었다."

윤극사가 물었다.

"어디에 갇혔습니까?"

석심청이 순순히 말했다.

"동악(東嶽) 백초곡!"

윤극사가 깜짝 놀랐다.

"동악 백초곡?"

석심청이 말했다.

"남악(南嶽) 백초곡에 갇혀서 이 년을 있은 후에 동악 백초곡으로 옮겨졌다."

"동악에 이어 남악에도 백초곡이 있습니까?"

윤극사는 그가 갇혔던 장소를 통해서 백초곡이 어디에 숨었는지를 알려 했다. 그러나 대답이 너무 황당하여 거듭 물었다.

석심청이 말했다.

"오악(五嶽)에는 오악 백초곡. 그들은 이렇게 말하더군. 여러 해 전에 중악 백초곡이 무너졌다는 말을 들었으니 이제는 사악(四嶽) 백초곡이겠지."

윤극사는 오악 백초곡이라는 말을 통해서 유리광국의 면모를 느꼈다. 어쩌면 중악에도 원래 장소가 아닌 어딘가에 다시 백초곡이 생겼을지도 모르겠다는 생각이 들었다.

무림의 어느 문파치고 의원을 필요로 하지 않는 곳이 없다. 백초곡이 그들 사이로 파고들어 비급을 훔치고 고수를 제압하여 문파를 장악하기는 식은 죽 먹기나 다름 아니다.

변방의 천산 백초곡에서 중악으로 옮겨올 때 이미 모든 것은 계획되어 있었을 것 같은 생각이 들었다.

천산 백초곡, 이후의 오악 백초곡, 그리고 유리광국의 십이원. 이것이 백초곡에서 천하를 장악하여 보이지 않는 나라를 건설해 온 밑그림인 듯싶었다.

윤극사는 잠시 말을 잊었다. 형세가 그러했음을 알게 되자 역설적으로 백초곡 사형들의 야망과 곡주에 대한 충성이 이해되었다.

비록 자기 자신의 길과는 다르고, 옳다고 생각되지도 않았지만 그럴 수는 있다는 생각이었다. 하지만 그들은 그들 자신과 그들의 운명, 이 모든 것이 존재하는 자의 사유에 의해서 나타났다 사라져 갈 것이라는 사실을 알지 못할 것이 분명했다.

윤극사는 자기가 황제의 자리를 버리고 이전으로 돌아가더라도 그들과 대적하지 않을 수 없다는 사실을 느꼈다.

'경고구나!'

윤극사는 마음이 서늘해졌다.

세상을 사유하는 자가 석심청을 통해서 그에게 경고하고 있는 것이 분명했다. 자기에 대해서 맞섰던 데 대한 보복의 성격이 있었다.

그자는 윤극사를 사유하지는 않겠다고 했지만 그것은 그가 다른 사람들을 사유하여 윤극사를 괴롭히지 않겠다는 뜻은 아니었다. 명백했다.

윤극사는 이영을 잃은 후에 싸워왔던 것처럼 남아 있는 삶도 존재의 근원인 그자와의 싸움을 계속해야 한다는 사실에 마음이 떨렸다.

그자는 백초곡을 윤극사와의 싸움에 전면적으로 내세울 것이 틀림없었다. 무형절대독령인 도도를 만들어냈던 것처럼 윤극사에 대항할 누군가를 키울 것도 분명했다.

석심청이 말했다.

"황제, 파리는 어떻게 고질에서 벗어났는가?"

의심이 남아 있는 음성이었다.

윤극사가 말했다.

"그녀 스스로 벗어났습니다. 벽곡을 하여 몸과 마음이 아주 정해지자 병이 절로 치유된 것이라 할 수 있습니다."

석심청이 중얼거렸다.

"그럴 수도 있는가?"

윤극사는 석심청에게서 여전히 자기를 놓아주려 하는 마음을 느낄 수 없어서 물었다.

"지금도 저를 죽이려는 생각에 변함이 없습니까?"

석심청이 한숨을 쉬면서 말했다.

"황제, 내 딸이 살아 있는 것은 고맙다. 하지만 너와 나는 악연이다. 나는 너를 살려줄 수가 없구나."

"이유를 알고 싶습니다."

석심청이 말했다.

"이미 천하는 그들의 세상이다. 네가 이 세상을 뒤엎을 수 없다. 네가 그들을 죽이고 세상을 뒤엎는다면 너무 많은 피가 흐를 것이다. 나는 그것을 용납할 수 없구나. 용서해라. 언제고 이 죗값은 치르마."

석심청의 검이 칼집에서 저절로 밀려 나왔다.

윤극사는 자기의 청동검을 잡으며 말했다.

"저는 아직 죽을 수 없습니다."

"용서하라."

석심청이 나직하게 말했다.

윤극사는 검으로 석심청을 겨누었다. 윤극사의 검끝은 석심청의 몸에서 흐르는 기운을 따라 조금씩 꿈틀거렸다.

"이런!"

석심청이 놀라며 검 뒤로 숨었다. 동시에 석심청이 검의 강한 힘을 발휘하며 윤극사의 검에서 움직이는 기운을 잡아당겼다.

윤극사는 왼손으로 석심청의 기운을 풀어내 버렸다. 검으로는 석심청의 검 뒤에 가리어진 그를 옭매려고 하였다.

그러나 석심청은 보통 고수가 아니었다. 불출검 유원종과 비슷한 느낌을 가졌을 뿐만 아니라 그도 기운을 마음대로 조절할 줄 아는 사람이었다.

석심청이 감탄했다.

"대단하다. 내 사형제 외에 이런 경지에 달한 검객이 있을 줄은 몰랐다."

윤극사가 말했다.

"대협은 저를 이길 수 없습니다. 하지만 저는 석 대협을 제압할 수 있습니다."

석심청이 내뱉듯이 말했다.

"장부는 행동으로 말을 대신하네."

윤극사는 일단 그를 제압해야겠다고 생각했다. 꼭두를 불러서 석심청을 공격했다. 한데 석심청은 보이지는 않아도 꼭두를 느끼고 피해 버렸다.

윤극사는 자기가 공격하고도 아찔했다. 절대자와의 싸움은 절대자와의 싸움대로 어렵지만 사람과의 싸움 역시 그것대로 어렵다는 생각이 들었다.

사람인 자기가 절대자와 같아졌던 것처럼 사람의 내면에는 절대자가 될 수 있는 요소가 존재하는 듯도 싶었다.

석심청은 어느 틈에 그의 곁으로 들어오고 있었다. 궁궐에서처럼 눈의 빛을 끊은 동작이었다.

윤극사는 그를 방어할 수 없었다. 꼭두가 있는 곳으로 몸을 옮겼다.

꼭두가 있는 곳에서 윤극사는 석심청의 검이 빛을 폭발시키며 자기가 있던 곳을 베는 모습을 보았다.

검법이면서도 마치 도법 같았다.

윤극사는 피했으면서도 자기의 전신이 절단된 것처럼 전신이 저렸다.

석심청의 검은 멈추지 않았다. 검은 윤극사가 있는 곳으로 다시 유성처럼 흘렀다. 윤극사는 꼭두를 내보내지 않았기 때문에 피할 수도 없었다.

가까스로 검을 들어 마주 받았다. 그러나 석심청의 검은 살아 있는 것처럼 그의 검과 부딪치지 않고 휘감으며 들어와 윤극사의 가슴을 찔렀다.

윤극사는 왼손으로 석심청의 검끝을 막으며 검에 서린 기운을 풀어냈다.

캉!

윤극사가 뒤로 튕겨났다. 기운이 풀어진 석심청의 검은 쇳토막처럼 윤극사의 왼 손바닥을 찔렀지만 윤극사의 몸에 상처를 만들지는 못했다.

윤극사는 튕겨나면서 검을 휘둘러 석심청의 손목을 노렸다. 이미 석심청의 검은 세 번째로 윤극사를 따라오고 있었다.

막을 수 없다는 생각이 들었다.

그때 조용한 음성이 들렸다.

"석 형!"

윤극사의 목을 노렸던 석심청의 검에서 기세가 흔적도 없이 사라졌다. 석심청은 손바닥으로 윤극사를 겨누고 검을 자기의 손등 뒤에 놓으며 멈췄다.

마치 원래부터 그곳에서 한 점도 움직이지 않은 사람 같았다.

윤극사는 온몸이 땀에 젖었다. 정말로 무시무시하다고밖에 할 수 없는 검을 직접 상대해 본 것이었다.

석심청의 뒤, 소선동부에서 세 사람이 걸어나오고 있었다.

문득 윤극사의 눈에서 눈물이 주르륵 흘렀다. 가슴이 격앙되어 꽉 막히고 입도 열리지 않았다. 망연히 그들을 보며 눈물을 흘렸다.

석심청은 뒤로 돌아보지 않은 채 말했다.

"그대는 나를 아시오?"

등으로 적을 보고 있었지만 석심청은 조금도 흔들리지 않는 모습이었다.

"석 형, 소제 이화유를 잊으셨다면 다시 인사드리겠소."

"이화유!"

석심청이 놀라서 외치며 돌아섰다.

이화유가 두 부인과 함께 그곳에 서 있었다.

"그렇소, 소제 이화유외다."

두 부인도 이화유를 따라 인사했다.

"석 대협을 뵙습니다."

석심청은 뒤로 물러서며 말했다.

"두 부인께서는 안녕하셨소이까?"

큰 부인이 말했다.

"저희는 안녕하답니다. 다만 하나뿐인 딸아이가 걱정일 뿐이지요."

석심청이 이화유에게 말했다.

"자네에게 딸이 있었군."

이화유는 윤극사에게 손짓을 했다.

"이리 오너라."

석심청이 윤극사의 앞을 슬쩍 막으며 말했다.

"화유, 자네는 이 사람이 누군지를 아는가?"

이화유가 말했다.

"알다 뿐이겠소. 하나뿐인 내 딸의 장부, 내 사위라오."

석심청의 안색이 확 변했다.

윤극사가 엎드려 절했다.

"못난 자식이 빙장과 빙모를 뵙습니다."

음성이 울먹였다.

큰 부인과 작은 부인이 소매로 눈물을 닦으며 말했다.

"고생 많았겠네."

윤극사가 참지 못하고 오열했다.

"저는, 저는…… 영을 지키지 못했습니다."

큰 부인과 작은 부인이 그의 곁으로 다가가 양쪽에서 붙잡고 토닥거렸다. 석심청도 그들 두 사람을 어쩌지 못했다.

석심청이 이화유에게 말했다.

"화유, 자네의 무공은 내가 알 수 없는 경지에 이른 듯하군."

윤극사를 죽이려는 마음을 꺾지 않았음을 이화유가 알고 빙그레 웃었다.

"석 형은 아마 그럴 것이오. 나는 내 무공을 스스로 없애 버렸다오."

석심청은 크게 놀랐다.

이화유의 무공은 젊었을 때도 그를 앞질렀었다. 눈앞의 이화유에게 무공이 없어 보였기에 긴가 민가 하면서 물어보았던 것이었다.

"왜 그랬는가?"

이화유가 웃으며 대답했다.

"세상에 너무 마음에 들지 않는 것이 많아서였소. 무공을 없애지 않으면 세상 사람을 모두 죽여 버리지나 않을까 겁이 나길래 그랬소."

석심청은 이화유를 빤히 보다가 말했다.

"나는 자네 사위를 죽여야 하네. 자네가 무공을 없앤 것과 비슷한 이유에서라네."

이화유가 껄껄 웃었다.

"그만두시오, 석 형. 소제는 무공을 없애 버렸던 것을 후회하고 있소. 그때는 내가 너무 당돌하여 한 번 마음먹으면 다시는 돌이킬 일이 없을 줄 알았던 거요. 사람을 죽여도 죽일 만큼 죽이고 나면 생각이 바뀔 수도 있고 또 다른 경지를 볼 수도 있는 일이었는데 그렇게 하지 못해서 아직 이 모양이라오."

석심청이 눈썹을 꿈틀했다.

이화유가 이어서 말했다.

"이제 물러서서 석 형도 저들에 의해 세상이 어떻게 변해가는지 보는 것이 더 재미있지 않겠소? 내가 젊었을 때 무공을 없애지 않았더라면 나는 내가 변해가는 모습을 즐길 수 있었을 것이오."

석심청이 온화한 미소를 지었다.

이화유가 탄식하며 말했다.

"석 형의 고집은 여전하구려."

석심청이 말했다.

"자네가 나를 막을 수 없으면 나는 억조창생을 위해 저자를 죽여야겠네. 미안하네."

이화유가 말했다.

"욕하며 닮는다는 말이 참으로 옳은 듯하오. 나도 강호를 다니면서 듣지 않은 소문이 없었소. 백초곡의 요사한 무리들이 하는 말을 석 형의 입에서 듣게 되니 뭐라 말해야 할지 모르겠소. 석 형은 이십 년이 넘도록 그자들에게 붙잡혀 있으면서 닮아버린 모양이오."

석심청이 잠시 생각하다가 말했다.

"그럴 것이네. 그자들의 수단은 그릇된 것이 있지만 도리는 옳네."

이화유가 말했다.

"그럼 그들이 석 형을 이십 년 동안 가둬만 두고서 죽이지 않은 이유도 알겠구려."

석심청이 씁쓸한 표정으로 말했다.

"크게 쓸 자객이었겠지."

이화유가 웃었다.

"성인의 제자가 협박과 회유에 못 이겨 자객이 되었구려."

석심청의 얼굴이 붉어졌다.

이화유가 말했다.

"성인께서 죄를 지은 석 형을 풀어서 놓아 보낼 때 이런 일이 있을 것을 미리 생각이나 하셨는지 모르겠소."

석심청이 한숨을 쉬었다.

"화유, 나를 그만 괴롭히게. 자네와 싸울 수 없으니 나는 가겠네. 하지만 이후에 다시 저자를 찾아서 죽일 테니 그리 알게."

이화유가 말했다.

"그럴 필요가 어디 있겠소? 석 형, 나는 무공이 없지만 석 형과 겨룰 수 있소. 여기서 결판내고 만약 석 형이 진다면 다시는 내 사위를 죽일 생각조차 마시오."

석심청이 눈을 부릅떴다.

"이화유, 자네는 아직도 그리 오만한가? 오만에 자네의 목숨을 걸 정도로? 자네가 기인이라는 소리를 전부터 들었지만 나도 만만한 사람은 아닐세."

이화유가 말했다.

"껄껄껄! 나는 석 형이 내 앞에서 무릎을 꿇도록 할 수 있소. 내가 손을 높이 들고 한 번 외치기만 하면 석 형은 내 앞에 엎드리지 않을 수가 없을 것이오. 만약 그렇지 않다면 내 손으로 내 사위의 목을 베어 드리리다."

석심청은 검을 칼집에 넣은 채 이화유에게 말했다.

"어디 한번 해보게."

석심청의 전신에서 폭풍 같은 기운이 피어올랐다. 그러나 이화유는 가을 들판에 나선 사람처럼 평온한 표정이었다.

그러다가 이화유가 나직하게 말했다.

"석 형이 졌소."

"어디."

석심청이 불끈하며 말하는 순간에 이화유가 손을 번쩍 들고 말했다.

"석심청은 성검령(聖劍令)을 받겠는가?"

이화유의 손에는 불꽃처럼 생긴 조그마한 검이 들려 있었다. 그 검은 석심청의 스승인 성인의 신물 중 하나였다. 석심청의 전신이 부들부들 떨렸다. 그의 무릎은 근육이 베어진 것처럼 꺾였다.

석심청은 이마를 바닥에 대고 말했다.

"제자 석심청, 스승님의 명을 받습니다."

이화유는 싱긋이 웃으며 말했다.

"석 형, 당신이 졌소."

석심청은 엎드린 채 대꾸하지 않았다. 감히 성검령 앞에서 사적인 말을 주고받을 수 없기 때문이었다.

이화유가 근엄한 표정으로 말했다.

"성인께서는 석 형이 고생한 것을 잘 알고 계시오. 이제 용서하니 돌아오라고 하셨소."

"스승님의 은혜 호천망극입니다."

석심청은 서운장이 있는 남쪽을 향해 네 번 절했다.

이화유가 말했다.

"성인께서 내게 말씀하셨소. 석 형과 더불어 세 분에게 특히 공을 들이셨던 이유가 장차 한 가지 큰일에 쓰기 위함이라고 하셨소. 이제 때가 무르익어 가니 돌아와서 준비해야 한다는 것이오."

"분부 받들겠습니다."

석심청이 말했다.

이화유가 말했다.

"성인께서는 석 형이 돌아올 때 따님과 함께 올 것을 명하셨으니 그리 아시오. 저기 오시는 저분이 석 형의 따님이 아니오?"

석심청은 성검령이 거둬지지 않아 고개를 들지 못하고 몸을 떨었다.

이화유는 성검령을 거두고 말했다.

"이제 내 일은 끝난 듯하니 석 형은 그만 가보시오."

석심청은 허리를 펴고 말했다.

"성인께서는 여전히 건강하신지?"

이화유가 말했다.

"건강하시오. 아마 우리보다 훨씬 오래 사실 듯싶소."

석심청은 그제야 몸을 돌렸다. 신법을 펼쳐서 날아오고 있는 석파리를 발견하고 마주 달려갔다.

이화유가 뒤에서 외쳤다.

"약속을 잊지 마시오. 석 형이 패했소."

석심청이 말했다.

"알겠네. 내가 천하의 기인 이화유에게 패했네."

"하하하하!"

이화유가 큰 소리로 웃었다.

윤극사는 이화유 앞에 가서 머리를 조아렸다.

이화유는 석심청이 딸 석파리를 만나서 이야기하다 멀리 사라지는 모습을 보고 난 후에 탄식하며 윤극사를 돌아보았다.

"내가 너를 잘못 보았다."

윤극사는 고개를 들 수 없었다.

이화유가 말했다.

"네 여림 속에 숨어 있던 재주를 다 보지 못했기 때문이다. 네가 나보다 큰 줄 모르고 있었으니 당연한 일이었지. 나도 젊었을 때 너와 같은 꿈을 꾸었으나 거칠었기에 실패했다. 너는 여리고 부드러워서 이룰 줄 알았다. 그러나 너는 오히려 넘쳤구나."

윤극사는 더욱 머리를 조아렸다.

이화유가 말했다.

"일어나거라. 너는 황제가 아니냐."

"저는, 저는……."

윤극사는 울음을 터뜨리며 말을 잇지 못했다. 이화유 앞에서 어려지고 바보가 되어버린 것 같았다.

이화유가 말했다.

"영은 죽지 않았다."

윤극사가 머리를 끄덕였다. 윤극사도 그녀가 절대로 죽지는 않았을 것이라 확신하고 살아왔었다.

이화유가 말했다.

"우리는 여기서 이 년이 넘게 살았다. 영은 반드시 네가 이곳으로 돌아올 것이라고 말했다."

윤극사가 격동하며 말했다.

"영이, 영이…… 이 안에 있습니까?"

이화유가 말했다.

"그렇다. 하지만 너를 만나려 하지 않는다."

"아!"

윤극사는 전신에 힘이 쭉 빠졌다.

이 년 동안 지척에 있으면서도 이영이 찾아오지 않은 이유는 만나려 하지 않기 때문이었다.

윤극사는 죽고 싶은 마음이었다. 그녀를 지켜주지 못했으니 백 번 죽어도 할 말이 없었다. 헤어진 이후 얼마나 힘들었으면 그녀가 자기를 만나려 하지 않는가 싶어서 미쳐 버릴 지경이었다.

윤극사는 멍하니 있었다.

이미 정신이 높은 경지를 경험한 후였기 때문에 미치지도 않았다. 가만히 있는 그의 마음속에서 이영이 생생하게 되살아나 보였다.

미칠 듯한 그리움에도 미치지 못해서 분하고 슬펐다.

이화유가 조용하게 말했다.

"돌아가거라. 네 마음은 알고 있다."

윤극사는 소선동부를 보았다. 이영과 함께 서툰 손으로 꾸몄던 동굴이었다. 우두커니 보고 있다가 윤극사는 이화유와 두 부인에게 큰 절을 올린 후에 발길을 돌렸다.

발끝이 흔들렸다.

사유하는 존재의 복수가 치열하게 느껴졌다.

윤극사는 함께 용린 뿌리를 캐던 곳으로 왔다. 용린이 우거져 있었다. 동굴이 보이지 않았다. 검을 들어 가슴을 찔렀다.

한데 용린 덩쿨에 손이 얽히면서 검이 가슴에 닿지 않았다.

이화유의 작은 부인이 철퇴의 자루를 뻗어서 용린 덩쿨을 그의 손 사이로 밀어 넣었던 것이었다.

윤극사는 무릎을 꿇으며 울음을 터뜨렸다.

작은 부인이 윤극사의 어깨를 감싸고 말했다.

"살아 있다는 것만 해도 힘이 되네. 영아가 살아 있다는 것이 자네한테 힘이 되었듯이 자네가 살아 있다는 것도 그 아이에게 힘이 되네. 자네가 죽는다면 그 아이도 죽을 걸세."

그 말을 들었어도 윤극사는 숨을 멈추었다. 숨을 쉬고 싶지 않았다.

작은 부인이 그의 등을 어루만지며 말했다.

"자네가 밉거나 보기 싫어서가 아니네. 영아가 그러는 것은."

"……."

"영아는 많이 다쳤네. 생명에는 지장이 없지만 그 몸을 자네에게 보여주기 싫어서네. 자네는 영아의 고운 모습만 기억하게. 여자는 원래 그렇다네. 영아를 위해서라도 보려 하지 말고 기억해 주게."

윤극사는 힘없이 고개를 떨구었다.

그런 것이 무슨 상관이냐, 내가 다시 고칠 수도 있지 않느냐, 하고 말하고 싶었지만 그녀가 원하지 않는 것을 억지로 할 수는 없었다. 윤극사는 그런 사람이었다.

작은 부인이 말했다.

"나는 자네 스승의 유언을 전해주려고 따라왔네. 두 가질세."

윤극사는 멍한 눈을 한 채 고개를 들었다.

'스승? 누구?'

작은 부인이 말했다.

"오황신침은 현조(玄鳥)가 가져갔다. 현조를 만나서 돌려받아라."

오황신침, 황혼 사부가 훔쳤다가 그것 때문에 죽임을 당했던 그 오황신침이었다. 자기를 위해서 죽었는데도 오랫동안 잊고 있었던 황혼 사부였다.

윤극사가 물었다.

"현조가 누구입니까?"

작은 부인이 대답했다.

"무림 중의 인물이 아닐까 싶네. 하지만 내가 아는 자는 아닐세."

사부의 유언을 들으면서 윤극사는 정신을 수습했다.

"두 번째 유언은……."

작은 부인이 말을 이었다.

"너의 선을 드러내지 마라. 악이 숨어 있어야 살아남는 것과 마찬가지로 선도 숨어 있어야 살아남는다. 너는 선을 너무 드러낸다. 드러난 선을 공격하는 것은 숨어 있는 악이다. 재주도 마찬가지로 함부로 드러내선 안 된다. 은밀히 펴야 하는 것이 선이고 은밀히 써야 하는 것이 재주다. 예부터 현인들은 이렇게 했기에 이름이 드러나지 않았다. 행적도 일정치 않았다. 이 이치를 알지 못하면 너는 일평생 힘들게 살 것이다. 악한 자가 살아남기 위해서 위선을 하는 것처럼, 선한 자가 살아남기 위해서는 위악도 해야 한다는 것을 명심해라. 네 아버지는 이것을 하지 못했기에 죽었다."

둔기로 머리를 맞은 것처럼 멍해왔다.

백초곡에서 가장 무능한 사람으로 알려졌던 황혼 사부의 유언이 가장 뛰어난 의원으로 인정받은 윤극사에게 충격을 주었다.

윤극사는 황혼 사부가 선과 재주를 숨긴 사람이었다는 사실을 깨달았다.

선과 악의 구분을 넘어섰던 윤극사에게도 그의 말은 근본적인 것을 시사하고 있었다.

윤극사는 성인이 불출검을 내보내 자기를 찾았다는 말과 이화유가 성인을 만났다는 사실을 통해서 그의 사부도 성인을 만나 유언을 남겼다는 사실을 짐작했다.

그 유언을 이화유의 작은 부인이 그에게 대신 전해준 것이었다.

그때 작은 부인이 윤극사의 귀에 대고 은밀히 말했다.

"지금 당장 눈의 신경을 자른 후 동굴로 달려가서 영아를 안고 가게. 현조라는 사람을 만나서 오황신침을 찾으면 그때 눈을 다시 회복할 수 있을 것이네."

제15장 깨어진 시간

깨어진 시간

"영!"

윤극사는 거침없이 두 손으로 관자놀이를 눌러서 눈의 신경을 끊어 버리고 동굴로 달려갔다.

이영은 불출검 유원종이 알고 있다던 흑산법(黑山法)으로 자신을 숨기고 있는 중이었다. 기운을 읽는 윤극사의 능력으로도 아무 소용 없었다.

이영은 서안의 사가장 지하에서 상여란과 함께 싸우다가 마지막 기관이 발동된 후에, 불출검 유원종과 그의 사제 탁개문(卓凱聞)의 구출을 받아 서운장으로 갔던 것이었다.

그녀는 사노파 상여란이 주었던 고대의 옷으로 말미암아 죽음에서 벗어날 수는 있었지만 전신이 망가지다시피 했었다.

서운장의 성인이 그녀를 치료했으나 생명의 위급만 넘겼을 뿐 온전해지지는 못했다.

윤극사는 짐승처럼 뛰어들어 가서 소선동부를 더듬었다.

이영은 나무토막처럼 움직이지 못했다. 그녀에게도 눈이 없었다. 윤극사는 그녀를 만지고서 체온으로 그녀를 알았다.

이영이 분명했다.

결국 다시 만났다.

윤극사와 이영은 함께 안은 채 조용히 있었다.

미친 것처럼 날뛰었던 윤극사도 넓은 바다처럼 조용했다.

윤극사는 등을 내밀었고 이영은 그의 등에 업혔다.

밖으로 나와서 남쪽으로 방향을 잡고 걸었다. 이화유와 그의 두 부인은 이미 그곳에 없었다.

윤극사는 이제 기운으로도 이영을 더듬을 수 없었다. 오직 만져서 느낄 수 있을 뿐이었다.

시력이 없어졌어도 만물을 느낄 수 있는 윤극사는 아무런 지장이 없었으나 오직 그 한 가지만 불가능했다.

가장 보고 싶어했던 사람을 만났지만 볼 수 없게 된 것이 윤극사에게 생겨난 또 하나의 운명이었다.

아무런 말 없이, 두 사람은 서로의 체온을 느끼면서 서로에게 마음으로 매달렸다.

황제의 자리도, 그 무엇도 미련이 없었다.

두 사람이 걸어가는 어둠 뒤에서 세상은 이부자락처럼 접히고 있었다.

윤극사의 세상, 윤극사의 나라는 땅의 지각이 한 꺼풀 일어나듯이 벗겨져서 서쪽으로 날아가 깊은 산중에 내려앉았다.

그곳에서는 공간이 접히고 시간이 깨어졌다. 그리하여 그곳에 있는 사람들은 늙지도 않으며 죽지도 않았다. 질병도 없고 전쟁도 없었다. 그곳의 운명은 그곳에 있는 사람들에 의해서 결정되어지고 어떤 천신들도 관여할 수 없었다.

그곳은 이 세상에 있지만 다른 세상이었고, 이 세상에서 제외된 곳이었기 때문이다.

사유하는 존재가 어둠 속에서 걷는 윤극사에게 그곳을 보여주었다.

현재와 미래와 과거가 병존하여 윤극사에게 보였다. 윤극사가 만든 세상이었기에 그의 의지의 잔재가 보였던 것이다.

"나는 네 세상을 푸른 달빛의 계곡 속에 넣어두었다. 사람들은 그곳을 향격리랍(香格里拉:샹그릴라)이라고 부른다."

사유하는 존재가 말했다.

윤극사는 머리를 끄덕였다.

그의 세상이 걷혀진 곳에는 확장된 그자의 세상이 그대로 존재했다. 남아 있는 세상의 사람들은 누구도 대위국이 존재했는지조차 모를 것이었다.

사유하는 존재가 그들에게 다른 이야기를 만들어줄 것이기 때문이었다.

윤극사가 마음으로 물었다.

'아직도 저를 미워합니까?'

사유하는 존재가 말했다.

"너는 내게 사유할 것을 많이 주었다. 나를 도와준 셈이라 할 수 있다. 지금은 미워하지 않는다."

윤극사가 말했다.

"나는 당신이 시간을 깨뜨리는 것을 보았습니다. 부탁하건대 제 시간도 깨뜨려 주십시오."

사유하는 자가 잠시 있다가 말했다.

"그렇게 해주겠다. 하지만 내가 너를 어찌할 수는 없다. 그러므로 너는 너의 능력을 사용해야 한다. 시간을 깨뜨리면 네 능력을 더욱 많이 잃어버리게 될 것이다."

"괜찮습니다."

"그럼 돌아가라. 네가 가장 소망했던 순간으로."

윤극사는 자기의 삶을 거꾸로 되밟았다. 가장 가까운 황제로서의 삶은 그가 원했던 것이 아니었다. 어쩔 수 없는 의지의 삶이었다.

영을 지키기 위해서 검을 닦으며 심장을 실로 매달고 살았던 삶을 두 번째로 밟았다. 너무 무서웠다. 그 시기는 그녀와 혼인을 했지만 늘 그녀를 잃을 순간을 기다리며 보냈다.

의술의 대의(大義)를 깨우치고 천지간의 이치에 화합하던 시간들을 밟고 지나쳤다. 무지한 시골 사람들에게 점쟁이 취급을 받으며 의술행을 펼쳤던 시간도 지나쳤다.

윤극사는 부지불식간에 등봉현 장 노인의 객점 후원 별채로 돌아갔다. 가장 소망했던 순간이었다.

의원으로서의 꿈, 그리고 이영과의 가장 애틋했던 사랑과 존경을 서로 키워가던 바로 그 순간이었다.

윤극사는 자기의 능력 대부분을 잃어버리고 그 순간 속으로 녹아들면서 다짐했다.

다시는 주어진 운명대로가 아니라, 자기가 생각했던 삶을 살겠노라고.

사유하는 자에게 이미 말했듯이.

〈終〉

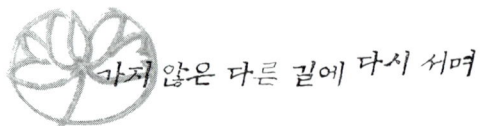가지 않은 다른 길에 다시 서며

"영."

윤극사는 붓을 내려놓고 이영을 불렀다. 이영은 자기 손으로 만든 첫 번째 옷을 완성시키는 중이었다.

"네."

이영이 고개를 들며 대답했다.

윤극사가 말했다.

"우리 떠나요."

기다리던 것이 왔다.

이영은 '예, 소신의' 하고 순순히 대답했다. 백초곡을 나온 후 등봉현에서 한 달 동안 머물렀지만 두 사람의 짐이 늘어난 건 거의 없었다.

왕벌대를 시켜서 돈을 바꾸어놓은 전표(錢票) 다발과 채 바꾸지 못한 돈만 수북하게 늘어나 있을 뿐이다.

이영은 짐을 꾸리기 시작했다.

윤극사가 머뭇거리며 말했다.

"영, 영이 만든 옷을 왕벌대에게 줄 수 없을까요?"

이영이 웃으며 말했다.

"저도 그럴 생각이었는걸요."

진심은 아니었다. 자기 손으로 만든 첫 번째 옷은 윤극사에게 주고 싶었다. 그러나 윤극사가 그걸 왕벌대에게 주고 싶어하니 자기도 그렇다고 생각했다. 왕벌대에게도 항상 고마운 마음을 가지고 있었다.

윤극사는 왕벌대에게 편지와 함께 옷, 그리고 얼마간의 전표를 남겨놓고 이영과 함께 방을 나왔다.

백초곡을 처음 떠나올 때처럼 윤극사는 등에 약 상자를 졌고 이영은 옷 보따리를 품에 안았다.

음력으로 삼월 열이레. 달이 아직 이지러지지 않고 둥글게 보였다.

거리로 나와서 이영이 윤극사에게 말했다.

"소신의, 성문이 닫혀 있을 거예요."

"알고 있어요."

윤극사가 이영의 손을 잡고 끌면서 말했다.

"우린 성문이 열린 후에 나갈 거예요."

"그럼 우린 어디서 기다리죠?"

이영이 물었다.

윤극사가 이영에게 작은 소리로 말했다.

"춘궁기래요. 굶는 사람들이 많다고 해요."

윤극사전기를 끝내며

"자기가 아닌 한 사람의 삶에 얼마나 몰입할 수 있을까?"

이것은 제가 윤극사전기를 시작하면서 생각했던 화두입니다. 타인의 삶에 대한 몰입이 타인에 대한 이해라고 무작정 단정 지었던 것 같기도 합니다.

어쩌면 방관자로서 타인을 대해왔던 제 삶에 대한 회의였을지도 모르겠습니다.

윤극사전기에서는 저의 시선을 의도적으로 윤극사에게서 돌리지 않으려고 애썼습니다. 제 스스로 윤극사의 삶에 몰입해 보고 싶었기 때문입니다. 그것이 억지가 되어서 독자 분들께 보이지 않는 불편을 드렸던 점 사과드립니다.

사람들의 삶이 재미있으면 얼마나 재미있겠습니까? 잠깐 재미있다가도 지치고 짜증나는 것이 하루하루인데, 재미있다면 이야기하는 사람의 재주에 달려 있지 그 이야기 자체에 있는 것은 아니지 않은가 하는 생각이 듭니다.

윤극사전기에서 저는 우리들의 삶이라는 것에 뿌리를 두고 생명과 운명, 사랑과 우정, 그것을 주관하는 절대자와 자기 자신에 대해서 다뤘으면 했습니다. 그 결과 윤극사전기는 통쾌한 무협지도 되지 못했고 이상한 무엇이 되어버렸습니다.

생각만 해두고 매듭 짓지 못한 부분이 많습니다만 주인공 윤극사의 삶에 대해서만큼은 제가 말하고 싶은 것을 얼추 다 한 것 같습니다.

그러나 주변 인물들과의 정리는 다 하지 못한 채로 끝을 맺게 되었습니다.

마등곡 회합에서 살아남은 노인들, 타인의 꿈길을 걸을 수 있는 소후 노인을 길러낸 마교의 비밀인 대원(大猿)의 꿈, 마교의 세 교주와 대원에 의해서 죽임을 당했던 마교 최강의 고수들, 육선문과 서운장 성인의 이야기, 운심과 용영, 풍혼 등 가장 많은 절세고수를 보유하고 있던 천심회, 윤극사의 가슴에 붙어 있는 채미충, 모든 사파와 하오잡배 및 살수들의 조종인 귀동도의 도주, 그가 길러내서 각 대문파에 고용시킨 세 등급의 백일자객들, 고대 문명의 일부를 이은 사노파의 후손들, 오악 백초곡과 유리광국의 시작 및 종말, 윤극사와 마찬가지로 십독십이약을 얻었던 두 사형 단홍주와 하붕, 독인이 되어서 화를 피한 제일신의 이청무를 제외한 제세원의 팔신의, 이화유와 그의 두 부인을 비롯한 무림 최고 명가인 황산이가 사람들 이야기, 절대자가 독으로 만든 특이한 생명체 도도, 윤극사가 가지고 있는 청동검의 비밀, 고대와 중세에도 있었던 석유공학 이야기…….

다 꾸지 못하고 깬 꿈처럼 너무나도 많은 이야기가 남아 있군요.

아쉬움은 있지만 일단 이런 이야기들은 독자 여러분의 상상에 맡겨 드릴 수밖에 없게 되었습니다.

혹시라도 다시 기회에 닿으면 저의 다 꾸지 못한 이런 꿈들을 마저 보여 드리겠다는 말로 이별의 인사를 대신합니다.

지금까지 저의 용렬한 글을 인내심과 애정으로 읽어주신 여러분께 감사드립니다.

맹하지절 필부 시하 올림.

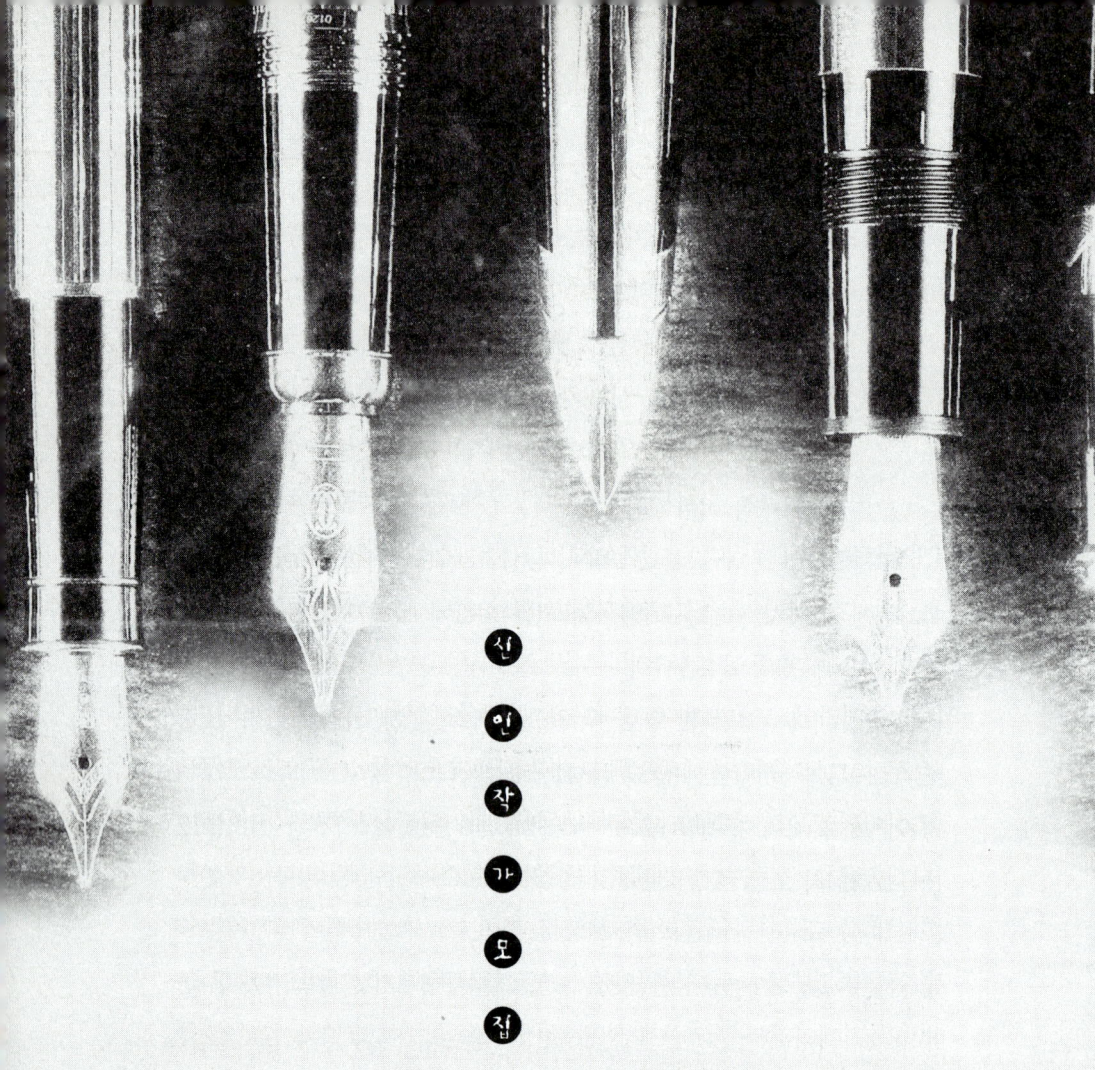

신

인

작

가

모

집

시작이 반이라고 했습니다.
작가의 길에 대한 보이지 않는 벽을 과감히 깨뜨리십시오!
청어람은 작가 지망생 여러분들의
멋진 방향타가 되어드리겠습니다.

저희 도서출판 청어람에서는
소설 신인 작가분들을 모집합니다.
판타지와 무협을 사랑하시는 분들의 많은 참여를 바랍니다.
소정의 원고(A4용지 150매)를 메일이나 우편으로 보내주시면
검토 후 출판 여부를 알려드리겠습니다.

주소:경기도 부천시 원미구 심곡1동 350-1 남성B/D 3F 우편번호420-011
TEL:032-656-4452 · **FAX:**032-656-4453
http://**www.chungeoram.com**
e-mail:chungeoram@chungeoram.com